REFÚGIO
NO
SÁBADO

Míriam Leitão

REFÚGIO NO SÁBADO

/crônicas

Copyright © 2018 by Míriam Leitão

PREPARAÇÃO
Kathia Ferreira

REVISÃO
Taís Monteiro
Juliana Pitanga

CAPA, PROJETO GRÁFICO E DIAGRAMAÇÃO
Angelo Bottino

CIP-BRASIL. CATALOGAÇÃO NA PUBLICAÇÃO
SINDICATO NACIONAL DOS EDITORES DE LIVROS, RJ

L549r

    Leitão, Míriam, 1953-
        Refúgio no sábado / Míriam Leitão. — 1. ed. — Rio de Janeiro : Intrínseca, 2018.
        288 p. ; 23 cm.

        ISBN 978-85-510-0359-6

        1. Crônicas brasileiras. I. Título.

18-49748   CDD: 869.8
                                     CDU: 82-94(81)

[2018]
Todos os direitos desta edição reservados à
Editora Intrínseca Ltda.
Rua Marquês de São Vicente, 99, 3º andar
22451-041 — Gávea
Rio de Janeiro — RJ
Tel./Fax: (21) 3206-7400
www.intrinseca.com.br

Para Matheus

"Eu sei onde tenho o meu coração e por quem ele bate."
— *Julio Cortázar*

Sumário

Algumas surpresas e muitos lados   13
Ana Maria Machado

1/Sábado é fim e começo, uma abertura no tempo   17
2/Imprevistos de bastidores   19
3/O poeta e as palavras órfãs   22
4/A vida na cápsula do tempo   25
5/Economia com os netos   28
6/O mistério no escuro   31
7/As cores fortes do sertão   33
8/Mestres encantados   36
9/Era uma vez, numa casa mal-assombrada   38
10/A melancolia lúcida do Carnaval   41
11/Trem noturno para Leningrado   44
12/As Franciscas   47
13/A mulher que entendia a água   50
14/Amigos para sempre   53
15/A tristeza tem seu lugar   56
16/O silêncio presente   58
17/O resto é poeira   60
18/Notícias da mata   63
19/A misteriosa sabedoria das mães   66
20/Os tempos todos da vida   68
21/A chave da felicidade   70
22/A doce fruta da infância   73
23/Indisponível   75
24/Cartas velhas   78
25/Surpresas das crianças   81
26/Vida urbana entre a direita e a esquerda   84
27/O horizonte de Brasília em agosto   87
28/Um tempo para livros e família   89

29/A síndrome que persegue minhas férias	**92**
30/Um mundo de livros	**95**
31/Uma família do barulho na Tijuca	**97**
32/Uma velha aventura na noite do Rio	**101**
33/O sentinela	**103**
34/Uma noite em Paris	**106**
35/Um abraço, meu velho	**108**
36/Numa rua do Leblon	**111**
37/Amigos, simplesmente	**114**
38/Longa jornada noite adentro	**116**
39/De avencas e delicadezas	**118**
40/Realidade paralela	**121**
41/Retalhos do passado	**124**
42/Em qualquer canto do Brasil	**127**
43/A paixão da inteligência	**130**
44/O dia em que Umberto Eco curou minha tristeza	**132**
45/Carta aos elementos	**134**
46/Viver em tempos de crise	**136**
47/Era uma vez na Venezuela	**138**
48/Uma conversa nada a ver	**140**
49/A travessia entre dois mundos	**143**
50/A harmonia das dissonâncias	**146**
51/Um verso no celular	**149**
52/O livro do sertão	**152**
53/Eu diria, se pudesse	**156**
54/O dia em que escolhi o meu lado	**158**
55/Andando pelas lembranças do Itamaraty	**161**
56/O voo do pássaro mais belo	**166**
57/A vida é assim	**169**
58/Nos tempos da notícia	**172**
59/Trem diurno para Deodoro	**174**
60/O resto é silêncio	**177**
61/Dias espessos	**179**
62/Onde temos errado	**181**
63/A sorte do encontro	**184**
64/*E la nave va*	**186**
65/Fragmentos de viagem	**188**

66/A salada digital — **192**
67/O caderno japonês — **194**
68/A alegria da véspera — **197**
69/O elogio da dúvida — **200**
70/Cancel — **202**
71/Um dia em Vitória — **204**
72/Pêndulo da vida — **206**
73/Os olhos que iluminaram a noite — **208**
74/A saída impossível — **210**
75/Fantasmas inativos — **213**
76/A invasão do sábado — **216**
77/A natureza do livro — **219**
78/O futuro das águas — **221**
79/A vida, o que é? — **224**
80/Sob o sol do Sul — **226**
81/O submarino amarelo — **228**
82/Não ser e ser, o manifesto paulista — **231**
83/A crônica que não fiz — **235**
84/Devo de ir... o sol não adivinha — **238**
85/Viver entre dois mundos — **241**
86/O louco amor de Maria Pereira — **244**
87/O medo veio morar ao lado — **247**
88/A reportagem e a crônica — **249**
89/O presente do tempo — **251**
90/Histórias incontáveis — **253**
91/Por quem a lua brilha? — **256**
92/Uma praça na lembrança — **259**
93/A névoa da vida — **261**
94/Saudade da dissonância — **263**
95/Nikita, a rainha branca do meu quintal — **267**
96/A queda — **270**
97/Guerreiros da vida — **273**
98/Os fatos da véspera — **276**
99/Livros, histórias, sensações — **278**
100/As voltas que darei — **281**
101/Que tempo é este — **283**
102/Onde mora o coração — **285**

ALGUMAS SURPRESAS E MUITOS LADOS

Ana Maria Machado
ESCRITORA E MEMBRO DA ACADEMIA BRASILEIRA DE LETRAS

Acho que este livro pode surpreender muita gente. Coisa que, de certo modo, não é nenhuma surpresa. Sua autora é mesmo useira e vezeira em surpreender os leitores, sem jamais deixar de ser sempre a mesma, fiel a seus valores. Pois agora Míriam Leitão volta a nos apresentar uma faceta nova em página impressa, por mais que os internautas já a conhecessem. Senhoras e senhores, tenho a alegria de apresentar Míriam Leitão, a cronista.

Jornalista de primeira linha, é uma das mais premiadas do Brasil. Entrevistadora completa e por vezes incômoda, repórter bem informada que consegue arrancar de suas fontes dados novos e significativos, colunista dona de um dos textos mais bem escritos de nossa imprensa, analista inteligente na leitura de entrelinhas, podia se dar por satisfeita com essa consagração profissional. Pois um belo dia nos apareceu com uma obra de ficção: seu romance *Tempos extremos* provou o que uns poucos já desconfiavam. Míriam é uma escritora das boas, capaz de enfrentar e vencer desafios complexos que só a escrita literária propõe. Mais que isso, comprovou que domina as sutis e terríveis dificuldades de atingir públicos diversos: suas obras voltadas para o leitor infantojuvenil vêm acumulando merecidos prêmios.

Pois agora ela nos traz este *Refúgio no sábado*, coletânea de 102 crônicas postadas em blog. Algumas eu já tinha lido, na ocasião em que saíram. Outras estou conhecendo agora pela primeira vez. Lidas em conjunto, confirmam que talento não possui fronteiras e atestam que Míriam Leitão tem plenas condições de ocupar um lugar digno no time de bambas da crônica, gênero que muitos críticos afirmam ser marca peculiar da literatura brasileira. Pelo menos nos termos em que a entendemos hoje em dia, como texto curto, com considerações aparentemente leves (porém nunca superficiais) sobre tudo e sobre nada. É claro que a gente sabe que, em sua origem, a crônica tinha a ver com relatos cronológicos dos feitos de reis. Mas disso hoje só ficaram os vestígios da relação com Cronos, o deus do tempo. A crônica contemporânea é menos presa a esses aspectos rígidos, embora não viva fora do tempo nem seja atemporal. Mas é um espaço que se destaca na mídia ao não ter compromisso direto com os fatos quentes ou o noticiário pesado do dia. Tem liberdade em relação ao calendário e isso lhe garante melhores condições de permanência.

Talvez por intuição, mas claramente com consciência disso, apesar de não ter uma coluna semanal num jornal como cronista, Míriam estabeleceu uma regularidade para si mesma, ao buscar a tela e as mídias sociais para suporte de suas crônicas. Agora as agrupa em livro, sob um título duplamente eloquente, tanto pela alusão a um *refúgio*, dando uma distância do que vinha cobrindo durante toda a semana no jornal e na televisão, quanto pela ancoragem determinada num ponto bem definido: *sábado*. O único momento em que ela se permite flutuar, se recolher ou se encolher. Revela disciplina, ao criar para si mesma uma obrigação com dia marcado, baseada na certeza de que um certo método é estimulante para a criação. No entanto, é uma obrigação de liberdade, sem pauta nem assunto predeterminado, sem limites de número de linhas.

Parte então para escrever sobre o que a rodeia e o que pensa ou sente: plantas, conversas com os netos, tristezas, celebrações, o muro do vizinho, evocações mineiras, conversas com taxistas e manicures. Fala em música de Luiz Melodia e de Chico Buarque, em poema de Drummond e nas belezas de Guimarães Rosa. Resgata Emma Goldman, uma militante norte-americana que eu adoro e cuja frase tive em um button por muito tempo: "If I can't dance I don't want to be part of your revolution." Sente falta da lua e se entende com um menino que adora amarelo. Sempre com o estilo a que nos acostumou, de frases elegantes, pontuação exata, ritmo dócil. Nesse sentido, a cronista Míriam Leitão não é nada surpreendente. Confirma a jornalista que conhecemos bem. Aquela que, ao escrever sobre política ou economia, sempre soube que as coisas têm outro lado, nunca se esgotam em uma visão única, estão em um mundo multifacetado. Diante de seu olhar atento, a versão oficial jamais dá conta da realidade. E é muito enriquecedor para toda a tribo ter alguém que se interesse por manter viva a atenção para isso. Em economia ou em refúgios de sábado.

A menina que tinha 18 anos ao ir de Caratinga para Vitória tinha um sonho secreto e atrevido em seus primeiros tempos de jornalista. Como o Espírito Santo mantinha tradição como terra de cronistas, de Rubem Braga a José Carlos Oliveira, quem sabe ela não conseguiria também se juntar a eles?

Vejam só o que ela conseguiu...

1 / Sábado é fim e começo, uma abertura no tempo

Gosto dos sábados. O início das manhãs de sábado lembra as possibilidades: fazer uma caminhada, ler aquele livro que nos encantou ao ser manuseado na livraria ou que acabou de chegar pelo correio, deixar-se levar pelas associações soltas de um poeta, brincar com os netos, conversar com os filhos, encontrar os amigos, ver um filme, ouvir novas músicas e não ter que tomar decisões. Elas podem ser adiadas.

Sábado parece um enclave entre os dias de trabalho e as escolhas inescapáveis. Domingo será sempre o meio do caminho entre o fim de semana e a véspera da segunda, quando tudo, então, recomeça.

Uma longa avenida aparece à nossa frente nos sábados ao nascer do dia. Um tempo todo nosso. Claro, há os que preferem dormir mais, exatamente porque no sábado não têm de ir ao trabalho. Para os que vão trabalhar, há a vantagem do caminho mais livre, do trânsito mais fácil. Há o direito universal à preguiça no sábado, deitar no sofá e nada fazer, ou aquela chance de resgatar todos os atrasados da semana para descansar, sem culpas, no domingo. É o dia de fazer planos com calma, mesmo os irrealizáveis.

Nos sábados da minha infância havia a distribuição das tarefas para deixar a casa brilhando. Varrer, lavar, espanar, encerar, escovar, arear. Muitos filhos, cada um com uma missão, no fim do dia, a casa linda de limpa, minha mãe — que tinha pegado no pesado mais que todo mundo — podia enfim descansar um pouco, contando uma velha história da sua infância na fazenda. Minha irmã, Beth, tocava piano nas tardes de sábado. Assim, musical, a família comemorava o mutirão concluído.

Eu queria muito nesta manhã de sábado que o dia fosse longo, longo, e nele eu pudesse ler todos os livros que estão na minha cabeceira, e escrever tudo o que veio à minha mente e deixei de lado durante a semana. Quero escrever uma crônica sobre o sábado e esse sentimento das possibilidades abertas e do tempo elástico que tive ao amanhecer.

Do poema de Vinicius decorei poucos versos, mas o "porque hoje é sábado" ficou como uma porta aberta avisando que, sim, tudo pode acontecer exatamente porque o dia é hoje.

Sábado é o começo ou o fim, é uma questão de opinião. De religião. Coisa que não se discute. Para mim, é o encontro do fim com o começo, formando um remanso, um refúgio. E, nesse tempo de ninguém, a vida é toda minha. Acordei hoje mais cedo para ver o escuro se esclarecer devagar porque tinha aqui comigo certas inquietações. Quando amanheceu completamente, o incômodo ficou para trás, pertencendo à sexta, que já se foi. Tenho o dia à frente e muito a escolher.

Hoje escreverei sobre o futuro, porque hoje é sábado. Lembrarei sem aflição o passado, porque hoje é sábado. E viverei o presente sorvendo minuto a minuto. Sem pressa. Posso também escrever um caso inventado que não aconteceu em tempo algum. Ou aconteceu. Quem sabe? É sempre bom duvidar da ficção, ela pode ser uma verdade escondida.

Escolhi sábado para estas crônicas do blog só porque assim elas ficam com sabor de intervalo, onde tudo é possível.

E eu posso deixar que as palavras reinem, soberanas e livres. Na crônica de hoje não contei histórias, mas sei de muitas. Nem revelei um segredo, e ouvi alguns. Hoje eu quis apenas explicar, a quem porventura me lê, que o sábado merece ser vivido com prazer e calma. Só porque ele é assim, uma abertura no tempo, por onde você pode escapar do que quiser, encontrar o que sonhou, fazer planos para depois ou decidir por impulso. Pode até nada fazer. Festeje seu sábado, vou festejar o meu.

/*3 jan* 2015

2/Imprevistos de bastidores

Queria ser cronista. Só disso eu tinha certeza nos primeiros dias de jornalismo, iniciados, sem aviso prévio, aos 18 anos, em Vitória. Procurava emprego que me ajudasse a pagar as contas e consegui em uma redação. Foi assim que virei jornalista. Cheguei ao Espírito Santo depois de ler todo livro de Rubem Braga que encontrara, já sabendo que o estado tinha tradição no gênero. Tinha lido crônicas de Machado a Drummond. Era um sonho secreto, atrevido, que não contava para ninguém. Acabei sendo tudo: repórter, editora, colunista, comentarista. Crônica só em alguns raros momentos, quando a faina diária abre um breve intervalo, uma ligeira fresta no noticiário pesado. Ficou, então, esse desejo incompleto que realizo aos sábados neste espaço.

Ouvi dizer que todo cronista tem um momento em que não sabe o que escrever e tem de deixar a mente bem solta para ver se pega alguma inspiração, uma certa associação de ideias, uma lembrança que pouse como um passarinho.

Foi assim que me lembrei da mosca. Ela entrou no estúdio e o programa era ao vivo. Eu avisei, no intervalo, que uma voadora passara rasante sobre mim. Ninguém deu ouvidos. Todos falavam ao mesmo tempo. A televisão é um milagre que se renova a cada dia. Aquela confusão e, de repente, todos no ar, organizados, como se tivessem ensaiado.

Pergunta feita, comecei meu comentário. Aí a mosca voltou. Ela envidou os maiores esforços para chamar a atenção. Deu volta na minha cabeça e parou como uma equilibrista no ar, entre meu rosto e a câmera. Depois veio direto na minha direção, ameaçadora. Então sumiu. Antes do respiro de alívio, retornou num golpe traiçoeiro, por trás, contornou a nuca, zuniu no ouvido e passou rente ao meu rosto. O comentário era sobre uma notícia séria. Não dava para brincar com o inusitado da presença de uma espectadora alada. E dançante. Que mosca, aquela! Ela dava piruetas no ar e voltava a fincar sua atenção em mim. Gostava de economia, aparentemente. O estúdio inteiro petrificado. E eu fazendo exercícios mentais para ignorar a intrusa e continuar concentrada na difícil notícia que devia analisar. Comentário longo, mosca insistente, e eu tendo de dedicar um superávit de atenção ao tema. Consegui chegar ao ponto-final. Respirei. Ao fim do programa dei caça implacável à mosca. Tão misteriosamente quanto apareceu, ela sumiu.

Houve também o problema do salto. Oito é o máximo que consigo. Meu sapato cinza tem salto oito. Eu caminhava, resoluta, para o estúdio quando senti uma certa maciez estranha e desequilibrante sob os pés. Olhei e o salto do pé direito tinha virado. Parei, tentei consertar e ele saiu na minha mão. Estava na porta do estúdio, quase na hora de entrar no cenário. Precisaria caminhar até os apresentadores explicando a volátil conjuntura econômica, mas, naqueles instantes prévios da entrada em cena, eu adernava sobre um sapato com salto e outro sem. Entrei no estúdio e disse, nos bastidores, ao Caju, do áudio:

— Socorro!

Entreguei a ele o sapato e o salto separados e a minha aflição. Caju saiu rapidamente do estúdio e eu só ouvi um barulho assim: Tuuuummmm! Em seguida, ele voltou triunfante com salto e sapato reconciliados. Acabava de calçar e já ouvia a ordem para entrar em cena. Andei sem saber o grau de resiliência do meu sapato cinza de salto oito. Mas ele aguentou, heroico, até o fim do comentário.

Foi falar do sapato e me lembrar da bota. Um dos cameramen é alto e forte. É ele que maneja o mais pesado dos equipamentos, uma câmera que corre em trilhos e dá a imagem em movimento. Simpático, o colega. Delicado nos gestos e nas palavras, apesar daquele tamanhão todo. Ele usa botas pesadas, como se precisasse da grossura da sola para se sustentar no chão. Naquele dia me avisaram para entrar. Fiz o primeiro movimento para contornar as câmeras por trás e ir para o centro do cenário. Meu colega grandão, de costas para mim, puxou seu superequipamento e deu marcha a ré levantando seu enorme pé calçado com as grossas botas. Movimentei meu pé 36, em uma delicada sandália que pouco protegia, no exato instante em que ele descia sua bota 44 impiedosamente sobre o dorso do meu pé. Dor indescritível. Eu gritaria se possível fosse, porém ouvi a ordem insistente do diretor no meu ouvido:

— Entra, Míriam.

Meu pé não queria ir, o grito parado no ar, e eu tive de desfilar diante das câmeras explicando a situação econômica. O pé latejava. Um filete de sangue escorreu, mas ninguém viu, porque não estava em quadro, só meu delicado colega olhava, desolado. E eu explicava o choque externo que atingira a economia brasileira, em voz pausada, sentindo o pé aos gritos. A marca desse encontro desigual perdurou por dois meses em um hematoma. Até hoje não fico mais atrás desse meu colega, e ele sempre se certifica de onde estou antes de recuar.

O telespectador, em casa, nada soube da mosca, do salto quebrado nem da mais esmagadora pisada que sofri na vida.

Sou comentarista. Dizem que ser cronista é um risco, porque há um momento em que nada vem à mente. Há imprevistos maiores nesta vida.

/28 *fev* 2015

3/O poeta e as palavras órfãs

Quando um poeta morre as palavras ficam órfãs. Cada poeta é único e sabe do seu labor. Desentendido de tantos, o ofício é delicado e misterioso. Por que os versos escolhem umas pessoas e não outras? E por que passam a ser de todos após lapidados? Sabe-se pouco da poesia. Apenas que dela nada se sabe.

Não tenho bens de acontecimentos.
O que não sei fazer desconto nas palavras.
Entesouro frases.
Manoel de Barros

Esta semana ele nos deixou. Fiquei numa tristeza! Viveu tanto. Quase um século, recluso no seu pantanal. Quando foi embora, versos dele aparecerem no Twitter em lamento e eu fiquei com aquela necessidade urgente da sua poesia.

Que a palavra parede não seja símbolo
de obstáculos à liberdade.

Estava em Brasília e meu livro *Poesia completa — Manoel de Barros*, no Rio de Janeiro. Foi presente de um amigo querido a quem nem sei se agradeci direito.

Na cabeceira grande que fiz para colocar muitos livros, como sonhei na infância, está lá o poeta. Tem boa companhia. João Cabral, Drummond, Cecília.

São tantos e tão grande a cabeceira — rodeia a cama inteira — que eu perco os livros algumas vezes, mas sabia onde aquele estava e tinha precisão.

Foi uma semana dura de muito trabalho e pouco sono. Palestras, aulas, entrevistas, comentários, colunas e crises. A fiscal é crise velha, porém reaparece todo dia.

Os políticos: os que perderam mandato, os que querem ganhar, os que vão dar o troco, todos iam de um lado para outro como formigas confusas quando perdem o centro do formigueiro. Fui ao Planalto, de lá olhei Brasília. É bonita a vista.

Manoel de Barros fazia poesia sobre bichos, sobre pássaros, sobre água.

No chão da água
luava um pássaro
por sobre espumas
de haver estrelas.

A semana dura terminou num dia longo, cheio de acontecimentos. Todos presos. Os suspeitos de sempre, mas que nunca eram visitados pela lei. A polícia chegou e disse que era o dia do juízo final. A sujeira é muita, o povo desconfia. Daqui a pouco: todos soltos. Bons advogados. No entanto, o dia, véspera do aniversário da República, foi bem republicano. Os jornalistas tiveram muito o que fazer. A economia e a política foram parar na polícia.

No fim da sexta, comecei a voltar para o Rio. O Brasil ainda estava confuso. Escrevi a coluna enquanto o avião atrasava.

Chove torto no vão das árvores.
Chove nos pássaros e nas pedras.

Tinha dito ao autor deste blog, ao ver a chuva cair forte sobre uma Brasília nervosa com a prisão dos empreiteiros, homens de posses e doações, uma frasezinha assim: "Que a chuva lave e não me leve."

Não devia ter dito, porque quase que o avião não sai. Espera longa no fim do dia, atraso demais dentro do avião, fila grande para pegar o táxi, e uma mulher ainda caiu em cima da minha mala. Pedi mil desculpas. Achei que tinha colocado a mala no caminho. Ela disse que caiu porque estava olhando "pra ontem" e que minha culpa era nenhuma. Era noite e o trânsito estava todo fechado no Rio. Demoro a chegar em casa. Estava exausta da semana e do dia, longos demais.

Na minha cabeça, a poesia única de Manoel de Barros: "O sentido normal das palavras não faz bem ao poema." Tentava me lembrar de cabeça, mas era difícil.

Ir recebendo um pouco de poesia no peito
Sem lembranças do mundo, sem começo...

Foi chegar em casa e me preparar para descansar de tanto trabalho. Apaguei a luz para dormir, quase dormia, quando a precisão ficou forte demais. Acendi a luz de novo, puxei lá debaixo numa das pilhas dos livros, sabia onde estava, derrubei os outros, eles hão de me desculpar, necessidade forte. Abri meu *Manoel de Barros* e li aos saltos o que está salteado neste texto doido.

Concluindo: há pessoas que se compõem de atos, ruídos, retratos.
Outras de palavras.
Poetas e tontos se compõem com palavras.

Dormi muito bem. Sonhei que escrevia um artigo que começava assim: "Quando um poeta morre, as palavras ficam órfãs."

/15 *nov* 2014

4 / A vida na cápsula do tempo

Era noite em Luanda, Angola. O país estava sob toque de recolher e eu tinha de voltar ao hotel. Fui andando sozinha pelas ruas, tentando seguir as instruções que o rapaz da cabine de telex havia me dado. Não tenho bom senso de direção e qualquer patrulha podia atirar em mim, porque eu estava desafiando a lei que obrigava a que todos se recolhessem depois de certa hora.

Era uma hora incerta da noite. Eu caminhava pelas ruas de Luanda no ano de 1980. O país tinha seis anos de independência e estava em guerra civil.

Era uma época de comunicação difícil. Nos tempos de hoje estamos todos conectados. Outro dia, por exemplo, falei com um médico sobre um problema na pele e ele pediu:

— Envie uma foto para o meu WhatsApp.

Logo depois a imagem estava no celular dele.

A neta de 3 anos de uma amiga, dia desses, olhou através do vidro da janela tentando ver algo ao longe. Com a visibilidade ruim de um dia nublado, ela foi com os dois dedos, o polegar e o indicador, e quis esticar a imagem do vidro da janela como faz no seu iPad. A realidade para ela é uma abstração; o abstrato é real.

Luanda em 1980 era real, ainda uma cidadezinha com seus recantos e um ambiente tenso no qual os jornalistas não conseguiam trabalhar. O governo comunista proibia tudo e não havia táxi em que se pudesse circular atrás de notícia. Eu havia viajado por Tanzânia, Zâmbia, Zimbábue, Moçambique antes de chegar a Angola, sempre carregando uma máquina de escrever e laudas. Sim, laudas: palavra usada pelos velhos jornalistas para designar folhas nas quais se escrevia à máquina. Outra arma indispensável me foi entregue pelo chefe de redação ainda no Brasil:

— Está aqui o seu cartão de telex internacional. Não o perca, senão você não poderá trabalhar.

Dias atrás a sonda Philae pousou em um cometa e agora a gente já sabe que cometas são massas geladas cobertas por poeira e com moléculas de carbono. A sonda emite um som estranho e o barulho chegou aos nossos ouvidos. Azar da humanidade que o robô Philae fincou suas perninhas finas em local de pouco sol e está, por enquanto, sem bateria. Vimos seu pouso. Aqui neste blog mesmo havia o link para assistir à descida em tempo real. A missão Rosetta produziu imagens lindas, como a do corpo celeste que imita a lua crescente, só que azul: somos nós, a Terra. Uma bola avermelhada é Marte. Ele mandou essas fotos enquanto viajava até o cometa. Eu admirei esse vídeo-slide-show no site do *Financial Times*. Tinha parado nas imagens depois de ler as notícias econômicas. Descansei nesse céu fotografado na viagem da Rosetta.

Na ida à África, em 1980, evitamos a África do Sul. Lá Nelson Mandela ainda estava preso, os negros viviam sob o regime do apartheid. O ministro brasileiro Ramiro Guerreiro, que fazia a visita oficial, queria deixar claro, ao não pisar no solo sul-africano, nosso repúdio ao governo segregacionista.

Quando meu chefe me entregou o cartão de telex eu sabia que aquele seria o único meio de comunicação. Era assim: a gente chegava nas cidades, procurava a cabine pública de telex, levava as laudas com a reportagem datilografada, os funcionários a reescreviam no telex e a enviavam para o número do telex que indicávamos. Enquanto eles batiam no teclado, uma fita amarela era furada pela máquina, inscrevendo um código. Depois essa fita era colocada em um leitor, no outro extremo da máquina. Fazia-se a ligação telefônica para o número do telex do jornal e se disparava o leitor, que ia traduzindo os buraquinhos da fita e um texto ia aparecendo escrito no aparelho da redação do jornal. Com o cartão, pagávamos pelo uso da nossa maravilha tecnológica.

O problema é que me atrasei para chegar à cabine. O rapaz parou a digitação antes do fim do texto e avisou que estava indo embora por causa do toque de recolher. Eu disse que a matéria tinha de ser enviada naquele dia.

— Então, acabe de escrever, telefone para o número do seu jornal e passe fita — disse ele.

— E a sala?

— Bata a porta ao sair — respondeu e foi embora o angolano, depois de me dar parcas instruções de como chegar ao hotel.

Estava sozinha numa cabine pública de telex e não sabia muito bem operar a engenhoca. Fui digitar. Descobri que o teclado não era o A-S-D-F-G. Seguia outra sequência de letras. Demorei catando milho, mais ainda fazendo o trabalho de transmissão. Foi um alívio receber o sinal positivo do jornal em São Paulo. Missão cumprida, peguei minha bolsa, apaguei a luz da sala, bati a porta e saí para a noite de Luanda.

Resolvi andar bem no meio da calçada para mostrar que nada tinha a esconder. Deu certo e cheguei ao hotel. Levei uma bronca do embaixador:

— Se você morresse criaria um problema diplomático!

Eu vivi para ver todas as revoluções tecnológicas que mudaram o mundo das comunicações. A impressão que tenho é que durante a minha carreira viajei numa cápsula do tempo. Fui da pré-história ao mundo da ficção científica. Hoje posso admirar as imagens de solos de seres celestes ou uma língua incandescente que se desprendeu do sol. Navego por sites, jornais, páginas pessoais, mando mensagens por canais instantâneos sem sair do lugar. Das viagens virtuais talvez me esqueça, mas me lembro ainda hoje com nitidez do frio na espinha que senti durante a caminhada para o hotel, quando ouvi o barulho de um carro se aproximando na noite de Luanda. Parei, coração disparado, e esperei.

O carro passou por mim bem devagar. E sumiu na noite escura.

/22 *nov* 2014

5/Economia com os netos

— Eu vou ser a dona da loja.
— Não, sou eu.
— Eu é que vou ser o dono.

Tínhamos uma caixa registradora e três crianças — Mariana, 8, Manuela, 3, Daniel, 4 — querendo o mesmo posto no mercado.

Expliquei aos netos que era legal ser outra coisa além de lojista. Ser consumidor, por exemplo. Contei como funcionava a brincadeira, distribuí os meios de pagamento e organizamos em um lado do quarto, por setores, as mercadorias à venda: brinquedos, livros, lápis de cor, bolas, quinquilharias. A decisão final foi que a Manuela, que estava em visita à casa dos primos, e era a menor, teria o privilégio de ser a dona da loja.

Eu comprei a caixa registradora para Mariana quando ela passou uma temporada na Califórnia. Ela queria mais uma boneca e eu argumentei que havia brinquedos mais engraçados naquela loja em que estávamos e apontei alguns deles. Ela avaliou e escolheu a caixa registradora que vinha com notas de brinquedo, iguais às dos antigos bancos imobiliários, e moedas. Além disso, vinha com um cartão de crédito que, ao ser passado no leitor da caixa, fazia um barulhinho.

Na brincadeira daquele dia eu era a fiscal, ou a agência reguladora do mercado, ou a mão invisível, o que queiram. Na verdade, era a avó tomando conta dos netos. Como autoridade reguladora notei que Mariana havia disparado a comprar, queria tudo, pagava qualquer preço, como se não houvesse amanhã. Interferi:

— Mariana, como você vai pagar por tudo isso se o seu dinheiro já acabou?
— Estou comprando no cartão.
— E quando chegar a conta do cartão?
— Como assim?
— O cartão paga por você, mas depois você tem que pagar ao cartão.
— Sério???
— Sério. A conta sempre chega e a gente tem de pagar no dia certo.
— E se eu não pagar?
— Aí é uma encrenca porque o banco cobra com juros, o que faz a conta aumentar muito.
— Quanto?
— Tipo: um preço pode dobrar. Você compra alguma coisa por 10 e pode ter de pagar 20.
— E se eu não quiser pagar tanto?
— Não vai adiantar, você já se endividou e os juros vão aumentando sua dívida. Compra de cartão vira dívida e a gente tem de pagar.

Mariana moderou a fúria consumista, devolveu alguns produtos para a loja e ficou mais seletiva. Depois me cravou de perguntas sobre o assunto juros e cartão de crédito. Achou o custo exagerado. Eu disse que ela estava certa e que esse é um problema a resolver no Brasil, mas que, de todo modo, é melhor não se endividar demais.

Dias atrás, Mariana e Daniel vieram nos visitar no Rio. Sérgio, meu marido, e Flávia, minha nora, conversavam com as crianças sobre escrever carta ao vovô e vovó Noel pedindo presente de Natal. Eu estava no trabalho e recebi um e-mail do Sérgio relatando os fatos:

> Daniel acaba de dar uma demonstração espontânea de que entende o conceito de superávit/déficit. Olha o diálogo:
> FLÁVIA Não basta a carta pedindo presentes, é preciso ver o comportamento durante o ano.
> SÉRGIO É, tem a carta "Queridos vovó e vovô Noel...", e depois a carta escrita pelos pais "Prezados vovó e vovô Noel, o comportamento na escola e em casa dos seus netos foi assim: ..."

MARIANA Ô-Ôu!
DANIEL Não, mas tem que ver se obedeceu mais do que desobedeceu, né?

Não sei onde estou com a cabeça que não envio para Brasília uma equipe de crianças para explicar conceitos básicos que alguns moradores ilustres da capital demonstram incapacidade de aprender. Se entendessem, nosso Natal seria bem mais tranquilo.

/29 *nov* 2014

6/O mistério no escuro

Fiquei sem luz no fim da tarde. Ela foi embora, sem qualquer aviso ou cerimônia. Fiz queixas no Twitter. Alguns me consolaram e o compadre e vizinho Jorge Bastos Moreno me retuitou. Durou pouco o afago porque logo fiquei sem celular também. No celular da Vivo aparecia escrito "procurando". O da TIM nem se deu ao trabalho de procurar o sinal. Sem luz, com dois celulares mudos e o iPad sem conexão. Não podia tuitar nem enviar mensagens. Poderia até receber ligação telefônica, porque restava o velho aparelho fixo, mas ele também era inútil, porque tenho uma central para abrigar a linha do escritório e a da casa. Sem luz, nada funciona.

No escuro, apurei os ouvidos. Carros passavam na rua. Os vizinhos fizeram silêncio, exceto uma mulher que tossia. Um cachorro ao longe latiu, mas os outros moradores caninos do meu bairro não responderam. O resto era silêncio, em plena terça-feira. Tentarão falar comigo? Não saberei. Estão me mandando e-mail? Quem sabe... E a rede, que novidades terá? Só quando a luz voltar poderei conferir. A bateria do computador começou a acabar. Fui sendo desligada do mundo, para meu desconforto. Estava off-line, wireless e quase powerless.

Em Caratinga, na minha infância, a luz acabava com frequência e eram muitos, e barulhentos, os filhos da minha mãe. A empresa não se chamava Cemig. O nome era Companhia Força e Luz Coutinho&Pena. Isso foi antes da estatização em massa das centenas de empresas que se espalhavam por Minas gerando energia para as cidades. Antes das Centrais e do SIN, Sistema Interligado Nacional. Era boa a nossa empresa de força e luz, a gente conhecia os donos. O único problema era ser a luz tão incerta. Se acabava a força, só nos restava esperar.

No escuro, a gente se sentava em volta da mãe e ela contava histórias. Os pequenos se aquietavam. Ou todos conversavam, sem ver a cara um do outro para saber se era mentira das grossas, ou verdade pura, o caso narrado. A casa era grande e velha, tinha um enorme pé-direito e o assoalho de madeira rangia ao andar. Um irmão tinha medo. Muito medo. Eu gostava de escuro.

Achava aquele silêncio e o nada ver, apenas vislumbrar, um aconchego e um mistério. Andava pela casa atrás de algum susto, mas nada temia. Seria um defeito ou uma qualidade minha? Não sei. Para os outros, o escuro era incômodo; para minha mãe, a única chance de descanso; para mim, a sensação de ser livre e estar protegida.

Fui uma criança estranha. Tímida, de pouco falar, de ler por horas a fio, de ter poucos amigos, de escrever muito, e com aquele esquisito prazer de andar pela casa quando a luz da Coutinho&Pena falhava. O que era frequente. Queria esticar o escuro e ficar lá, dentro dele, pensando no segredo que havia através daquele nada enxergar. A energia voltava e todos comemoravam. Eu, não.

A bateria do computador está acabando, e nada de a luz voltar, o que coloca um fim forçado nesta crônica. O que não acabará é essa saudade da minha mãe, rodeada pelos meus irmãos. Éramos, naquelas noites, apenas uma família feliz à espera da luz. E eu, livre, buscava o mistério do escuro, que ainda não desvendei.

/6 *dez* 2014

7 / As cores fortes do sertão

Todo dia, às seis da tarde, a mulher ia para o quintal, levantava os braços para os céus e pedia para morrer. Foi assim que ela se foi, logo após o filho. Ela rezava sempre naquela mesma hora, religiosamente, mas depois da morte do filho passou a fazer das suas preces clamores pelo fim da vida. A neta acha, hoje, que foi depressão o que ela teve.

— Naquele tempo ninguém entendia disso, muito menos no sertão do Ceará, e assim minha avó morreu. Se fosse hoje, dava um remédio. Quem sabe ela durava mais.

O nome do lugar era Boa Esperança. A mulher tinha outros filhos, porém nada mais a interessou desde que aquele filho morreu daquele jeito, conta sua neta.

— Eu estava com febre, tinha 3 anos, e minha mãe foi duas vezes falar com meu pai que fechasse o bar para voltar para casa. Meu pai disse que um dos clientes não queria ir embora.

Houve um momento em que o dono do bar decidiu teimar e avisou ao renitente que fecharia, quer ele quisesse ou não. Ele estava fechando o bar quando o cliente puxou a faca. O dono do bar não quis briga com o rapaz, um conhecido do lugar, e tentou fugir do enfurecido. Ele o alcançou.

— Morreu sem reação o meu pai. Ele tinha um 38 na cintura, veja só, e não quis briga. Não achou que o homem fosse fazer aquilo.

Era noite, ainda assim a população de Boa Esperança foi para a rua e agarrou o assassino. Revoltado, o povo tentou fazer justiça ali mesmo.

— Ele apanhou tanto, tanto... Foi amarrado num poste. Minha avó apareceu lá, mas não bateu, só gritava: "Por que você fez isso com meu filho?" Coração do tamanho do mundo, a minha avó. Depois de muito apanhar, ele foi levado para a cadeia. Foi uma comoção em Boa Esperança. Ao enterro compareceu a cidade inteira, além dos motoqueiros de toda a região e de gente de outras cidades. Meu pai era muito querido. Ele tinha também uma padaria ao lado do bar. Uns motoqueiros iam lá comprar pão para entregar em outros povoados onde não havia padaria. Minha mãe disse que foi o enterro mais lindo que se viu no lugar.

— E quantos anos tinha seu pai?

— Trinta. Tempos depois o moço fugiu da cadeia, o assassino. E só aparecia de noite em Boa Esperança, escondido, para visitar a mãe e o pai. A cidade desconfiava porque os velhos compravam cachaça. Os velhos não bebiam; que cachaça era aquela? Achavam que era ele que estava lá. Quer dizer, ele fugiu, nunca pôde viver com os seus. Só visita assim, no meio da noite.

Um dia ele foi visto na Tijuca, no Rio, num restaurante. Reconhecido por um primo do falecido, fugiu sem pagar a conta. Mais tarde se soube que ele tinha ido morar em Brasília.

— E lá encontrou a morte, porque se meteu numa briga e morreu. Igualzinho a meu pai, de faca. A ambulância foi chamada, mas já era tarde. Soube que alguém uma vez perguntou a ele por que tinha feito aquilo com meu pai. Ele abaixou a cabeça e respondeu: "Não sei."

Toda essa história eu fiquei sabendo porque quis trocar meu esmalte um dia, depois de ter escolhido uma cor berrante. A manicure, chamada às pressas, veio após seu expediente me acudir no meu arrependimento. Pedi desculpas, disse que a cor era bonita, contudo não era para mim, não aguentaria tanta ousadia. Ela me disse que não havia problema. Prometi que no Natal aceitaria uma cor mais chamativa. E assim começou o diálogo:

— Não gosto de Natal. Acho triste.

— Por quê?

— Meu pai morreu no Natal. Era um homem tão bom, cuidou tanto de mim. Um homem muito bom o meu avô.

— Seu pai ou seu avô?

— Meu avô, só que eu considerava meu pai porque foi quem me criou de verdade.

— Morreu no Natal mesmo ou nos dias próximos?

— No dia 25. De coração. Faz três anos.

— Se seu avô te criou, o que aconteceu com teu pai?

Foi assim que me foram narrados os fatos que aqui relato.

Ela contou tudo com voz baixa, sem espanto ou raiva, como se fosse uma história qualquer, sem dramas, em tom pastel. Tão comum quanto a cor que escolhi para pintar as unhas.

— Ficou bonito esse bege. Mas ainda acho que a senhora devia tentar um vermelho bem vivo. Vai ficar bonito na sua mão branquinha.

— Quanto é o serviço?

— Nada. Foi só trocar o esmalte. Semana que vem eu volto. Vou trazer umas cores fortes.

/20 *dez* 2014

8/Mestres encantados

Era com *ph* que se escrevia o *efe* no primeiro livro que li de Machado de Assis, *Dom Casmurro*. A velha ortografia foi o ruído que desprezei pela força da história. Havia também os rastros das traças em pequenos buraquinhos entre as letras. Meu pai se orgulhava da coleção em capa dura que estava em destaque na sua estante fechada com vidro para afastar a poeira. Pena ter a ortografia caducado, mas isso não me impediu de amar Capitu e para sempre ficar prisioneira da dúvida. Vítima da desordem mental de Bentinho ou culpada pelo que escondia atrás dos seus olhos oblíquos? Eu jamais amei pessoa dissimulada, exceto Capitu.

Eu tinha 11 anos e meu pai achou que era cedo demais para Machado. "Você não vai entender", e me apontou a coleção novinha que chegara de José de Alencar. Voltei assim que pude para Machado. As releituras são como visitas a um velho amigo. Outro dia me inquietei com a notícia de que foram feitas versões simplificadas de seus textos. Nada, nem a forma em desuso de se escrever as palavras, me impediu de entender *Dom Casmurro*.

Foi num exemplar emprestado pela minha irmã, que pegara emprestado com seu professor, que li, aos 16, pela primeira vez, *Grande sertão: veredas*. Li durante dias e, no fim, virei a noite. "O que eu guardo no giro da memória é aquela madrugada dobrada inteira." Devolvi por imposição do direito de propriedade, que se sobrepunha, para minha revolta, ao do amor. Quis expropriá-lo em nome do povo ou da paixão avassaladora que senti por Diadorim e Riobaldo. Eu os seguiria a cavalo até o fim do sertão. "Não estou caçando desculpas para meus errados, não, o senhor reflita. O que me agradava era recordar aquela cantiga, estúrdia, que reinou por mim no meio da madrugada." Por mais exemplares que eu tenha hoje do romance de Guimarães Rosa, ainda queria aquele que nunca foi meu.

Vidas secas estava já gasto, num canto, quando o achei na casa dos meus pais. Ele colou em mim. Eu tinha 14 anos e minha irmã me perguntou: "Você já não tinha lido este livro?" Sim, já. Era a terceira vez que chorava pelos meninos sem nome, pelo destino da cachorra Baleia. Eu pensava assim: "Por que o pai, Fabiano, tem nome tão lindo e eu jamais saberei o nome dos meninos?"

Eu peguei com reverência, na casa do bibliófilo José Mindlin, a primeira prova que foi da gráfica para a revisão do exigente Graciliano Ramos. Fiquei pensando o que o fizera errar. O mestre da palavra exata e enxuta cometera um único erro no livro. Que foi corrigido a tempo. Com riscos de próprio punho ele descartou o título aguado: *A vida coberta de penas*. Destoante. Por cima, escreveu: *Vidas secas*. Fico tentando adivinhar que graça ele viu naquele primeiro título que por um tempo foi o escolhido para a sua obra.

Às vezes, divago: "E se fosse possível encontrá-los?" Perguntaria a Machado pelo enigma de Capitu; a Guimarães Rosa se o destino de Diadorim e Riobaldo estava traçado desde o começo; e a Graciliano o que foi que deu nele no momento em que quase errou o título de *Vidas secas*. A verdade é que se os encontrasse na era das selfies eu não pediria uma foto. Ficaria respeitosamente muda. Ou talvez murmurasse "obrigada" e fugisse para não quebrar o encanto da vida inteira.

/*27 dez* 2014

9/Era uma vez, numa casa mal-assombrada

Com 1,92m de altura, forte, o rapaz de Minas que fazia a obra no meu escritório no Rio era a imagem da fortaleza. Habilidoso, inteligente, ele achava solução engenhosa para tudo. Eu estava contentíssima com o andamento da reforma até o dia em que ele entrou na minha sala e foi logo dizendo:
— Quero ir embora.
— Mas, como? A obra não acabou.
— É que eu soube que a secretária está com suspeita de dengue...
— É só suspeita, mas o que isso tem a ver com a reforma?
— É que... bateu o psicológico.
— Bateu o quê?
— O psicológico... não gosto dessa doença, a dengue.
— Você está com medo?
— Medo, não... respeito. Desconfio dessa doença.
— Bateu o psicológico, então?
— É. Bateu o psicológico. Vou embora agora.

E foi-se o rapaz, deixando a obra pela metade. Só voltou com o seu psicológico tranquilo uma semana depois, após o resultado negativo para a dengue no exame da secretária.

O medo é assim. Ele bate no psicológico e a pessoa vê o que não existe. Aprendi isso ainda em criança. Todo mineiro sabe histórias de assombração, mas a minha infância tinha uma particularidade única: uma casa mal-assombrada no quintal de casa. Um susto só para nós.

Era um sobrado. De dia, parecia uma casa normal. De noite, assustava as crianças. O dono da nossa casa e da mal-assombrada era o mesmo. O projeto era fazer uma vila, ele, porém, parou naqueles dois imóveis que construiu um ao lado do outro, em estilo de casas de fazenda.

Uma era para aluguel. E foi para lá que nos mudamos, quando eu tinha 3 anos e era a caçula dos seis. Éramos, na sequência, três meninas, dois meninos e eu. Nos sete anos em que moramos ali nasceram mais três. E depois, em outra casa, mais três.

Nossos janelões estavam sempre abertos para a rua. Os da outra casa ficavam fechados o ano inteiro, com uma exceção: na segunda semana de setembro, religiosamente, o homem aparecia com toda a família e eles ficavam ali, contados, sete dias. A família era retraída, conversava pouco e passava a maior parte do tempo na igreja. Do jeito que chegava ia embora, em silêncio. Misteriosa.

Nos outros dias do ano, a gente costumava espiar pelo buraco da fechadura das portas dos fundos ou pelas frestas das janelas. Via panos brancos sobre os móveis. Havia quem garantisse ter visto alguém andando também coberto de branco. Outros diziam que, à noite, a casa tinha barulhos estranhos. Eu não via os andantes nem ouvia os barulhos. Duvidava do medo. Conseguimos invadir uma parte da casa. Havia uma escada que dava para a porta da cozinha, que ficava no segundo andar. Meu irmão subiu num coqueiro, pulou para dentro do alpendre lateral e abriu a porta por dentro. Entramos. Era uma cozinha com um fogão a lenha e uma grande mesa de madeira com bancos, um pequeno banheiro, o alpendre e um quarto sem móveis com um buraco quadrado no forro. O resto era inexpugnável. Pela fechadura espiamos a mesma cena: móveis com lençóis brancos, iluminados pelas frestas de luz das portas e janelas. Uma casa trancada no tempo.

Eu gostava de brincar com o medo. Meu irmão e eu, um ano mais velho, fazíamos disputas: quem tinha coragem de enfrentar o breu à noite e ir até o fundo do enorme quintal? Para provar que havia chegado ao fim, a pessoa teria de trazer alguma coisa da horta.

Ganhei todas. Meu irmão voltava do meio do caminho, apavorado, contando das incríveis criaturas que vira. Eu dizia que era tudo imaginação. Na minha vez, ia até o fundo do quintal e me deixava ficar lá, mergulhada na escuridão tempo suficiente para inverter o jogo. Quando voltava, ele é que estava assustado pela minha demora. Eu me divertia. Até a noite em que conheci o medo.

Armados apenas com velas, estávamos ocupados no quintal às escuras. Eu e os dois meninos. Eu tinha 6 anos, os meninos, 7 e 10. De repente, um deles gritou e apontou para a casa. Um vulto branco ficou visível na escada da casa mal-assombrada e começou a descer lentamente com uma vela na mão.

Tentei correr, mas as pernas não obedeciam. A sensação era de andar em câmera lenta. E o vulto descia degrau a degrau. Gritei. Gritamos. Os meninos correram mais rápido que eu e sumiram. Fiquei para trás, perdi minha vela e a coisa se aproximava. Quando, enfim, cheguei à porta da cozinha da nossa casa, ela estava fechada. Gritei para que abrissem. Não abriram. Foram longos os minutos em que temi a chegada do vulto. Ao abrirem a porta fui recebida com uma gargalhada. O vulto branco era a minha irmã mais velha, Beth, fingindo de assombração, e a farsa fora arquitetada por uma tia. Minha mãe soube e reprovou a brincadeira.

Foi disso que me lembrei no momento em que o trabalhador grandalhão de Minas disse que "bateu o psicológico". O medo encurta o ar, acelera o coração, paralisa as pernas e exagera o risco. Daí para diante, escolhi outras brincadeiras. Deixei o medo sossegado. Em Minas vale a filosofia de Riobaldo Tatarana: "Eu quase que nada não sei, mas desconfio de muita coisa." Melhor respeitar o desconhecido e desconfiar da certeza, porque saber mesmo a gente sabe quase nada.

/ *24 jan 2015*

10 / A melancolia lúcida do Carnaval

Ela chegou de manhã e vinha triste. O primeiro som que ouvi veio de longe, lá do começo da rua deserta. Fui espiar da janela. Ela cantava: "Bandeira branca, amor, não posso mais." O Carnaval não era para nós, uma família presbiteriana. Tinha passado a infância vendo a festa de longe, no máximo da janela. Àquela altura poderia ir, se quisesse, mas não estava interessada na folia.

O som bonito veio subindo a rua. Uma beleza, aquela colombina, minha vizinha, moça mais velha que eu, na idade em que alguns poucos anos fazem muita diferença. Depois de vários namoros interrompidos, ainda não se casara. Eu nada sabia dela, exceto o que ouvia pelos rumores da rua. Naquela manhã, porém, fui informada de sua melancolia.

Entendi um lado do Carnaval. Aquele em que, quando o dia se infiltra desfazendo a noite, o folião, lúcido e triste, se lembra de ter pulado e dançado, inventando a alegria que não sentiu. A euforia parece real num breve instante. Serve para esconder que certas feridas ficam.

Minha vizinha cantava, cantava, andando bem devagar e arrastando um véu colorido já rasgado. Seu rosto, com a maquiagem meio desfeita, contornado por um cabelo desalinhado, era belo naquele amanhecer. "Pela saudade que me invade, eu peço paz." Amei imediatamente a marchinha de Max Nunes e Laércio Alves. Eu e o Brasil. Para sempre. A minha paixão nasceu naquela manhã, ao ouvir a colombina cantando a tristeza, que na verdade sentia e que, pela noite inteira, provavelmente escondera em algum salão, algum baile.

"Saudade, mal de amor, de amor." A voz bonita e afinada ecoava pela rua deserta. Teria a minha vizinha, tão bonita, algum mistério? Um amor perdido? Inconfessado? Eu não a via namorando mais. Desistira? Que tristeza era aquela? Tão real, convincente. Quis consolá-la, mas o que diria? Talvez algo assim:

— Não fique triste. Você é tão bonita, mais ainda neste começo dourado do dia.

É. Talvez algo assim. Nada disse, porém, nem me deixei ver. Olhei de longe, meio escondida, com medo de que se ela me visse parasse de cantar.

"Saudade, dor que dói demais", lamentava a colombina. Tinha um ar de princesa em começo de república: ainda nobre e já sem a realeza. Destituída. Colombina que reinara em algum momento e fora deposta. Quem desprezou moça tão bonita e a deixou voltar para casa sozinha? Dos vários namorados que tivera, quando perdeu aquele a quem ela agitava a bandeira branca? Seria aquele último? Ou seria um amor perdido desde o início, como são os amores que permanecem irrealizados e encantados?

Ela levantou mais a voz e abriu os braços, foliã no seu último suspiro na manhã da cidade que ainda dormia. "Vem, meu amor, bandeira branca eu peço paz." Encostou-se no muro da casa em que morava. Abaixou a cabeça e cantou baixinho voltando, de rodeio, ao começo. "Bandeira branca, amor, não posso mais. Pela saudade que me invade, eu peço paz."

Hoje ainda me desentendo com o Carnaval. Mas já conheço o sentimento de quem canta, ao fim da euforia inventada, a tristeza da rendição. "Não posso mais. Pela saudade que me invade, eu peço paz." É igual ao de todos, foliões ou não, que chegam em casa exaustos de exibir a alegria que não sentiram. E querem apenas hastear a bandeira branca, encerrar todas as batalhas e pedir paz.

Ela entrou em casa, a rua ficou em silêncio, eu fechei a janela. A beleza do amanhecer de um dia de Carnaval no interior, uma colombina triste e a marchinha lindamente gravada na voz de Dalva de Oliveira me prepararam para entender o sentimento que está numa poesia, que li depois.

Marinheiro triste
que voltas para bordo.
Que pensamentos são
esses que te ocupam?

Eu amei essa poesia tão logo a li. Do velho Manuel Bandeira.

Passaste por mim,
tão alheio a tudo (...)
Ias triste e lúcido.

Como a colombina, vizinha minha, que nunca esqueci. Nunca consolei.

/14 *fev* 2015

11/Trem noturno para Leningrado

O trem corria atravessando a noite russa. Fora da janela, via-se a névoa. Ou nada. "Névoa nada", diz um poema de Haroldo de Campos que li muitos anos depois. Mas, se já o tivesse lido, definiria bem aquele pouco ver da janela do trem: "Névoa nada." Do corredor veio um barulho. Será comigo?, pensei.

Deitada na cama do camarote, pensava naquele país destinado a ser misterioso para sempre. Na infância, ouvira o "Concerto número 1" de Tchaikovsky até quase furar o disco long play. Não fui longe com minha educação musical. Hoje, quem me resgata da ignorância é minha irmã Simone, pianista clássica. Dos escritores russos, ficaram mais fortemente Dostoiévski e Tolstói. *Crime e castigo. Guerra e paz.* Nada de meios-tons. Afinal, a Rússia é polar. E trágica. Pensara em Anna Karenina na estação de trem, antes de embarcar, e olhara, amedrontada, os trilhos.

O barulho ficou mais forte. Batiam à porta e falavam algo incompreensível. Sim, era comigo. Abrir ou não? Uma amiga me avisara que os funcionários do trem falavam apenas russo. Não esperava aquelas batidas, pois o bilhete fora conferido. Não adiantava perguntar quem era.

Abri a porta. Entrou um russo carregando um bule e uma caneca. Fiz um gesto perguntando se teria de pagar.

— Niet.

— Spaciba — eu disse.

A mesinha onde o bule e a caneca foram colocados ficava na janela e eu me sentei na penumbra para investigar mais o nada lá fora, sorver o meu chá e me certificar de que nunca entenderia a Rússia. Seria para sempre uma névoa espessa. O tempo em que fantasiara, lendo os textos revolucionários e acreditando naquele sistema ficara no passado. Era 1988 e eu vivia uma polaridade curiosa: passara um mês viajando pelos Estados Unidos e agora, em seguida, algumas semanas em Moscou. As duas viagens a trabalho. Ali, eu tinha chegado com um grupo de jornalistas para ver sinais de que o capitalismo estava começando a desembarcar no país. Eram a *perestroika* e a *glasnost*. O começo do fim da União Soviética. Um novo começo?

Naquele fim de semana, sem meus colegas, deixei Moscou e fui para Leningrado — este ainda era o nome da cidade. Eu estava, portanto, no Trem Noturno para Leningrado, três anos antes de a cidade voltar ao nome original de São Petersburgo.

Li, há cinco anos, *Trem noturno para Lisboa*, de Pascal Mercier. Lindo. O autor não se chama Pascal Mercier, e sim Peter Bieri, filósofo alemão. Usa pseudônimo. O personagem principal do romance, Raimundo Gregorius, professor de Línguas Clássicas em Berna, no meio de uma aula, a mesma que ele dera por 30 monótonos anos, levanta-se e vai embora sem olhar para trás. Toma o trem para Lisboa, onde se fala um idioma que ele ainda não domina, mas que soa musical a seus ouvidos. Apaixona-se pela língua, por um livro e por um mistério. Vendeu 2 milhões de exemplares no mundo.

Bom, isso de escrever crônica parece trem desgovernado. Quem escreve se sente tão livre que se deixa levar por qualquer trilho para qualquer lugar. Como Gregorius em sua busca por algo difuso e indefinível. Eu também fugia naquele fim de semana. Fugia da hiperinflação brasileira, fugia da irracionalidade soviética que vira em Moscou, fugia em busca de algum sentido para os meus amores perdidos. Juntos eles eram um quebra-cabeça desencaixado. Investigava minhas lembranças atrás do ponto em que os perdia. Decidi pensar, em vez de ler, e ficar acordada no escuro na noite russa, como num intervalo fora do tempo. Pensei muito, enquanto o trem vencia a distância e atravessava a noite no caminho entre Moscou e Leningrado.

Foi desembarcar e ver que o velho nome, São Petersburgo, é que fazia sentido para a cidade com ar europeu e imperial.

— Pode me chamar de Maria — disse-me em espanhol a intérprete, uma bela moça russa, quando desci na estação de trem.

— Onde aprendeu espanhol tão perfeito?

— Em Cuba. Morei lá quatro anos. Eu amo a América Latina, estudo português, quero morar na América Latina.

Cabelos compridos e lisos, de um castanho claro, quase louro, Maria traduzia tudo em volta. Os castelos à beira do rio Neva. O de mármore rosa, do conde Orlov, um dos amantes de Catarina. No Hermitage, horas andando pelas salas, o susto quando Pedro, o Grande, se mexeu — um truque mecânico. O quarto de Catarina, com uma mesa que podia descer para a cozinha, ser servida e voltar ao quarto sem que ninguém tivesse de entrar, atrapalhando seus romances. Abria-se abaixo da mesa um buraco redondo, um alçapão, e a mesa descia e voltava servida. Grande Catarina.

Na volta a Moscou, tirei um dia para visitar as igrejas do Kremlin e apreciar a beleza da arte mosaica. O Kremlin não é um palácio de governo, é uma fortaleza com uma sequência de igrejas. Na Praça Vermelha, fiz fila para olhar Lenin. Não parecia um morto. Lembrava um boneco de cera. Na saída do mausoléu, murmurei uma despedida. Algo como "Adeus, Lenin". Estava claro que aqueles eram os últimos dias soviéticos.

Voltei para o Brasil sem olhar para trás. Sabia que algo desmoronava, virava névoa, nada. De tudo o que vi naquele mundo poente, ficou mais forte a lembrança agradável do trem noturno, no qual entendi que amores perdidos ficam no tempo. Como as estações de uma viagem através da névoa.

/21 *fev* 2015

12 / As Franciscas

— Qual o nome da sua mãe?
— Lúcia. Quer dizer, Francisca... é Lúcia.
— Lúcia ou Francisca?
— Na verdade é Francisca, mas todo mundo conhece por Lúcia.
— Ela não gosta do nome?
— Ela tem uma irmã com o mesmo nome, só troca a ordem do sobrenome.
— E como chamam a sua tia?
— Ela se chama Francisca, mas a gente chama de Cimeira.
— Duas irmãs com o mesmo nome...
— Tem também a Francisca Socorro.
— Vocês chamam de Socorro?
— Não, ela é a Vanda.
— Três Franciscas na mesma casa?
— Tem uma outra que chama Francisca Lucrécia.
— Esta vocês chamam de Lucrécia?
— Quase. Na verdade é a Créci.
— Deixe-me ver se entendi. Seus avós tinham a Lúcia, a Cimeira, a Vanda e a Créci e todo mundo era Francisca. Por que isso, gente de Deus?
— Meu avô gostava muito do nome.
— Está se vendo.
— Elas moram todas no Ceará?
— Não. Francisca Maria mora em Teresina.
— E esta vocês chamam assim, de Francisca Maria?
— Não, essa é a Cila.

— Cinco! Como o cartório aceitou?

— Meu avô, a cada vez, trocava a ordem dos sobrenomes. Tinha hora que era um primeiro, depois era o outro.

— Mas... eram cinco.

— Era não.

— Não?

— Eram sete filhas.

— Mais duas Franciscas?

— Sim. Uma a gente chama de Vera e a outra, de Lurdes. Tem gente que estranha, mas lá no sertão é assim. O pai gostou de um nome, repete tudo no nome dos filhos.

— Mas nunca deu confusão?

— Deu. Não sei o que aconteceu que minha mãe e minha tia ficaram com o mesmo CPF. Não entendi o que houve.

— Vai ver a Receita se confundiu, né? E quantos filhos são ao todo?

— Quinze. Sete mulheres e oito homens.

— Qual o nome dos seus tios?

— Eles se chamam Francisco.

— Todos?

— Todos. Meu avô gostava do nome.

— Gostava muito!

— Estou louca para ver todo mundo. Contando as horas. Hoje é o último dia que faço suas unhas. Aí tiro férias e vou pro sertão. Ai, que saudade. E está chovendo no meu sertão. Minha mãe me contou. Deve estar bonito. Difícil vai ser o avião. Eu tenho medo que me pelo. Três horas que parece um dia. Fico nervosa em avião. Depois eu chego, durmo em Fortaleza e pego a estrada. São 500 quilômetros e então mato a saudade da minha terra e da minha avó. Ela tem 85 anos. Nem parece. É animada.

Ela colocou todos os esmaltes de volta na bolsa, organizou tudo, meticulosamente, como sempre faz desde que começou a vir aqui em casa fazer minhas unhas. Agradeceu o pagamento, ligou para o marido vir buscá-la e foi saindo.

— Até a volta, Luana.

— Ah... eu não me chamo Luana.

— Não?
— Eu me chamo Ana Paula.
— ?
— Meu pai queria Ana Paula e minha mãe, Luana. Aí meu pai registrou Ana Paula e todo mundo me chama de Luana. Na minha terra isso é normal, sabia? Saudade da minha terra, muita saudade do meu sertão.
— E seu avô, como se chamava?
— Francisco.
— Hã. Última pergunta, Luana, quer dizer, Ana Paula, quer dizer, Luana. E sua avó, como se chama?
— Moça.
— Moça?
— Os pais dela tiveram um monte de filho homem, e quando ela nasceu ficou chamada de Moça. Até hoje.
— Moça... e por que seu avô chamava Francisco?
— Vou procurar saber, mas acho que é por causa de São Francisco das Chagas de Canindé. Fica lá pertinho da minha cidade, bem pertinho.

/7 *mar* 2015

13 / A mulher que entendia a água

Uma mulher com pouco mais de 30 anos andava, com passos firmes e curtos, em um enorme quintal. O vento balançava ligeiramente a saia rodada e atrapalhava seus cabelos finos e muito lisos. No céu, o sol não dava trégua. Havia algumas árvores nas beiradas do terreno, uma goiabeira grande e carregada oferecia sua sombra e seus frutos numa área lateral. A maior parte da terra, no entanto, era aberta, um descampado. Atrás dela, alguns homens seguiam em silêncio carregando pás e enxadas. Ela olhava em volta, mirava o chão e, às vezes, encarava o céu. Investigava. A luz do dia fazia seus olhos ainda mais azuis; sua pele, mais branca.

Em silêncio ela andava; em silêncio os homens a seguiam. A mulher se distanciava da casa, depois voltava mais um pouco. Caminhava para a esquerda, voltava. Procurava. Atrás dela, os homens e suas ferramentas. Cada vez que parava, retomava o ritual de interrogar o céu, o entorno e o chão. Em um determinado ponto parou, decidida. Voltou, então, o rosto convicto para os homens e disse:

— Aqui. Podem cavar aqui. E desenhou um círculo imaginário.

Eles começaram. Não demorou muito e gritaram para a mulher, que já voltara para o trabalho na casa.

— É aqui mesmo!

As crianças correram para ver. Ela veio conferir e baixou novo decreto:

— É boa, podem continuar a cavar.

Assim foi feita a cisterna da casa. Ela conhecia a técnica e explicou aos trabalhadores como cumprir cada etapa da construção.

Enfatizou a segurança da tampa, para afastar as crianças dos riscos. Ela trouxera o conhecimento talvez da fazenda em que passara a infância.

Ninguém mais na casa se preocupou com o abastecimento incerto da empresa fornecedora de água da cidade. Nunca se tirou mais do que o poço poderia suprir. Ele estava sempre cheio. Mesmo assim os filhos eram orientados a escovar os dentes ou tomar banho usando apenas o necessário. Uma parte da água usada era reutilizada em funções menos nobres. Ela criara a fartura e alertava sobre a escassez. O gasto a mais ela se permitia somente quando fazia a limpeza geral da cozinha. Então, divertia-se com os pés descalços na água, como se o trabalho fosse uma brincadeira. Ou quando aguava a horta que plantara numa parte do quintal e que enchia a mesa de verduras e legumes. Seus banhos eram sempre frios e saía deles com ânimo juvenil.

O Brasil estava se urbanizando rapidamente, da forma improvisada de sempre, com serviços públicos precários. O desmatamento avançava na Zona da Mata, produzindo desequilíbrios. Nas estiagens, os vizinhos pediam baldes de água. Levavam. Ela sabia encontrar a água, previa sua chegada e temia sua força.

— Vai chover — decretava, às vezes, mesmo sem sombra alguma no céu.

Chovia.

— Está armando uma tempestade — dizia.

A tormenta caía com violência. Então, pedia baixinho:

— Jesus, misericórdia.

Se piorasse muito e raios cortassem os céus, aumentava o fervor da oração. Um dia, o marido programou um passeio a uma cachoeira da vizinhança. Ela disse que tinha muito trabalho a fazer. Ficaria. Ele levou os filhos maiores e a irmã caçula da mulher. Ela orientou as crianças sobre os perigos das águas. Todos se cuidaram. A irmã se descuidou. Por um tempo, que pareceu longo demais, a moça forte e morena afundou nas águas. Foi resgatada com esforço.

— Não digam nada para a sua mãe quando chegarmos em casa. Deixem que eu sei como contar para não assustá-la — avisou o homem.

A moça ainda meio fraca seria a última a sair do carro para não assustar a irmã. As instruções foram seguidas. Crianças em silêncio, a moça, mais atrás, e o homem bem na frente.

— Onde está minha irmã? O que aconteceu com ela? — perguntou aflita a mulher tão logo viu o marido.

— Ela está bem, veja você mesma, mas quem te contou?

— Um pressentimento.

Assim eram ela e a água. Uma relação de respeito, medo, conhecimento e prenúncio. Ela sabia onde as águas moravam, temia seus excessos e sua ausência.

Era assim a mulher. Com uma sabedoria que nem sei explicar. Nessa seca, dei de me lembrar dela, do nada, tentando entender pelo menos um de seus muitos mistérios.

Estava linda, Mariana, minha mãe, andando no quintal, investigando céu, terra e ar atrás da água que nos abasteceria.

/14 *mar* 2015

14 / Amigos para sempre

Perdi um amigo esta semana. Ele morava em terra distante e lá ficou. Desde que soube da notícia ouvi, novamente, a sua risada irônica. O humor fino e cáustico dele ficou comigo nos últimos dias, como consolo. Um amigo comum, seu compadre, me ligou para falarmos daquele que perdemos e disse que também estava se lembrando das frases surpreendentes, com as quais se divertiu ao longo da convivência com ele. Lamentei ter deixado que o tempo abrisse tão grande intervalo desde o último encontro e tive saudades das risadas que perdi. A amiga que me deu a notícia me contou da sua tristeza, por motivos vários: "Ainda estou catando meus pedacinhos." E eu me lembrei do consolo que não dei.

Pensei na amizade durante a semana. Aquela que fica gostosa no coração, e na qual a distância não faz estrago, porque é retomar a conversa e o tempo virar abstração. São aquelas que foram bem plantadas, em terreno fértil, enfrentaram situações difíceis, sempre superando obstáculos. Ao longo da vida, a gente faz amigos. Por mistério, alguns serão sempre amigos, não importa quanto tempo passe, quanto silêncio exista; outros se perderão, enclausurados numa época específica. A amizade tem seus segredos e suas escolhas. É sentimento caprichoso, faz separações, ignora o tempo.

Uma amiga fez aniversário esta semana, mandei uma mensagem direta pelo Twitter, canal pelo qual temos conversado. Ela respondeu: "O tempo mostra a importância do que passamos. Guardo você do lado esquerdo, carinhosamente." Assim, em menos de 140 toques, dissemos que nossa amizade está viva. Fiquei com imensa saudade e não entendi a distância.

Estamos todos ocupados, correndo, cuidando das emergências da vida, sem tempo para os amigos. Eu sei as culpas que tenho. Outro dia, umas amigas, cansadas dos meus bolos recentes provocados pelos livros que ando escrevendo, me mandaram um bolo. Lindo, gostoso, recheado e confeitado com livrinhos. Junto veio um bilhete afetuoso prometendo presença nos lançamentos. Dei boas gargalhadas. O mais doce puxão de orelha que recebi. Recentemente elas fizeram um encontro, me chamaram, já avisando que entenderiam se eu não fosse. Larguei minhas emergências empilhadas na mesa do escritório e fui receber e distribuir carinho, atenção, ouvir as novidades, aconselhar, consolar, me alegrar com elas. Bebi apenas água, porque tinha de trabalhar cedo no dia seguinte, mas saí de lá como se tivesse partilhado o champanhe com o qual brindaram ao aniversário de duas delas.

O tempo de hoje dá mais chance à amizade. Sou otimista. Agora temos novos canais e reencontro virtualmente pessoas que a distância física afasta. Reforço laços já meio gastos. Redescubro afinidades. Troco lembranças com os amigos sobre fatos passados que vivemos juntos. Assim a amizade dormente, porém viva, floresce de novo graças ao mundo digital.

Reencontrei um amigo esta semana. Eu o havia perdido. A mágoa ficou entre nós e ele se afastou. Me fez tanta falta por anos a fio... Quando a gente se encontrava em ambiente social, eu recebia de volta um educado "como vai?" diante de qualquer tentativa de reaproximação. Perdido o amigo, tive anos para pensar em como era precioso o tesouro. Inesquecível. Uma diferença de opinião, que expressei de maneira forte. Ele achou forte demais e injusta. Considerei sua reação excessiva. Pronto. Bastou isso e foram longos anos de silêncios e cumprimentos superficiais. Esta semana, no entanto, a mesma em que perdi o amigo do humor irônico em terra distante, reencontrei outro cuja especialidade é o aconchego leve, as frases inteligentes. A conversa foi retomada e o tempo da distância foi sumindo. O motivo da mágoa não foi abordado. Se ainda está no coração dele, foi deixado de lado, em algum cantinho que ele não quer mais visitar. Foi suave o reencontro, foi natural. O que não foi dito ficou como um sussurro no coração: amigos para sempre. Bem-vindo de volta, amigo querido, que falta você me fez.

/28 *mar* 2015

15 / A tristeza tem seu lugar

Há aqueles dias de ressaca. Não de ter bebido no dia anterior, mas de a vida o ter sacudido por algum motivo, de tal forma que você acorda querendo um canto e um tempo de recolhimento. Se acordar assim, dia desses, entregue-se. Há quem queira correr uma maratona para que a endorfina engula esse sentimento de fragilidade. Há quem tome um remédio: a química salvadora que apaga essa sensação de impotência que, às vezes, domina o corpo e nos abate logo no começo de um dia.

Não é uma dor profunda essa da qual estou falando. É aquela tristeza fina, a certeza de que há algo errado em sua vida. Já sentiu? Pois é, ela pode ser criativa, pode ser o pedido de descanso, pode ser o alerta de que sua mente precisa de espaço para pensar e, eventualmente, tomar decisões.

Na vida atual, a gente se dá pouco tempo para reflexão. Tudo é muito agitado. Tristeza virou sinônimo de depressão a ser tratada com remédio, um esporte radical, uma festa em que exibiremos o sorriso falso na pista de dança. Ninguém pode estar triste — é logo aconselhado a fazer tratamento médico e, no consultório, recebe a receita de um tarja-preta ou vermelha. No livro *1984*, de George Orwell, sobre a distopia da sociedade perfeita, as pessoas tinham de tomar a pílula da felicidade diariamente, porque estar feliz era o único estado aceitável naquele mundo autoritário.

Hoje em dia tudo é química, tudo é doença, nada é normal. Uma criança distraída, que fique olhando longamente para o infinito com frequência, será vista com preocupação pelos pais. Levada ao consultório médico, sairá de lá com algum diagnóstico e a receita de um medicamento para alterar o comportamento.

Fui uma criança quieta, ensimesmada, tímida. Não gostava de estar em lugares com pessoas que não conhecesse. Chorei meses no começo do período escolar pelo pavor de enfrentar a turma. Meu irmão, um ano e meio mais velho que eu, era inquieto e agitado. Meu oposto. Eu levei minha introversão para os livros e neles mergulhei com o prazer de abrir uma janela sobre paisagem de infinitas possibilidades. Naquele mundo tudo podia acontecer e eu me desligava do resto. Meu irmão usou a inquietação para desenvolver vários talentos. Um deles o de tocar violão, que aprendeu sozinho. Como canta e toca o meu irmão! No dia de hoje seríamos diagnosticados: ele, hiperativo; eu, agorafóbica. Os dois tratados como portadores de síndromes. Lembro que os vizinhos estranhavam a minha quietude e meu mutismo. Minha mãe, que teve 12 filhos, sabia respeitar a diversidade do temperamento humano. "Ela é assim mesmo", dizia. Caminhei, sem pressão, para fora da concha e hoje vivo no mundo da comunicação, onde a exposição é o pressuposto.

Precisamos respeitar as tristezas, os recolhimentos, a reflexão. Principalmente precisamos entender as diferenças. Em todas as idades. O normal da vida não é ser alegre, o natural é oscilar entre momentos de alegria e de tristeza. Assim é a vida. Muita ideia boa nasceu de uma hora de introspecção ou do sentimento da tristeza que nos silencia em certos dias. Se acordou assim, querendo o silêncio e o mergulho em uma tristeza que chegou de algum ponto, deixe-se ficar no seu canto. O belo da vida é que os dias não são iguais, nem nós somos os mesmos todos os dias.

/11 *abr* 2015

16/O silêncio presente

Eu preciso do silêncio, às vezes. Da agitação da vida, da correria diária, do mundo urbano eu gosto também. Mas a calma que o silêncio dá preenche certos vazios, afasta alguns temores, inspira. O melhor silêncio é o da beira de algum mato, nas madrugadas de um dia sem trabalho, desobrigado. Gosto de acordar bem cedo para ouvir por mais tempo aquele nada. E quem prestar atenção ouvirá todos os sons que estão escondidos: um pio de alguma ave mais matinal, o último ser da noite se recolhendo, o vento que bate na árvore. Apurados os sentidos, você percebe que está tudo em sintonia.

Hoje mais do que nunca eu queria o silêncio, e se o tivesse ofereceria aos que amo, aos amigos, aos leitores, aos colegas com quem cruzo correndo e dou apenas a gentileza do bom-dia. Estamos todos precisando de uma paz assim como a que vi, certa vez, no amanhecer do Pantanal. Uma paz viva.

Era escuro ainda quando saí com o barqueiro na pequena embarcação que deslizava pelo belo rio Negro. Por que todos os rios negros são lindos? O do Pantanal e o da Amazônia. Paramos e ficamos no doce balanço do barco, bem perto de um santuário de pássaros. Eles foram acordando, dando voos inaugurais do dia, pousando vindos de não sei onde. Aquele lugar parecia um ponto de encontro de uma convocação alada. O sol começava a nascer e o espetáculo preencheu o silêncio com sons vivos. A água duplicava a beleza e era difícil saber o que era mais bonito: o real ou sua imagem refletida.

Pensei naquele amanhecer — que lembrava o início da vida — ao começar a escrever esta crônica. Quem já visitou este espaço virtual sabe que aqui me abrigo contra certos ruídos inevitáveis entre os quais eu vivo: as asperezas da ata do Comitê de Política Monetária, o relatório das agências de risco, o panorama da economia mundial via Fundo Monetário Internacional, a volatilidade dos índices. Não é que não tenham graça. São importantes. É meu ofício achar ali, naquele mundo de palavras feiosas, textos de qualidade duvidosa, clichês e números, o que é do interesse de quem me lê ou assiste. Atravesso esses desertos de estilo atrás da chamada notícia.

Não aqui. Neste refúgio escrevo crônicas. Elas têm a vantagem de começar em qualquer ponto, inventar seu próprio trajeto e desaguar na ideia que escolhem. É conversa descosida com o leitor. É pura intimidade. Numa parte do jornalismo eu digo o que penso; aqui, o que sinto.

Hoje tenho essa vontade de achar a síntese do silêncio, embrulhá-la em papel colorido e oferecer a quem me lê. Como um mimo. Um presente de boas-vindas a este espaço que ocupo aos sábados. Na excessiva agitação urbana, nas inconveniências dos vizinhos, nos motores dos carros, vamos nos acostumando com a falta do silêncio. Por isso eu gostaria de oferecer esse presente a você, leitor, para que ele seja aconchego e proteção. Para que você se recoste nele e esqueça os momentos difíceis da semana. Para que no silêncio você encontre a música que precisa ouvir. E, então, descanse.

/18 *abr* 2015

17/O resto
é poeira

A poeira do sertão do Ccará cobriu a rua por onde a moto entrou em alta velocidade, parando em frente a uma casa. Uma mulher subiu no banco de trás e o veículo acelerou, deixando seu rastro antes de sumir na esquina.

Lúcia, a vizinha, correu até a casa e nunca esqueceu o que viu. Nos anos seguintes, ela sempre contaria a cena da poeira na rua e a da criança que ficou na casa — era ainda bebê, engatinhava chorando em direção à porta. Pegou-a no colo e a consolou cantando baixinho. Pressentira que aquilo aconteceria e por isso não se assustou quando viu o cunhado caído na sala.

Sem pressa, Lúcia fez o bebê dormir. Ela sempre soube que tudo acabaria mal naquele casamento. Pressentira os sinais, ouvira frases soltas e brigas do casal. Mesmo assim achava que a mulher levaria a criança ao ir embora. Ela fugiu com a ajuda do irmão, o rapaz da moto. Voltaria anos depois.

Colocou delicadamente a criança no berço e foi ver o cunhado na sala. Pesado demais, foi difícil carregá-lo. Acomodou-o melhor, para que dormisse seu sono de bêbado no chão mesmo. Voltou para casa, onde estava sua filha de 3 anos e aguardou os acontecimentos.

Seu cunhado bebia muito. Eram vários conselhos de muita gente, mas ele não ouvia. Carregava enorme tristeza desde a morte do irmão. Pelo menos era assim que pensavam os moradores da pequena cidade, a 500 quilômetros de Fortaleza.

Lúcia ficou atenta aos rumores da casa vizinha. Tomava conta sozinha da filha, desde que o marido morrera, assassinado no bar do qual era dono. Um cliente não aceitou quando ele fechou o bar, correu atrás dele com uma faca e o matou. O infausto acontecimento, que abalou a comunidade, narrei em crônica anterior.

Depois da morte, o irmão fraquejou e a mãe desistiu da vida. Ficou ela, a mulher, tendo de ter força para criar a filha e amparar o cunhado. Pensava na tristeza que ele teria ao acordar da bebedeira. Certamente não suportaria a dor da fuga da mulher e se afundaria mais ainda na bebida. Como cuidaria da criança? A opinião era geral na cidade: ele não conseguiria cuidar da filha, um bebê que engatinhava.

Jamais se viu naquele sertão pai tão dedicado. Cuidava da menina com esmero, e ela cresceu sempre arrumadinha. Só saía de casa de banho tomado, cabelo bem penteado, roupas bonitas. A cidade não entendeu o bêbado. Nunca mais falou na mulher que fugira na moto. A cidade suspeitava que ela estava em São Paulo, mas ninguém sabia ao certo.

Só um pedido ele fazia a Lúcia, sua cunhada e vizinha:

— Quando eu morrer, você cuida da minha filha por mim. Não deixe faltar nada.

Ela concordou. Sabia que ele morreria, porque pressentia tragédias desde aquela que levara seu marido, aos 30 anos. Ajudava o cunhado no que podia naquela vida curta que ele estava condenado a ter. Cada vez mais calado, ele apenas cuidava da filha. De noite, às escondidas, bebia. Sobrava carinho para a sobrinha, que via crescer na casa ao lado.

Adulta e morando no Rio, quase 30 anos depois ela me contou o caso.

— Lembro ainda dele brincando com meu cabelo e me dizendo que eu era a sobrinha favorita — disse-me, limpando a lágrima na manga da camisa.

Ele cuidou da filha e foi um bom tio por oito anos. Depois disso, seu fígado não aguentou tanto álcool. No dia de sua morte, ninguém na família teve dúvidas: Lúcia cuidaria da menina órfã. A criança só mudou de casa e a vida continuou. Até o dia em que sua mãe reapareceu.

Veio com o irmão com o qual fugira na moto. E um advogado. Antes de ver a filha foi ao cartório tirar uma certidão de óbito do ex-marido. Depois foi ao juiz pedir a guarda da menina e a posse dos bens do finado.

Foi quando se viu a fúria de Lúcia. Ela enfrentou tudo, a mãe que fugira e as dúvidas do juiz. Ganhou a guarda da menina e a amou como se sua filha fosse. A mãe, que abandonara o bebê que engatinhava, voltou para São Paulo. Ultimamente manda para a moça e-mails, torpedos, mensagens de WhatsApp e tenta ser amiga no Face. A filha nunca responde. Para ela, mãe é a Lúcia, a que sempre esteve a seu lado. O resto é poeira.

/25 *abr* 2015

18/Notícias da mata

O feriado amanheceu frio e nublado na mata onde me refugio. Fica em Minas a reserva na qual invisto em refazer o desfeito da Mata Atlântica, plantando espécies nativas com a paciência de quem sabe que a natureza tem o seu tempo, que começa muito antes de mim e vai para muito depois de mim. Cheguei quinta bem tarde. Trânsito horrível na saída do Rio. Na escuridão da noite não deu para ver o que a terra tinha feito na minha ausência. Há muito não tenho conseguido vir, então me levantei cedo para conferir. A mata em frente à casa está esplêndida, como sempre, mas a novidade é que o pasto em que plantamos 32 mil mudas já está completamente coberto e as árvores estão tão altas que de longe parece haver uma continuidade entre a parte antiga e a plantação nova. As plantas invadem até a borda do eucaliptal do vizinho.

Recebemos visita, segundo fui informada. Infelizmente, eu não estava no momento em que ele apareceu com seu grito potente. A árvore balançava tanto que foram olhar e era ele. Assustado, ele foi para o bambuzal mais adiante. O macaco bugio, que em Minas se chama barbado, é ruivo, com altura de mais de meio metro, e tem uma voz que num primeiro instante dá medo. É um grito rouco que lembra o de algum animal de grande porte. Na primeira vez que ouvi, era um grupo de passagem por aqui fazendo tanto barulho que me assustei. Agora, menos urbana, já não me impressiono, sei que ele tem aquela voz maior do que ele, por causa de um osso na garganta que funciona como uma caixa de ressonância. No mais, é um macaco de médio porte que nem chega aos pés do muriqui, que tem o dobro do tamanho dele.

Esperarei meu visitante me dar a honra do retorno. Contaram-me que esta noite, quando eu já dormia, eles fizeram seu som na mata. Estão por perto. Sei que há mais habitantes na terra que recobri de verde. Dia desses, exatamente no dia 11 de agosto de 2012, às 11 horas da manhã, apareceu um lindo veado-mateiro perto de onde os ornitólogos faziam o levantamento de aves. O animal olhou para os humanos sem susto, foi fotografado e saiu tranquilamente. Já havia aparecido uma vez. Não sei se é o mesmo, mas saiu da mata, andou pela área aberta, tomou água e voltou para a mata. No caso do que foi fotografado, sei tão precisamente o momento porque ele entrou no relatório dos biólogos. Eles escreveram assim: "Apresentou comportamento bastante fleumático, sugerindo baixa pressão antrópica resultado do sucesso da proteção oferecida pela propriedade, apesar da proximidade da rodovia." Ficou registrado lá que era macho e estava comendo folhas de assa-peixe, arbusto bastante comum em áreas em recuperação. Fiquei feliz mesmo com a notícia e torcendo para que ele se estabeleça e constitua família.

Quando ando lá por dentro ouço muitos barulhos e vejo quase nada. Exceto naquele dia em que caminhava havia mais de uma hora e uma coisa caiu bem perto dos meus pés. Era um quati que tinha escorregado da árvore. Ele fugiu de susto ao me ver. Bobinho, se eu planto tanto, protejo tanto, transformei tudo numa reserva, é para que cheguem mais. Mas fico curiosa. Isso fico. Quero ver quem chega e quem sai. Não quero perturbar ninguém, só saber de notícia. Foi por isso que pedi aos ornitólogos que instalassem a câmera deles por uma noite. E lá apareceu a dona paca, fotografada, olhando para a máquina às 19h57 do dia 10 de agosto de 2012.

Os ornitólogos Lucas e Luciene catalogaram o registro de 156 espécies de aves. Contei o número para o presidente da Conservação Internacional, Russell Mittermeier. Ele riu e disse:

— Isso é ridículo.

— Por que ridículo?

— Na Inglaterra inteira tem 150 espécies de aves, você numa fazenda de pouco mais de 100 hectares tem mais do que isso. O seu país é muito rico.

Pobre Brasil que vai destruindo suas belezas e seu patrimônio com a displicência de quem sempre teve em abundância. A Mata Atlântica guarda inúmeras preciosidades nesses pequenos fragmentos que alguns protegem e outros destroem. Enquanto eu cercava a mata velha e plantava a nova, Minas foi o estado campeão de desmatamento nesse bioma. Vi isso à minha volta. Quando comecei a plantar era para unir as minhas árvores às do vizinho e fazer um corredor. Ele derrubou as dele e plantou eucalipto. Por isso gostei de ver que as nativas andam invadindo as exóticas do vizinho.

Aqui eu descanso meus olhos no verde e esqueço as crises deste confuso ano de 2015, que parece ter vindo para testar nossos limites de resistência. A natureza retribui me acalmando. Vinha de uma caminhada e, ao abrir o computador, lá estava uma mensagem de uma amiga escritora perguntando, aflita, pelos desdobramentos da política brasileira. Digitei de volta: "Não fique aos sobressaltos porque esta crise vai longe."

Quando venho para o meu refúgio, a melhor notícia que recebo é que a mata cresce, as árvores me abraçam, os pássaros me encantam, os bichos me surpreendem e as crises parecem menores. Porque hoje é sábado andarei pela mata à procura das novidades da terra.

/2 *mai* 2015

19 / A misteriosa sabedoria das mães

As mãos da pianista voavam sobre o teclado do piano. Mãos com asas. A formidável coleção de notas ocupou a sala e paralisou os ouvintes por quase uma hora. Vários mestres nos visitaram naquela noite no elegante auditório da Fundação Maria Luiza e Oscar Americano, em São Paulo: Bach, Beethoven, Villa-Lobos, Scriabin, Ravel. Houve um momento em que a saudade da minha mãe ficou mais forte.

Mariana, minha mãe, nos deixou há 26 anos. Ainda nos lembramos dela com frequência e saudade, eu e meus 11 irmãos. Quando ela engravidou pela última vez, ouviu muitas críticas. Estava já com 44 anos e achávamos que éramos demais, mesmo no Brasil do velho padrão demográfico.

Minha mãe era presciente. Fazia afirmações que todos levavam na brincadeira, até que se confirmavam. Diante das censuras por mais uma gravidez, sorria calmamente e dizia que seria uma menina, e pianista. Naquela época nem se fazia ultrassonografia. E ela arriscava dizer o sexo e a profissão do bebê que esperava naquela hora tardia.

Minha mãe era capaz de dar atenção a todos nós, 12, sem que parecesse estar ocupada. No dia que completaria 80 anos se estivesse viva, decidi fazer uma homenagem. Imaginei que ela gostaria que eu doasse livros para a biblioteca da escola pública onde fora professora e diretora. Que gostaria também que eu fizesse uma palestra na cidade sobre o valor da educação. Foi o que fiz. Além disso, decidi editar uma revista com matérias sobre ela. Para escrever um dos textos da publicação entrevistei os meus irmãos. Foi aí que descobri mais um de seus mistérios. Cada um dos filhos de minha mãe achava ser especial e contava um fato, uma lembrança, um carinho em que ficara com a certeza de ter sido particularmente amado. Então eu a admirei um pouco mais.

A mim, ela disse que quando fosse velha iria morar comigo porque eu a entendia. Fizemos esse trato, o único que não cumpriu. Morreu nova ainda, cheia de vitalidade, e trabalhando intensamente na casa, no sítio, na escola municipal. Não envelheceu, não veio morar comigo. Seu coração parou, sem aviso prévio, aos 64 anos.

Ao longo da vida venho me lembrando da pele de porcelana e dos olhos azuis que não herdei. Do seu hábito de acordar de madrugada, que herdei. E do seu medo das tempestades, que eu não entendia. Mulher de todas as coragens, porém com esse medo da fúria da natureza.

Lembro-me sempre dela com alegria. Ela era alegre. Tenho imagens dela entre plantas, filhos e livros escolares. Ela gostava de plantar, hortas principalmente. Voltou a estudar depois de muitos filhos. Fez o Curso Normal e, depois, Pedagogia. Ao retomar os estudos, as três filhas mais velhas já eram adolescentes e eu me recordo das quatro fazendo os deveres de casa juntas. Aprendi então que estudar é para sempre.

Estava para nascer seu décimo segundo bebê e minha mãe repetia para todos a previsão de que seria uma menina, e pianista. Nunca forçou a menina, mas ela cresceu interessada no piano que ficava na sala. Bem cedo pediu para ter aulas. Estudou piano em Minas, no Rio, na Noruega, nos Estados Unidos.

As mãos da minha irmã voavam sobre o teclado. Mãos com asas. Era uma apresentação prévia das peças que tocou em Nova York, no Carnegie Hall, onde tem feito apresentações nos últimos anos. Minha irmã, Simone Leitão, a caçula, vive duramente do piano em um país que valoriza pouco a música clássica. Porém, só consegue entender sua vida se for ao lado do instrumento que ama. Enquanto minha irmã tocava, eu me perguntava: que mistério é esse que têm certas mães?

/9 *mai* 2015

20 / Os tempos todos da vida

Escrevo sobre o futuro cercada por vários passados e um presente intenso. Assim é o Brasil. Ele não dá trégua. Nesse redemoinho é como se os tempos se unissem e não houvesse fronteiras. A vida é plana e permite viagens a épocas distintas que se tocam, revogando a distância. É um mistério esse sentimento de que se pode ir e vir livremente pela vida. Há momentos em que tudo parece que foi hoje.

Estou ocupada no trabalho de revisão, checagem de dados, releitura de um livro que lançarei em agosto sobre o futuro. Uma reportagem que inclui entrevistas com especialistas sobre as chances, os planos, os riscos do país. Nele, uno lembranças do acontecido e projeções do que está por vir. O passado está contido no futuro, diz o poeta T.S. Eliot. Ao compor o livro me transporto para um tempo que ainda não chegou e busco o entendimento do que já passou.

Escrivatura. Essa foi a palavra que inventei para esse ato que pede, de quem se dispõe para ele, a paixão do ofício e a disposição de servir a um senhor caprichoso e detalhista. Todo livro acaba levando o autor a um funil. É onde estou. Nele, todos os prazos se aproximam e há uma infinidade de detalhes para olhar. O futuro ainda não veio, por isso ele requer atenção cuidadosa. O presente do Brasil é exigente porque tem estado repleto de crises, mudanças, brigas, divisões, surpresas. O passado permanece aberto. Contas não fecharam, dores não foram tratadas, ciclos não se encerraram, por escolha ou impedimento.

"É muito fundo o poço do passado." Essa é a primeira frase do primeiro livro de *José e seus irmãos*, de Thomas Mann. É preciso visitar esse passado para entender tudo o que veio depois dele. Refazer os passos para resgatar algo esquecido, enfrentar velhos fantasmas e amar as pessoas, as que já se foram, as que ficaram. O que nos leva ao já vivido pode ser uma palavra, um fato, um texto, um sabor. A lembrança traz de volta o ambiente que não está mais aqui. E ele fica real e nos cerca. É possível sentir cada um dos velhos sentimentos. A memória decide o que guarda, mas o faz como nos sótãos onde se empilham objetos incompletos, cores desbotadas, permanências aleatórias. Certos momentos de alegria intensa e de dor profunda não se apagam e nos levam de volta a esses cômodos ou ao poço de Thomas Mann. É inevitável ver através da bruma. Então, tudo nos revisita.

"O tempo é minha matéria, o tempo presente", escreveu Carlos Drummond de Andrade. E neste exato instante em que escrevo está escuro ainda e ouço um assovio lá fora. Abandono o texto para investigar de onde vem o som afinado. Um homem faz seu trabalho no início do dia, começando a preparar o Parque Olhos D'Água, em Brasília, para visitas, caminhadas e descanso de sábado dos moradores da cidade. Ele entra e sai do parque e o assovio se afasta e volta. Um passarinho canta em seguida como se fosse resposta. O homem e o pássaro, matinais, ocupam o silêncio em seu diálogo. Mas é um minuto apenas — o presente é delicado e curto. Vai se desfazendo com a luz que surge revelando a névoa sobre as árvores, e o homem e o pássaro vão se tornando passado.

Por uma inexplicável inversão, o dia, ao despontar, aumenta a névoa sobre o parque e, na minha lembrança, a bruma sobre o passado se desfaz. Os tempos se unem e eu caminho por eles certa de estar revisitando quem sou, o que me trouxe até aqui, o que me levará ao futuro. O tempo é plano e se pode cruzá-lo em busca de alguma resposta que, atrasada, ainda não chegou.

/30 *mai* 2015

21 / A chave da felicidade

Passava da meia-noite e o frio era intenso na reserva. Uma chuva fininha nos fazia tiritar. A casa estava toda iluminada, acolhedora, e pelo vidro da frente eu podia ver que a Silvânia deixara uma comida descansando em cima do fogão. Era só entrar na casa, saborear o jantar e se encolher na cama cheia de cobertores. E era exatamente isso que não podíamos fazer: entrar em casa.

Tínhamos viajado mais tarde para deixar o trabalho pronto antes de sair para os dias de folga que tirei, mas também para fugir do trânsito. A viagem durara um pouco mais que o normal e chegamos cansados, com fome e frio. O carro estacionou e eu respirei aliviada. Em casa, afinal! Foi quando tudo começou a dar errado.

— Gente! Onde está a chave? — perguntou o Sérgio.

— Você disse que estava com ela, eu perguntei antes de sairmos — respondi.

— Deveria estar nesse chaveiro.

Olhamos, desconsolados. Conferimos uma por uma. Todas as chaves estavam lá, menos a da porta da casa da reserva.

Sérgio decidiu que tentaria abrir com o canivete.

— Não vai dar certo. Eu pedi que reforçassem a segurança da casa. Você não vai conseguir — previ.

O chalé tem a frente de madeira e vidro. Como as luzes internas estavam acesas, a gente podia espiar o interior gostoso do refúgio que construímos perto da reserva, voltado para a mata. Costumamos admirar, de dentro de casa, o verde exuberante em volta. Naquele momento nada se via da beleza do entorno. Um breu cobria tudo, exceto o interior do chalé. Sérgio insistiu em forçar a porta. Impossível. Foi tentar abrir a janela, e a construção se vingou daquela tentativa de invasão: por um descuido o canivete voltou-se contra o dedo e abriu uma fenda. Eu nem quis ver o estrago. Simone, minha irmã, olhou e deu a notícia:

— O corte é grande.

Sérgio não teve dúvidas também:

— Me cortei feio, precisamos ir a um hospital.

Frio, chuva, fome e, agora, sangue. Lá dentro, o aconchego, a comidinha no fogão, a cama preparada, a mesa posta. Olhei a felicidade tão próxima e tão inatingível.

Entramos de novo no carro e fomos pedir ajuda na casa de outra irmã. Ela também havia decidido recentemente reforçar a segurança do portão com corrente para evitar a entrada de carro indesejado. Assim, foi impossível ir até a casa de carro. Simone na direção do veículo, Sérgio segurando o dedo em torniquete para conter o sangue. Eu saí na chuvinha fina e insistente, pulei a cerca e fui acordar todo mundo, com a ajuda dos latidos dos cachorros.

— É notícia ruim? — perguntou minha irmã Ana, levantando assustada.

— Nada! Quer dizer, nada muito ruim. Um dedo cortado.

— Como assim?

— Depois eu explico. Por acaso você tem a chave da minha casa?

Ela também não tinha.

— O hospital está funcionando?

— Talvez.

A dúvida se justificava porque da última vez que fui à cidade ouvi reclamações de que o hospital estava fechando, por falta de verbas e de estrutura mínima. Outro irmão, excelente em direção na estrada, assumiu o comando do carro porque se o hospital estivesse fechado teríamos de ir até Juiz de Fora ou Barbacena.

Estava aberto, felizmente, com alguns funcionários de plantão para casos leves, como uma sutura, e triagem de casos mais graves, que eram enviados para as cidades próximas em uma ambulância. Uma paciente gritava. Dor de estômago. O médico e enfermeiros se ocupavam dela, a ambulância se preparava para levá-la para Juiz de Fora enquanto fazíamos o cadastro.

Equipe pequena e simpática. Quatro pontos. Muito bem dados e que já estão a caminho da cicatrização.

Duas e meia da madrugada. Liberados, curativo no dedo do Sérgio, vacina em dia. O impasse, contudo, continuava. Perto de casa e tão longe. Não podíamos entrar. Uma grande busca no carro, com a ajuda da luz do celular, e nada! A casa da minha irmã em obra não podia nos abrigar naquela noite. Fomos atrás do hotel mais próximo. Vimos um na beira da estrada, perto do posto de gasolina, e entramos para ver se havia quartos. Havia. Dormimos algumas horas com a roupa da viagem. Levantamos assim que o dia clareou para ir para casa, que a esta altura já deveria estar aberta pela Silvânia com o cafezinho feito no mancebo e coador de pano, como é costume no interior de Minas.

Foi sair do hotel, abrir a porta do carro e alguma coisa brilhar no chão. A chave! Ela esteve lá todo o tempo. Às vezes, a felicidade é apenas ter uma chave, abrir a porta de casa e entrar.

/6 *jun* 2015

22 / A doce fruta da infância

Fruto proibido tem mais sabor. É uma velha lei da vida que atravessa os tempos, bíblicos ou laicos. No casarão ao lado morava um homem sozinho. Eu costumava imaginá-lo andando só, naquela casa imensa de dois andares, janelas sempre fechadas, luzes apagadas. Dava medo. E curiosidade. Quando ele aparecia no alpendre lateral, eu esticava o olho tentando adivinhar que segredos carregava. Às vezes, ele recebia a visita de alguns amigos, principalmente amigas. Ouvia-se, então, música e vozes. Mas era raro. O mais do tempo era ele sozinho. Nossa família se mudou para lá nos meus 10 anos. Na primeira casa em que morei, também havia vizinhos estranhos e cheios de mistérios.

O quintal ao lado tinha pés de carambola. As frutas enchiam a árvore, amadureciam, caíam, e ele não dava nenhuma para ninguém. Não falava com as pessoas, principalmente crianças. Meus dois irmãos mais velhos pulavam o muro atrás da fruta, andavam devagar em terreno perigoso. Meu coração aos saltos. Subiam nas árvores, pegavam carambola e voltavam correndo. Nem sempre impunemente. Algumas vezes, o sujeito soltava os cachorros em cima dos meus irmãos. Literalmente. O mais velho tinha pernas tão longas que num átimo estava a salvo, no muro. O mais novo escapava por um triz.

Minha função era vigiar algum som estranho na casa e gritar, avisando. Minha aflição era vê-los do lado de lá do muro, correndo risco pelo nosso prazer de comer a fruta proibida. Torcia para que o vizinho nada ouvisse de dentro do casarão de muitas janelas, paredes largas, pintura descascada, ar decadente. Na maioria das vezes ele não aparecia, meus irmãos voltavam e a gente se fartava de comer carambola madura. Amarelinha. Sem um pingo de amargura. Difícil achar carambola assim nesta vida, por isso passei a ser exigente com a fruta. Para comer carambola, a fruta tem de merecer. Ter aquele gosto da infância. De risco e recompensa.

O casarão lá na minha cidade permanece de pé. O homem morreu há muito tempo. Depois de sua morte, a casa ficou fechada de vez e a decadência aumentou. Houve um momento em que algumas partes ameaçavam cair. Isso atingiria a casa que continuava sendo da minha família, que é mais nova, de 1906. A construção vizinha é do final do século XIX. Se caísse, seria uma tragédia dupla. Meu irmão, o mais novo dos dois que pulavam o muro atrás da fruta, comprou a casa, reformou e reabriu o local como Casarão das Artes. Lá na minha cidade, cujo nome completo é São João de Caratinga, porque seu aniversário é em 24 de junho, Dia de São João, funciona agora esse centro cultural.

O Casarão vive aberto, cheio de vida, é um entra e sai de gente, exposições, apresentações de teatro, debates, muita música. Carambola não tem mais, contudo. Os pés da fruta o tempo levou. Quando vou lá fico lembrando aquele gosto inesquecível de carambola roubada e lamento que não tenham resistido para ver a alegria da casa aberta. Hoje seria só descer no quintal e pegar no pé, sem medo, sem riscos.

Em plena terça desta semana chegou uma caixa, e veio com bilhete carinhoso e um apelido, com título nobiliárquico, que certa amiga me deu de brincadeira. Abri a caixa. Eram carambolas. Foram colhidas num pequeno quintal em Vitória. Amarelinhas e docinhas como as da minha infância. Eu as coloquei na cesta de vime, fotografei, tuitei e mandei a foto para a amiga. O dia não terminou com elas na cesta. Comi tudo, antes que o tempo as levasse e eu ficasse na saudade.

/*27 jun* 2015

23/Indisponível

— Alô!
— Ainda está em casa?
— Já estou saindo, estou saindo.
— Vai chegar tarde na redação, cara.
— Calma, adiantei o serviço ontem. O fechamento hoje vai ser moleza.
— Liguei para o telefone da casa porque você não atendeu o celular...
— O meu celular apagou na minha mão. Tentei recarregar e nada.
— Aconteceu comigo. O meu faleceu nos meus braços.
— Deus me livre! É 3 mil um novo. Tenho dinheiro, não.
— Esquece. Você vai na loja e eles vão confirmar isso. Aconteceu comigo. Perdi tudo.
— Não pode. Bati o carro ontem. O seguro me deu o maior prejuízo com a franquia que tive que pagar.
— Perdi fotos, contatos, lista de favoritos. Ainda bem que tinha no computador alguma coisa. Eu atualizava no celular, só que não sincronizava, por isso perdi vários números que incluí. Bateu o carro como?
— Engavetamento. Não tive culpa. Fui o último. Me dei mal. Minha agenda está toda no celular.
— Vai perder tudo. Pôs na nuvem?
— Não sei. Talvez tenha alguma coisa.
— Não gosto de nuvem, mas sei que é bobagem. Vai ficar muito tempo sem carro?
— Sei lá. Por que o meu celular deu isso, gente? Não estava com problema.

— O meu também não deu sinal de doença preexistente. Simplesmente morreu. É uma conspiração.
— Como assim?
— Em algum lugar remoto, seres de inteligência artificial vão desligando os aparelhos velhos para nos forçar a comprar um novo. Inclusive, quando cheguei na loja e pedi que eles aproveitassem meu chip velho, eles disseram que era impossível porque agora é o microchip. Não deu para usar o velho e por isso perdi muita informação.
— Eu tenho que comprar um megacelular e não terei as informações?
— Exato. Você está atrasado, sem celular, sem carro, hoje é sexta, tem muito trabalho.
— Calma, tenho de pedir um táxi. Caraca, não posso pedir táxi, nem sei o número. Estava no celular. Vou ter que entrar na internet para achar o número. Mas tem o problema do T.
— Do T?
— A tecla T do meu teclado não está funcionando. Eu bato e a letra não aparece escrita. Tentei consertar, porém disseram que tenho de comprar um teclado novo, porque eles não trocam letra. Achei abuso.
— Vai para a rua, balança o braço e pega um táxi.
— Aqui não passa, tem que ligar.
— E sua mulher?
— Não está.
— Ela não pode te levar?
— Não sei o telefone dela.
— Não?
— Estava no celular.

Horas depois, no e-mail: "Assunto: meu celular morreu para sempre."
— Fui na assistência técnica e eles não consertam, só pagando por um novo e chega entre cinco e dez dias úteis. Estou sem celular até decidir o que fazer.
— Eu não te disse? E perdeu as infos?

— Acredito que sim, tinha um monte de coisa nova que eu fui tendo ideia e gravando direto no celular.

— Me liga do fixo.

— Me lembra seu número...

Dia seguinte no e-mail: "Assunto: Meu celular voltou à vida de repente."

— Papai do Céu deve ter tido pena de mim... ia perder muita coisa.

— Libera o Altíssimo de mais esta tarefa e faz backup de tudo.

/11 *jul* 2015

24 / Cartas velhas

Reli esta semana cartas que escrevi adolescente, em torno de 15 anos. Minha irmã Beth abriu uma caixa onde guardava correspondências antigas e lá estavam alguns textos meus. Primeiro choque: a letra era bonita e não os garranchos que hoje me constrangem. Outro dia, em pleno lançamento de um livro infantil, ouvi o que dizia um pequeno leitor enquanto eu autografava:

— Mãe, a letra cursiva dela é horrível!

Para diminuir o desconforto da mãe, aceitei a crítica construtiva. Usei como atenuante o jornalismo:

— Você tem razão. Jornalista tem de anotar rápido o que as pessoas falam e aí a letra vai piorando. Tem hora que nem a gente entende o que escreveu.

O menino me olhou apiedado e aceitou a desculpa. Passei a caprichar mais.

A grande dúvida que tive, ao reler as cartas que escrevi para Beth, que na época era estudante universitária em Belo Horizonte, foi: quando a gente se torna o que acaba sendo ao longo da vida? Numa delas, contava que tinha lançado um jornalzinho em Caratinga. O fato sumira da minha memória.

No primeiro número havia homenageado Cecília Meireles, segundo disse, e, no segundo, pretendia publicar algum poema de Carlos Drummond de Andrade. Reclamei que faltava material de consulta na cidade: "Quando eu penso que você tem uma coletânea do Drummond!"

Hoje o poeta mineiro descansa em lugar cativo na minha cabeceira. Não tinha noção de que a paixão havia atravessado tantas fases da minha vida. De Cecília tirei a epígrafe do meu primeiro livro de não ficção, o *Saga brasileira*. É sobre a luta contra a inflação, contudo não foi aos economistas que recorri, e sim à poeta. Foi o rosto dela que ilustrou a infeliz nota de 100 cruzados novos, que depois virou 100 cruzeiros. Uma cédula que, ao sair de circulação, havia enfrentado 630.000% de inflação. Eu queria indicar, na epígrafe, que nossa luta contra a hiperinflação havia sido bonita, porque heroica, e que dela não podíamos nos esquecer. Cecília Meireles tinha os versos certos: "Porque há doçura e beleza na amargura atravessada, e eu quero a memória acesa depois da angústia apagada."

Profética Cecília, o país se incomoda até hoje com cada alta da inflação. Mantém a memória acesa da amargura atravessada.

Então, o que mais queria a menina mineira que amava Cecília e Drummond? Nas cartas, informo: "No segundo número, quero entrevistar o prefeito e acho que vou conseguir." Não tenho recordação de ter cumprido a pauta, por isso acho que fracassei. Mas me lembro de uma tentativa anterior.

Aos 10 anos, na quarta série do antigo primário, a professora avisou que conseguira que um de seus alunos entrevistasse o prefeito na estação de rádio da cidade. Alertou que era uma grande responsabilidade representar a turma diante da autoridade máxima do município e perguntou quem estava interessado em executar tão difícil tarefa. Eu levantei o braço. Tinha medo e queria. Achava assustador fazer perguntas ao prefeito no rádio, no entanto a vontade foi maior que o medo. Levantei a mão e fiquei com ela bem à vista da professora, que a ignorou. Repetiu a pergunta. Meu braço levantado tremia ligeiramente. Uma colega também se candidatou. E a professora avisou:

— Temos duas candidatas. Vamos votar.

Pediu que cada uma de nós explicasse por que queria entrevistar o prefeito. Pensei em alguns problemas da cidade enquanto me dirigia, assustada, para a frente daquele colégio eleitoral. Não sei o que disse, mas convenci. Tive mais votos.

A professora então fraudou o resultado e me fincou uma memória que jamais esqueci:

— Será a Ruth porque a Míriam é muito tímida.

Protestei e pedi respeito aos votos, cada vez mais amedrontada e combatente, mistura que experimentaria várias vezes. A professora marcou um teste na casa dela, longe dos olhares dos colegas. Fui com as perguntas anotadas, que fiz sozinha. Na minha casa não havia como pedir ajuda aos pais nas tarefas escolares: éramos dez naquela época. E outros dois ainda nasceriam.

A professora me recebeu na varanda dos fundos da casa dela e pediu que eu lesse as perguntas. Devo ter lido muito mal, porque continuava oscilando entre o medo e a coragem, com vantagem para o primeiro sentimento. Ela deu o veredito:

— Como disse, você é muito tímida. Não vai conseguir. Está falando muito baixo. É melhor ser a Ruth.

Aos 15, pelo que leio nas cartas à Beth, eu tentaria de novo entrevistar o prefeito da cidade. Aos 18, entrei no jornalismo, em Vitória, para nunca mais sair. O que me intriga, depois de ler as cartas, é: em que momento a gente escolhe ser o que é?

Hoje gosto de escrever nas horas que ficam entre a noite e a manhã. Releio agora o que escrevi naquela remota adolescência. Numa carta, avisei que começara a escrever à meia-noite e contei que achava aquela hora bonita, porque era o fim de um dia, o começo de outro. Ao encerrar, contei que ainda ia estudar.

Era, portanto, mais de meia-noite e eu ia estudar. Outro dia um irmão me disse que foram muitas as madrugadas em que ele chegou da rua e me encontrou agarrada aos livros. Hoje costumo ler e escrever quando ainda está escuro, vendo o dia clarear. Tantos anos depois, confirmo a memória de que eu lia e escrevia enquanto todos dormiam na casa paterna.

/18 *jul* 2015

25/Surpresas das crianças

O programa do domingo era levar dois netos ao Centro do Rio para ver a exposição de Picasso, obras do Museu Rainha Sofia expostas no Centro Cultural Banco do Brasil. Estavam animados, Mariana (9) e Daniel (5). Fomos todos e explicamos, na longa fila formada na frente do belo prédio, que Picasso era um grande pintor que havia revolucionado a arte.

Vencidas duas filas, a de fora e a de dentro, entramos. Foi só parar em frente ao *Retrato de Dora Maar,* para Daniel anunciar em voz forte e audível a sua visão arrasadoramente crítica:

— O olho dessa mulher está torto...

Novo olhar mais agudo e ele concluiu:

— E olha esse nariz? Fala sério!

Nenhuma explicação o fez aceitar a obra considerada do grupo de elite de Picasso. Ao longo da exposição, Sérgio, o avô, foi mostrando a luz dos quadros, incentivando-o a dizer o que entendia de cada pintura. Ele foi aceitando o olhar do artista. Ao fim, diante da explicação do contexto, Daniel ficou bom tempo em frente ao quadro interativo baseado em *Guernica*. Gostou.

O que faz criança ser assim tão surpreendente e sincera? Quando é que perdemos esses atributos? O passeio continuou nas ruas do Centro, com Sérgio de mãos dadas com Daniel. Ele perguntava tudo. Sérgio contou da escravidão, o que o deixou meditando, porém aliviado por saber que no Paço Imperial, ali perto, fora assinada a lei que libertou os escravos. Sérgio mostrou o Chafariz da Praça XV e falou da chegada de D. João VI ao Rio de Janeiro.

— Mas por que o Brasil pertencia a Portugal?

Nenhuma explicação o convenceu. Queria mais detalhes do que considerava um absurdo. Quando passávamos em frente à Assembleia Legislativa, ele levantou o olhar para a estátua e quis saber:
— Quem é esse cara lá em cima?
— Tiradentes.
— E o que ele fez?
Explicada a Inconfidência, ele ficou mais inconformado ainda com o domínio português.
— Mas e os amigos dele também foram presos e mortos?
— Sim, a maioria. Alguns foram mandados para fora do Brasil.
— Então o Brasil não ficou independente! — concluiu, taxativo.
Explicações sobre a evolução dos fatos não o deixaram tranquilo.
— Ele foi enforcado e depois o corpo ainda foi cortado?
— Sim, foi isso.
Um longo silêncio e uma conclusão filosófica:
— A história do Brasil é de muita luta.
Voltamos contando as últimas do Daniel.
Na quinta, vendo o noticiário com os netos, foi a vez da estranheza da Mariana.
— Afinal, o que é essa Lava-Jato de que tanto vocês falam?
Aceitou a explicação, até que, de repente, outro espanto:
— Catta Preta??? Que nome é este, minha gente?... Le-wan-do-ws-ki??? Que nomes! Crianças com nomes estranhos sofrem na escola. O governador do Rio chama Pezão mesmo?
Resolvi não contar outros nomes mais fortes, de escândalos passados, como o inesquecível Jacinto Lamas.
Crianças têm a capacidade deliciosa de dizer algo que não esperamos. E isso torna a vida com elas surpreendente.
No café da manhã, minhas netas Manuela (quase 4) e Isabel (quase 2) estavam à mesa, junto com os pais. Isabel deixou cair o bolo e anunciou:
— Caiu o bolo.
— É a gravidade, Bebel — explicou Manuela.
— Não estou acreditando! — exclamou a mãe.
— É, sim, mamãe, é a gravidade, mas ela é invisível.

No dia do lançamento do meu livro infantil *Flávia e o bolo de chocolate*, convidei crianças de São Gonçalo para passar a tarde comigo na livraria. Elas vieram com tudo organizado pela minha amiga Rafaela Cassiano. Foi uma sucessão de frases engraçadas, respostas inteligentes e inesperadas. Uma menina bem pequena, aparentando 3 anos, foi entrevistada sobre o que havia entendido da história. O livro fala de adoção e diferença de cor, e as crianças foram incentivadas a colorir pessoas de tons diferentes e ver como é bonita a diversidade. Uma deliciosa tarde. Diante do microfone da TV, a pequena não teve dúvidas ao resumir o que havia entendido do livro:

— Todo mundo é da cor da pele.

Frase perfeita que esclareceu o que tentei dizer naquelas páginas. Criança tem capacidades que perdemos ao longo da vida. Onde é que elas aprendem?

/1 *ago* 2015

26 / Vida urbana entre a direita e a esquerda

A água começou a jorrar da casa do vizinho e caía do lado de cá do muro. Acordei de madrugada e ouvi o barulho. Pensei que fosse chuva, mas à esquerda da minha casa o chão estava seco; o barulho vinha da direita. Saí no escuro para verificar e era a casa do vizinho da direita desperdiçando o líquido em pleno tempo de escassez. Torci para que alguém acordasse logo e estancasse a sangria. Nada. O sol veio, o sol foi embora e a água continuava a cair.

No dia seguinte fui lá, toquei a campainha. Ninguém. Debrucei na minha janela e estiquei o ouvido. A bisbilhotice não capturou qualquer sinal de vida na casa, exceto pela água que escorria. Uma semana depois e aquilo persistia. Do lado de cá, afogou algumas plantas, molhou o piso de um cômodo e espalhou a terra, sujando a calçada lateral. Toleraria em nome da paz urbana, porém era inaceitável essa perda a esta altura da seca no país e das mudanças climáticas. Toquei a campainha em horas variadas. Silêncio. Por fim, telefonei para a companhia de água. O fiscal veio no décimo dia do vazamento, contudo, horas antes, a água parara de cair. Passei por louca.

A casa do vizinho da direita é bem calma. Só às vezes ouço, vindos de lá, cânticos católicos. A casa da esquerda é barulhenta e me submeteu por anos a fio à tortura de ouvir um cachorro que chorava. Se latisse, aceitaria. Ele chorava. Em prantos permaneceu, para meu desespero, até o dia em que deixou este mundo cão, cinco anos depois de a família ter se instalado ali. O vizinho da direita só perturbou mesmo durante uma obra grande no quintal. Pôs o morro dele abaixo, desestabilizando o meu. Tive um enorme gasto para criar um sistema de sustentação que fosse amigável ao meio ambiente. Um dia, o vizinho da direita ordenou ao meu caseiro que derrubasse a minha ravenala. Ela se abre como um leque, linda. Não é brasileira, é exótica, de Madagascar, e seu nome em malgaxe quer dizer "folha da floresta". Não é por ser estrangeira que merecia vir abaixo.

O vizinho da direita é padre. De vez em quando, há um entrar e sair de gente para alguma missa ou algum curso doutrinário. Carros com motoristas e, às vezes, segurança deixam as crianças para que sejam preparadas para a primeira comunhão. No resto do tempo, a casa fica bem quieta. Mas aquela sentença de morte sobre a minha ravenala me deixou furiosa. Fui tomar satisfação. Até porque meu caseiro quase cumpriu a ordem, dado que partira de uma autoridade eclesiástica. O padre me mostrou que a minha planta havia entendido mal a determinação de crescer e multiplicar. Brotou várias vezes, os rebentos haviam crescido e quebrado o muro que separa as duas casas. Entendi o problema. Negociei a sobrevida da planta e refiz o muro.

Longo tempo se passou sem qualquer rusga com a direita. Paz também com a esquerda, depois do falecimento do cachorro, pobre dele! Até que a água voltou a ser despejada da casa da direita sobre a minha. Na última terça-feira acordei ouvindo o mesmo barulho, só que mais forte. Jurei, dessa vez, que era chuva mesmo. Olhei pela janela do lado esquerdo e as luzes externas mostravam o chão seco. Suspeitei da direita e era ela, de novo, a culpada. Fui para o trabalho irritada. Ao chegar da TV resolvi ir direto até o vizinho. Ninguém atendeu.

Pedi ao meu caseiro que fizesse uma campana. Assim que ouvisse barulho na direita, fosse me avisar. Às 11 horas, ele me disse que o padre estava lá, contudo avisara que não poderia me receber e que só me concederia uma audiência às 17 horas.

Levantei-me da minha mesa e fui lá na hora. Toquei e o padre não atendeu. Tentei abrir o portão e ele estava destrancado. Entrei. Ele se assustou ao me ver. Pedi desculpas pela invasão e disse que era uma emergência. Reclamei de tudo que a direita fizera de errado até aquele momento. Dias e dias desperdiçando os bens da natureza. Foi quando me lembrei do papa Francisco. E reforcei o argumento:

— Laudato Si, padre. Laudato Si que temos esses bens da natureza.

A Encíclica do papa Francisco manda cuidar desses bens "da nossa casa comum", expliquei, e ainda dei uma consultoria hidráulica:

— É a boia da sua caixa d'água que está velha. Troque a boia.

A minha consultoria e a ajuda papal resolveram o problema. Sinto que neste domingo vou descansar sem ser perturbada nem pela direita, nem pela esquerda.

/15 *ago* 2015

27 / O horizonte de Brasília em agosto

O vermelho do horizonte de Brasília, no amanhecer deste sábado, parecia lembrar que é assim o tempo nesta cidade. Incendiados — o céu e o planalto. Tempo seco em que é difícil respirar. O ar entra queimando os pulmões. Não há água que conforte o corpo. Bebe-se e a sede volta em breve. A beleza do céu avermelhado compensa o ar seco. Fica o contraste entre a sensação de falta de ar e a beleza do entorno encantando os olhos. O espetáculo do horizonte rubro vai se repetir no fim do dia.

Sem trégua e sem água que reduza o calor político da cidade, vive-se este mês de agosto. "Não aguentaríamos três semanas como aquela primeira, da volta do recesso político", disse-me uma autoridade. Não explicou o que é "não aguentar". Dessa maneira se vive nesta temporada de secura e angústia em Brasília. Todo dia há uma sequência intensa de eventos e eles vão fazendo o dia passar rápido e pesadamente, ao mesmo tempo. Não se vê o andamento das horas, pisca-se e já é fim do dia. No entanto, cada minuto pesa. Contrastes. Assim é o tempo presente em Brasília, capital do Brasil, nesta temporada sufocante.

A paisagem é ampla. Do alto de algum prédio, ou do chão, em alguns ângulos, pode-se esticar a vista até a terra encontrar o céu. Na cena política não há visibilidade e sim a certeza de que pela frente há uma longa caminhada. Espera-se o próximo espanto, que pode vir de qualquer ponto: uma revelação nova, uma frase dita por alguém, um acontecimento previsível ou inesperado.

Fiquei olhando o céu vermelho desenhar o novo dia, com um copo de água que sorvia devagar, como um drinque, para afastar a sensação desagradável da seca, e pensando nesse encontro de beleza e desconforto que a aridez de Brasília provoca. Quando morei aqui, durante o governo militar, houve um dia difícil, de crise e sem horizonte, em que eu teclava a minha matéria em uma das máquinas de escrever que ficavam no comitê de imprensa da Câmara. A sala era cercada de janelões de vidro. Em determinado momento tirei os olhos do papel e olhei para fora. Fiquei prisioneira daquela cena. O céu estava completamente vermelho, como se a cidade tivesse saído da Terra e pousado em Marte. Jamais esqueci o impacto da beleza do horizonte incandescente com a sensação de que o governo era alienígena. Ninguém o queria, e ele permanecia com seu cotidiano delirante, marciano.

Não sei como será o dia neste sábado. Sei que o tempo continuará seco, o céu será bonito e a luz excessiva exigirá óculos escuros. Os gabinetes do governo estarão fechados porque é fim de semana, felizmente. Nas casas, nas mesas de almoço, nas reuniões de governo e da oposição, nas redações se falará desse tempo seco, entre tosses curtas, e da sufocante sucessão de eventos neste mês de agosto da política nacional.

/22 *ago* 2015

28/Um tempo para livros e família

Férias. Falta apenas um dia, o 7 de Setembro, e depois entrarei em férias. Vou abrir os trabalhos indo à Bienal do Livro no próprio dia 7 para uma mesa literária. No dia seguinte, 8, já desligada dos deveres profissionais, irei a outra mesa com este blogueiro, Matheus. Conversaremos sobre "Família, memória e sociedade", tema escolhido pelo curador deste espaço, o Cubovoxes.

Então, o que me espera é puro prazer: livros. Falarei de livros escritos e por escrever, andarei entre estandes de editoras, conversarei com escritores e leitores. Assim será a abertura oficial destas férias, em que tentarei não me preocupar com o déficit primário e os desentendimentos entre Joaquim e Nelson, os ministros. Já vi tantos outros conflitos entre ministros que sei o enredo. Delfim Netto precisou de oito meses para derrubar Mário Henrique Simonsen em 1979. Mas essa é outra história. Tenho uma coleção de casos inúteis, intrigas palacianas e disputas entre ministros. Um sempre sobra, e é justamente aquele que dá a má notícia ao governante. Veremos.

Não me preocuparei agora com a dupla atual de desentendidos. Depois do dia 7 de setembro será independência e férias. Quero conversar com os netos sobre os assuntos nos quais eles estejam interessados. Daniel, de 5 anos, disse que eu preciso ajudá-lo com os livros que ele quer escrever. Ponderei que só depois que ele aprender a ler. Ele disse que está quase aprendendo e que quer escrever livros infantis enquanto é criança.

Mariana, de 9, me pediu uma penteadeira e eu perguntei se era para as suas bonecas. Ela me disse que é para ela mesma. É típica menina em transição — os livros que escolhe, quando vamos à livraria, são ou infantis ou de pré-adolescente. A infância passa muito rápido. Recebi esta semana um vídeo em que ela está bem pequena e nós duas cantamos juntas a "Sá Mariquinha". Como não vi que ela crescia tão rápido?

Manuela, de 4, gostou de um livro que eu ainda nem escrevi, mas cujo esboço contei a ela. Pediu que eu contasse aos outros e inventou de "entrar" na história com os primos. Para ela, a fantasia é algo concreto, e vê-la brincando me dá a sensação de estar diante de realidade paralela. Isabel, aos 2, enfrenta o desafio dos óculos. Quero ajudá-la na adaptação e curtir sua inteligência, que está florescendo. Será uma delícia esse descanso em família.

Ficarei longe das viagens. A vantagem é que estarei protegida desse dólar maluco. Programei férias sem sair do Brasil não por medo do câmbio, foi mesmo pela vontade de ter tempo livre com os netos, os filhos e os livros.

Uma vez levei uma bronca da Mariana. Atrasada com a coluna para o jornal, eu escrevia correndo contra o tempo. Ela espalhou as bonecas perto de mim e começou falar com elas. Isso me desconcentrava e eu pedi silêncio.

— É assim que as pessoas brincam, sabia?
— Desculpe, é que estou atrasada com a coluna.
— Sabe o seu problema, vovó?
— Eu tenho um problema?
— Sim. Você trabalha tanto que não tem tempo para brincar com os netos.

Aqui estou eu, de malas prontas para ir para perto deles e para longe das colunas e dos comentários de rádio e TV. As notícias me acompanharão, contudo. Não sou capaz de não ver o que se passa em volta. Por estar de férias, olharei de longe e talvez consiga ver o mais agudo da crise, aquele ponto que não se nota quando se está perto demais.

No fim de semana passado vivi entre escritores, em Araxá. Havia tanta inteligência no ar que me sentia flutuar. O momento mais emocionante foi quando vi Lya Luft e Nélida Piñon no palco, juntas, falando de suas obras, de literatura, de memórias dos fatos que as levaram a ser quem são. Há sempre avós e pais e livros encantados na infância dos escritores. Era tanto o luxo da inteligência que da plateia veio uma pergunta, e quem a fazia era Marina Colasanti. Ninguém menos. O lugar estava apinhado de gente. Em uma cidade do interior de Minas, em um sábado à noite, famílias inteiras estavam ouvindo escritoras falarem de suas carreiras e de seus processos criativos. Depois fariam filas por autógrafos e selfies. Só naquele dia foram 3 mil pessoas ao Fliaraxá, que contou este ano com o dobro do público.

No domingo de manhã, eu saía do quarto para voltar ao Festival Literário quando o telefone tocou e a conversa era sobre o Orçamento, que iria com déficit para o Congresso e isso provocaria o rebaixamento da nota de crédito do Brasil. Essa vida dupla será suspensa por algumas semanas. Ficarei posta em sossego entre família e livros. Serei feliz como um passarinho. E assim descansarei para enfrentar o resto de um ano difícil.

/ *5 set* 2015

29 / A síndrome que persegue minhas férias

Crises e férias. Inimigas. Não se misturam. Não convivem. Uma acaba com a outra. Nas crises dos anos 1980, meu descanso foi interrompido várias vezes. Estava tão turbulenta a conjuntura que, por mais que eu olhasse o calendário, imaginando os momentos mais prováveis da piora dos problemas, sempre havia o inesperado. No fim, comecei a fugir do Departamento de Pessoal do *Jornal do Brasil*, que tentava me colocar em férias forçadas. Era um tempo sem descanso. Não havia trégua. Era tempo de vigiar e olhar os índices de inflação enlouquecidos subindo em montes nunca antes visitados e nos empurrando para a beira de precipícios econômicos.

Meus colegas brincavam na redação dizendo que havia uma síndrome que tornava incompatíveis as férias e eu. Citavam episódios que provavam haver uma relação causal entre minhas saídas e a piora das crises.

Em janeiro de 1989, estava tudo marcado para uma viagem e eu a suspendi um mês antes. Uma conversa com o ministro da Fazenda me deixara meio cabreira. Fiquei e não deu outra. O Plano Verão. Ele durou menos que o verão, mas foi suficiente para adiar por muito tempo as minhas férias, porque depois que ele deu errado o Brasil entrou em hiperinflação aberta. Preços galopantes. Decidi esquecer o merecido descanso.

Uma vez, em fevereiro de 1993, parei de trabalhar numa sexta. No sábado uma fonte me chamou para almoçar dizendo que era urgente.

— O ministro da Fazenda vai cair.

— Hoje é meu primeiro dia de férias. O que faço?
— Vai. Talvez ele se aguente por mais uns dias.

Viajei de olho no noticiário. Esse teve a delicadeza de esperar a minha volta para cair.

Em janeiro de 1999, eu havia marcado para passar umas semanas em Nova York. Tudo acertado com antecedência, passagens compradas, hotel reservado, ingressos nos teatros adquiridos previamente. Tudo certo, até que comecei a ficar desconfortável. Disse ao marido que não podia ir.

— Motivo?
— A crise.
— Ora, elas sempre ocorrerão.
— Esta será das grandes.
— Você é que tem problemas, não consegue desligar, é *workaholic*.

O ambiente ficou tenso em casa. Uma parte de mim achava que ele tinha razão. Outra parte sentia que algo estava para acontecer, como os animais sabem do terremoto antes de a terra começar a tremer. Fui a contragosto para o aeroporto, pois permanecia com sentimentos mistos. No voo fiquei em silêncio profundo, tentando entrar em modo descanso. A divisão continuava. Ora achava que eu era mesmo trabalho-dependente, doença da qual deveria me tratar; ora tinha certeza de que um grande tsunami se aproximava da costa brasileira e, por isso, eu tinha de ficar.

Fui. E me arrependi três dias depois. Desembarquei numa Nova York branca de neve, desfiz a mala, dei um passeio curtindo o Central Park, fui a um restaurante vietnamita para comemorar o aniversário do enteado e... o telefone tocou de madrugada. Atendi:

— Vou ler para você a manchete do *Globo*: "Brasil desvaloriza o real e cai o presidente do Banco Central" — disse minha sobrinha Juliana, sabedora do meu vício químico por notícias.

Foi um momento de extremo perigo para a estabilização da moeda conseguida quatro anos antes. Arrumei as malas de olho na CNN Money. Só dava Brasil. Previsões apocalíticas. Avisei ao jornal *O Globo* que reassumiria a coluna naquele dia. Liguei para economistas em Nova York e fiz um programa para a GloboNews de lá. Peguei o voo de volta, escrevendo do aeroporto numa era de internet discada e precária. Sufoco e prejuízo.

Entrei em férias na última terça. Na quarta a Standard&Poor's rebaixou a nota de crédito do Brasil. Disse ao jornal que estava interrompendo temporariamente as férias. Trabalhei quarta, quinta e sexta. Retomo as férias na segunda. Até quando?

/12 *set* 2015

30/Um mundo de livros

"Em um mundo sem livros eu não quero viver." Ouvi a frase de José Mindlin, o maior apaixonado por livros que este país já viu. Era um privilégio visitá-lo em sua casa em São Paulo, uma verdadeira biblioteca, e conversar com ele e Guita, sua mulher, sobre as obras raras. Quando ele morreu, deixou uma grande coleção para a USP que foi transformada em biblioteca pública. Pude ver, nas visitas que fiz ao amigo, preciosidades como o manuscrito de *Grande sertão: veredas*, datilografado, com as correções e anotações do autor, e a primeira edição de *O Guarani*.

Eu estava, outro dia, numa Bienal lotada de jovens, crianças e adultos que carregavam sacolas e circulavam entre estandes e ouviam autores, quando fui entrevistada por um canal que cobria este que é o maior evento literário do país.

— O livro vai acabar?

A pergunta era a negação do que se via em volta e eu sugeri à repórter que refletisse sobre essa contradição. Cem mil pessoas circularam só naquele dia pela Bienal do Rio. Para muitos significou uma longa viagem chegar até o local do evento. Para uma amiga, com a qual marquei um encontro lá, representou pegar quatro ônibus para chegar e passar o dia entre livros.

Jovens corriam, gritando atrás de uma youtuber. Até então ela só se comunicara pelo canal de voz e imagem, agora tentava o velho formato do livro impresso. Um autor inglês, acostumado à frieza do leitor da Inglaterra, que vai a sessões de autógrafos mas com observações polidas, estava espantado com a recepção que teve no Rio: afago, abraços, declarações calorosas de leitores. Na fila de autógrafos, um coro de jovens gritava seu nome e repetia "I love you". Seu romance teve venda recorde.

Os números do balanço final da Bienal mostraram a grandiosidade do evento em termos de público, vendas e de autores falando de suas obras. Em época de crise econômica, quando se cortam despesas e até a lista de compras de supermercado encolhe, o que faz uma feira literária ser tão forte? Tudo rema contra. Na semana, saiu mais uma avaliação do ensino que abala a confiança no país e no seu futuro: o atraso no aprendizado da leitura por parte de crianças de 8 ou 9 anos, que já deveriam ler com desenvoltura.

Eu participei de vários encontros literários nos últimos dias. Da Fliaraxá, que reuniu 65 autores em uma cidade do interior de Minas e lotou auditórios. Da Bienal do Rio, em dois dias consecutivos e com públicos diversos. E de reuniões nos colégios dos meus netos. As conversas com leitores de todas as idades nas filas de autógrafos não deixam margem a dúvidas: o livro vive.

O livro está em transformação, como tudo, afinal. Seu velho formato impresso permanece como há 500 anos e ainda é o favorito. Mesmo livros lançados simultaneamente em versões físicas e digitais vendem mais na versão tradicional. Os jovens são cada vez mais digitais, mas se em algumas gerações eles estiverem lendo apenas em tablets quem dirá que isso não é livro?

Um dia fui visitar Mindlin e ele já não lia. Uma enfermidade atingira seus olhos e ele não tinha mais capacidade de ver as letras que compunham as páginas das raridades que estavam em suas estantes. Ele pediu que eu lesse para ele. Ficamos nessa emocionante conversa. Ele sabia trechos de cor e pedia que eu relesse pedaços de livros que escolhia. Ficamos naquele idílio com o livro, numa tarde inesquecível da qual saboreei cada minuto. Não me assusta a voragem de mudanças que passa pela palavra impressa, porque sei que os grandes livros permanecerão em sua essência, mesmo que migrem de formato. Resolvi não me inquietar com o cenário que assustava Mindlin, certa de que ele não ocorrerá. Eu também não suportaria viver em um mundo sem livros.

/19 *set* 2015

31 / Uma família do barulho na Tijuca

Éramos uma família divertida. Eu e meus dois filhos, Vladimir e Matheus, desembarcamos no Rio depois de passar três anos em São Paulo. Não sabia que teríamos saudade da indiferença dos vizinhos paulistanos, que mal nos cumprimentavam nos elevadores. Estava na faixa dos 30 e poucos anos, e o filho mais velho estava entrando na adolescência.

No Rio, nos instalamos em um apartamento na Tijuca. Eu trabalhava muito, chegava tarde do *Jornal do Brasil*, mas no fim de semana a gente ia à forra. Praia, Jardim Botânico, Floresta da Tijuca, cinema, livrarias, bienais. Lugar para passeio não faltava. Em fins de semana de plantão também não nos separávamos. Levava os meninos para a redação do jornal, onde eles viveram experiências das quais até hoje se lembram. Xico Vargas era chefe e ele podia tudo, por isso fez o que não me atreveria a fazer: permitiu que experimentassem o computador, essa novidade que estava sendo implantada no jornal na segunda metade dos anos 1980. Eu pedia que não corressem pelos corredores e que brincassem de forma a não incomodar ninguém. Um dia, no entanto, Matheus deu um safanão no irmão mais velho e os óculos do Vladimir voaram. Foram pousar no meio da mesa dos editores, durante a reunião sobre a primeira página. Ele ainda se lembra do silêncio dos chefes enquanto resgatava, constrangido, seus óculos de aros vermelhos.

Um dia Matheus pediu para fazer um corte no cabelo de forma a deixar a cabeleira toda em pé. Queria seguir a moda e o irmão, que também optara pelo *look fashion*. Eu o levei ao cabeleireiro e fiz a vontade dele. Na saída do salão e já no táxi, a caminho do shopping, ele foi se encolhendo fisicamente. Desembarcamos, ele saiu do carro correndo, enfiou-se atrás de um bebedouro e ficou lá agachado.

— Só saio daqui se o cabelo abaixar.
— Você pediu esse corte...
— Está horrível, arrume meu cabelo.

Entrei numa loja e comprei uma escova, molhei a cabeleira e fiquei lá lutando contra a rebeldia dos fios. Nada os fazia deitar e foi uma longa negociação para o Matheus sair de trás do bebedouro e enfrentar a opinião pública. O cabelo só se rendeu após semanas sem ele tirar o boné da cabeça.

Um irmão mais novo que estudava Direito morou conosco uns tempos, e quando ele se mudou para São Paulo minha irmã mais nova, que havia acabado de entrar na Faculdade de Música, ocupou o quarto. Éramos um núcleo familiar alegre e unido. Os vizinhos, porém, se incomodavam com a gente. Um dia o porteiro me disse que eu tinha sido convocada para a reunião de condomínio.

— Seus filhos pulam durante a noite — acusou uma vizinha.
— Imagina, meus filhos de noite dormem.
— Sua casa é barulhenta.
— A senhora tem delírios auditivos.
— Você é que não sabe porque não fica em casa.
— Eu saio para trabalhar, a senhora não trabalha?

Não. Era dona de casa de olhos e ouvidos nos vizinhos. Eu acabei descobrindo que meu irmão fazia alguns exercícios à noite quando voltava da faculdade, e achei que era essa a origem do mistério. Proibi a ginástica noturna. Um dia outro vizinho foi reclamar de um barulho que, segundo ele, descia da minha casa pela parede e reverberava em um dos quartos dele. Eu fui ao apartamento do homem e, com o ouvido colado na parede, investiguei o som andante. Nada ouvi e recusei o uísque que ele me ofereceu.

Barulheira, confesso, fizemos anos depois na festa de 17 anos do Vladimir. A turma do colégio compareceu em peso. O som fora preparado para fazer do salão uma ruidosa e sonífera ilha dominada pelos Titãs. Contratei o Ronaldo, o melhor garçom do JB, para ajudar. Estávamos na maior animação quando o síndico invadiu o salão de festas, acendeu a luz e desligou a música. Ronaldo veio requebrando, com uma bandeja, e tentou amenizar a fúria do síndico:

— Quer uma bebidinha, doutor?

Diante do que considerou ser mais uma afronta — a orientação sexual do garçom —, o síndico desabafou:

— Esta é uma casa sem homem!

E passou a reclamar do meu estado civil. Uma mulher sem marido.

Um dia a campainha tocou muito cedo. Eu abri, ainda de pijama. Um vizinho, coronel da reserva do Exército, entrou resoluto na minha casa.

— O que é isso, coronel?

Ele correu para o quarto dos meus filhos, que, com o barulho da invasão militar, sentaram-se na cama, assustados. E eu atrás, repetindo:

— O que é isso, coronel???

Ele disse que estava saindo uma fumaça do quarto das crianças e viera em missão de salvamento. Era um ar-refrigerado novo que eu havia instalado, com aqueles tubos para expulsar o ar quente. Não nos colocava em risco, mas realmente estava com defeito e foi trocado.

— Obrigada, coronel, por ficar tão atento ao que se passa na minha casa.

— De nada, pode contar comigo.

Lembrei-me de tudo isso ao ler esta semana que uma comissão da Câmara acha que família é composta por um homem, uma mulher e filhos. A minha, que tinha meus filhos, uma irmã e eu, não era, então, uma família. Tarde para saber. Estávamos convencidos de que éramos.

Minha irmã arranjou um namorado alto e muito branco. Um dia ela chegou em casa aos prantos avisando que havia terminado o namoro. Dias depois, ele apareceu para fazer as pazes. Meus filhos murmuraram no meu ouvido:

— A volta do grande dragão branco!

Eles punham apelidos nos namorados da tia. Ela reagia imitando todos da família e os vizinhos implicantes, de forma a nos matar de rir. Simone tem também talento para imitar e reproduzir sotaques, trejeitos e formas de falar. Um dia, um vizinho bateu na porta para reclamar dela.

— Pare de tocar piano!

— Mas é Mozart! — ofendeu-se a pianista.

Negociamos o horário dos seus exercícios musicais para acalmar mais essa frente de combate aos sons da minha casa. No dia em que empacotava tudo para a mudança, ouvi as expressões de alívio dos vizinhos pela partida da família do barulho. Eles ficariam felizes se soubessem que, tantos anos depois, uma comissão da Câmara dos Deputados decidiria que aquela turma do 302 não era mesmo uma família. Faltava, como sentenciou o furioso síndico, um homem.

/26 *set* 2015

32 / Uma velha aventura na noite do Rio

A fonte era chata. Fonte é como nós, jornalistas, chamamos os entrevistados que nos dão informação. Aquela era chata. Aguentei o jantar, recolhi minhas informações e saí aliviada ao fim da conversa. Estava exausta depois de um dia insano de trabalho. Era o final dos anos 1980 e o país estava em grave crise inflacionária. Entrei em um táxi na porta do restaurante e dei o destino:
— Vamos para a Tijuca.
— Na Uruguai? Conde de Bonfim?
— Não, perto das duas. Na Homem de Melo.

Acabei de falar, fechei os olhos e dormi, vencida pelo cansaço. Ao abrir os olhos não reconheci o lugar. Perguntei ao motorista onde estávamos.
— Não sei.
— Como não sabe? Você é o motorista. Eu pedi a Tijuca.
— Acho que me perdi.
— Pois trate de se encontrar, estou exausta. Ache a Conde de Bonfim que eu te oriento.

O homem dava voltas por ruas laterais e desconhecidas e aquilo foi me irritando. Até porque tenho um avariado senso de direção e fico brava comigo mesma de ser tão desorientada. Isso foi antes de tudo, do GPS, do Waze. Nada havia. Nem internet nem celular. Um mundo no qual hoje não entendemos como sobrevivíamos.
— Olhe só, encontre a rua, rapaz, pergunte a alguém, se vire. Você é o profissional do volante, tem de saber minimamente a geografia da cidade. Podia ter me dito que não conhece a Tijuca, eu pegaria outro táxi. Não quero ficar rodando porque estou cansada, é tarde da noite e quero chegar em casa.

O motorista, em silêncio, ouvia a minha bronca, olhando para mim pelo espelho. Mas rodava, rodava, e não se achava. De repente, numa das voltas, vimos alguém na rua deserta.

— Pare e pergunte para aquele sujeito. É o único que apareceu até agora.

O homem disse que sabia onde era a rua e, então, eu sugeri:

— Entre aqui e nos leve.

O motorista me olhou assustado. O homem sentou na frente e, em vez de dar qualquer direção, virou-se para o motorista e disse:

— Você está dando volta com a belezinha aí atrás, né? E como pode? O que você quer fazer? Ganhar mais dinheiro? Enrolar a moça?

À medida que ele ia falando, percebia que tinha bebido. A voz pastosa. O cheiro de álcool. Resolvi defender o motorista quando o homem deu um tapa no ombro dele.

— Olhe aqui, este é o motorista do táxi que eu peguei. Quem dá bronca nele sou eu, você fique quieto. Agora nos mostre o caminho.

— Mas esse motorista não presta... e você, bonitinha, está perdida por aí por causa dele — a voz cada vez mais mole.

— Saia do meu carro! Você está bêbado! Detesto bêbado — mandei.

O homem, inesperadamente, começou a chorar.

— Eu bebi só um pouquinho... não briga comigo.

— Motorista, pare o carro. Moço, saia já do meu táxi.

O homem caiu no choro. O motorista parou o carro numa esquina deserta. Eu dei um empurrão no homem, que continuava aos prantos, para confirmar minha ordem de que ele devia sair do veículo. Ele saiu. Olhei para trás e ele chorava encostado a um poste.

O motorista rapidamente encontrou as ruas certas na Tijuca e chegamos à Homem de Melo. Ele permanecia mudo, como ficara durante todo o episódio, apenas me olhando pelo espelho.

Paguei, ele deu um grande desconto. Saí. Ia entrando no meu prédio, quando ele gritou de dentro do carro:

— A senhora... a senhora é completamente louca!

Deu a partida no carro e saiu em alta velocidade na noite do Rio.

/3 *out* 2015

33/O sentinela

Era branco o cavalo que ficava parado na frente da casa em que minha irmã, Ana, se abrigara com sua tristeza. Era um daqueles momentos em que a vida bate duro. Aluguei a casa de uma pequena fazenda e a família da minha irmã foi para lá, para o recomeço, depois de um grande revés em que tudo o que se supunha sólido se desmanchara no ar. O cavalo branco parecia entender o desassossego dos recém-chegados. Vigiava, solidário e com ar prestativo. Horas longas do dia e ele estava sempre à espreita, com uma fidelidade canina aos desconhecidos que aportaram na terra.

Minha irmã e eu nos debruçamos um dia na janela e ficamos olhando o bonito verde em volta, que a consolava.

— Aquele cavalo não sai daqui. Fica ali, parece um sentinela — disse ela.

— De quem ele é?

— Não sei. Apareceu não se sabe vindo de onde. Já o tocamos, ele volta. É bonito, não?

Era. A claridade da pelagem e da crina, em contraste com o verde, o porte do corpo e a cabeça, com vagos traços de Campolina, formavam um belo quadro e quisemos que ele não fosse embora. Meu cunhado procurou saber quem era o dono e foi até ele perguntar pelo preço. Era barato, não era novo, não tinha raça, eira nem beira. Fosse cachorro seria um vira-lata, sendo cavalo talvez fosse mais exato defini-lo como um pangaré, mas para nós já havia ficado precioso e o adquiri. Discordei do nome velho: Maisena. Combinava com a alvura, porém não tinha a nobreza que exibia. Ficou sendo Sentinela.

Eu não sabia andar a cavalo. Nas poucas vezes que tentara na infância não fora muito longe. Por isso resolvi fazer nova tentativa com o Sentinela. Arreado, subi e fomos. Calmo e manso ele entendeu que eu precisava de tempo para me adaptar. A andadura era de marcha suave. Sem sacolejos, sem sustos. Com ele aprendi a subir e descer os morros, explorar áreas de mata, e ele até me ofereceu alguns galopes. Sentinela parecia um tapete. Lento, é verdade, mas macio.

Um dia colocaram nele uma charrete com crianças. Alguém tirou uma foto com flash para guardar o momento. Luzes repentinas assustam cavalos. Ele deu um passo para trás, uma das rodas saiu da estrada e ficou pendurada no ar. Fosse outro animal não sei o que seria. Sentinela teve sangue-frio. Controlou seu susto, ignorou os gritos de medo, segurou com o corpo o veículo meio pendurado. Esperou os homens tirarem as crianças e ajudou-os a puxar o carro de volta para a estrada. Ganhou carinhos de agradecimento e palavras de estímulo.

Passou o tempo e Sentinela começou a andar mais devagar ainda, por isso era evitado pelos mais jovens e apressados, que o apelidaram de Vovô. Para mim, seria sempre Sentinela. Mesmo mais velho não ficou sem serventia. Passou a ser uma espécie de introdutor equino. Crianças bem pequenas, que precisavam aprender, primeiro andavam no Sentinela. Perdiam o medo, porque ele parecia o mais pacífico dos animais. Foi assim com meus netos.

Mas nem sempre havia crianças por lá e ele já fora tirado, por ordem minha, de todo trabalho pesado. Queria que ele tivesse uma aposentadoria digna. Era merecedor. Assim foi que Sentinela começou a fazer trabalhos sociais. Transferido para o Centro de Equoterapia, tornou-se o favorito no trabalho de recuperação de crianças com severas limitações físicas e cognitivas. Teve excelente desempenho na desafiadora tarefa.

Esta semana, já com idade avançada, Sentinela deixou este mundo, cercado de cuidados do veterinário, filho da minha irmã. Foi semana dura de crise econômica e política, de contas rejeitadas, dinheiro suíço e nenhuma luz no fim do túnel. O Brasil parece aquela charrete com uma roda no vazio, precisando de um sentinela que o traga, em segurança, de volta à estrada. Com gratidão me despedi, em pensamento, do cavalo que escolheu os humanos aos quais serviria e que chegou no momento certo. Assim me lembrarei dele, branco e manso, parado em frente à janela da minha irmã, oferecendo-se para ficar de sentinela no tempo do recomeço.

/10 *out* 2015

34/Uma noite em Paris

Andei febril por Paris quase a noite toda. Foi assim o primeiro encontro. Estava a caminho da Arábia Saudita. Vejo agora que parece ironia. Foi há tantos anos, nada do horror dos dias atuais estava previsto. Desembarquei com dor no corpo e febre alta. E era apenas uma escala. Dormiria na cidade e no dia seguinte à tarde pegaria o voo para Jeddah. Era o começo dos anos 1980. Nunca tinha ido a Paris. O dinheiro não dava. Só mesmo numa viagem a trabalho. Desembarquei, fui para o hotel e liguei para um amigo que morava na cidade.

— Você aqui?
— Estou de passagem.
— É a primeira vez?
— Sim. Tão linda, né?
— Vamos sair, vou te mostrar uns lugares.
— Estou com febre e dor no corpo. Vou ficar no hotel.
— O quê? A primeira vez em Paris e você vai ficar no hotel, dormir cedo e no dia seguinte, além disso, vai para a Arábia Saudita? Nem pensar. Passo no hotel em uma hora.

Andamos a esmo, não saberia dizer por onde fomos. Sei que em determinado momento da noite estávamos em Saint-Germain--des-Prés. Eu apenas admirava o ar de festa eterna, as pessoas que passavam, apressadas ou calmas. Olhava os detalhes, admirava os prédios e as ruas pelas quais andava. Jantamos. Depois voltamos a caminhar. Meu amigo me explicava cada bar, cada restaurante, pedaços da história francesa. A febre aumentou e isso dava um ar de delírio a tudo o que eu via. Uma cidade de beleza delirante.

Assim a vi pela primeira vez e assim a guardarei para sempre na memória e na paixão. Febril e linda.

Alta madrugada meu amigo me deixou na porta do hotel. Nunca lhe agradeci o suficiente, há anos não o encontro. Que bem ele me fez. Detestaria saber hoje que, a caminho de Jeddah e Ryad, eu tinha perdido a noite de Paris.

Voltei outras vezes e o encanto era sempre grande. Nada como aquele primeiro encontro, rápido e intenso, em que andei inebriada por suas ruas. Uma vez, anos depois, parei por lá a caminho de Praga. Uma viagem para ser feliz; sem trabalho, sem pressa, apenas para amar as cidades. No entanto, foi no primeiro encontro, num breve intervalo de trabalho, no caminho que me levaria a um deserto de asperezas, que entendi a alma de Paris.

/21 *nov* 2015

35/Um abraço, meu velho

Papai faz 100 anos. Faria. Morreu aos 84 depois de uma vida completa, com sonhos realizados e deixando um legado. Neste domingo, 6 de dezembro, seria o seu centésimo aniversário. Por isso vamos todos comemorar. E todos é muita gente. Na última vez que convidei a parentada para meu aniversário, há dois anos, apareceram 100 pessoas. A grande família está neste fim de semana rumando para Caratinga, Minas, onde ele viveu.

Uriel era seu nome. Era conhecido como Reverendo Uriel. Era pastor presbiteriano e professor. Por isso a festa incluirá o culto na igreja e atividades para lembrar sua vida educacional, com selos comemorativos e cantata de corais. O fim de semana de homenagens acontecerá na rua, na igreja e na velha casa onde moramos.

Que pessoa era meu pai! Um homem "pouco encontradiço", para usar uma de suas expressões favoritas. Aliás, ele tinha seu jeito próprio de falar.

— Esse almoço está opíparo, Mariana — dizia, elogiando minha mãe.

O uso de palavras incomuns era tão comum nele que a gente cresceu achando que era assim que se falava. Seu português era "escorreito", outra das suas palavras. No colégio onde estudou, em Garanhuns, Pernambuco, ganhando bolsa em troca de trabalho na faxina, tentavam ofendê-lo chamando-o de "mulatinho pernóstico". Ele dava de ombros ao bullying da época. Quando nos contava os apelidos que lhe davam na infância e as brincadeiras grosseiras que faziam, era com ar entre divertido e vitorioso. Nasceu num lar muito pobre, de pais analfabetos, teve sonhos altos e os alcançou.

Queria estudar, ter um colégio para dirigir e distribuir bolsas de estudo a crianças que não pudessem pagar. Era um Brasil que excluía a maioria dos pobres das salas de aula.

Logo que chegou a Caratinga, depois de concluído o seminário, e com várias licenciaturas, inclusive a de Latim, juntou-se a outros líderes da cidade para criar o primeiro ginásio daquela região do Vale do Rio Doce. E lá ele realizou seu sonho de inclusão pela educação. Costumava viajar pela roça para recrutar jovens talentosos e pobres que precisavam estudar.

Não foi fácil manter o colégio. Enfrentou várias resistências, além das financeiras. Uma delas foi o conflito com líderes políticos que queriam que ele usasse a notoriedade que começava a ter como professor e pastor para defender candidatos. Pressionado a participar de campanha eleitoral, avisou que púlpito não era palanque. Não dizia a ninguém em quem votava. Tinha medo de, por ser líder religioso e educacional, influenciar a escolha do cidadão.

— O voto é livre e secreto — dizia.

Pareceria um ser estratosférico nos tempos de hoje. Sua trajetória da extrema pobreza nordestina à classe média em Minas era contada por ele com orgulho, e servia para nos lembrar que a educação fora a chave de tudo. Outros pais da cidade incentivavam as filhas ao casamento, já ele nos dizia que o fundamental era que tivéssemos curso superior e uma profissão.

Como falava bem o meu pai. Seus sermões ou seus discursos em qualquer cena pública eram impressionantes. Improvisava como quem lia. Brincava com a oratória, ora suave, ora forte, capturando o ouvinte. Ainda ouço suas palavras às vezes, naquele harmonioso desfile sem tropeços.

A chave de falar bem, dizia, está em ler muito. Os livros sempre habitaram sua cabeceira, até o último dia. Certa vez, já no fim da vida, ele desafiou o prognóstico médico e conseguiu ter alta. Não repetiria a proeza na internação seguinte. Naquele dia em que saiu do hospital pela última vez perguntei o que ele queria que eu levasse.

— Poesia, minha filha, traga-me poesia.

Levei Castro Alves, e enquanto eu lia ele repetia o que sabia de cor. Quando eu velava seu corpo, uma fila se formou para agradecer aos filhos. Eram pessoas que contavam que haviam recebido bolsa na escola e isso mudara suas vidas. Histórias bonitas sussurradas em meio a abraços de consolo naquela hora da despedida.

Há muito a dizer sobre ele, mas hoje quero contar apenas do aconchego com que ele me recebeu na saída da prisão. Aquele abraço, meu velho, eu não vou esquecer.

/*5 dez* 2015

36/Numa rua do Leblon

Eu andava distraída. Olhei, não vi carro e comecei a cruzar a rua Almirante Guinle, no Leblon. No ponto em que estava não via os carros que, saindo da Ataulfo de Paiva, poderiam entrar na rua. A menos que andasse olhando para trás. Quem viesse chegaria pelas minhas costas. Pela própria Almirante não viriam carros porque o sinal fechara para eles.

Estava saindo do médico. Havia ligado o celular ainda no elevador para ver as últimas e nervosas notícias do Brasil, sempre surpreendentes nestes tempos loucos. Em apenas uma hora muitos e-mails haviam se acumulado, conferi parada na porta do prédio. Alguns pedindo respostas urgentes. Olhei a rua cheia de carros, não identifiquei nenhum vindo na minha direção e comecei a atravessar. Estava no meio quando a vi do outro lado, parada no meio-fio, querendo atravessar a mesma rua mas no sentido contrário ao meu.

Era o começo da tarde de terça-feira. Faltavam alguns minutos para as três. Muitas pessoas nas ruas. Todas mergulhadas nos próprios pensamentos. Pouco tempo temos hoje em dia para olhar para o outro. Ver alguém em perigo ou com o rosto carregado de preocupações. Quando me abordam, normalmente mostram que uma parte de nós está sempre no drama coletivo vivido pelo país. Nem precisam explicar. Falam algo como: "A que situação chegamos!" Ou: "O que vai acontecer agora?" Ou: "Há luz no fim do túnel?" Tem sido assim neste tempo sufocante. Vivemos cada um de nós problemas pessoais e, ao mesmo tempo, a aflição do país. Tudo pode prender nossa atenção numa travessia de rua. E um minuto de distração pode ser fatal.

Foi nesse momento em que a rua pede atenção total aos movimentos que me distraí. Não sei qual das notícias ou das mensagens prendeu meus pensamentos. Apesar de absorta, vi a mulher. Era magra, nem baixa nem alta, sem qualquer detalhe que a diferenciasse muito. Eu estava exatamente no meio da rua quando a vi e fiquei olhando para ela. Foi a minha sorte.

O rosto da mulher mudou no minuto em que parei meu olhar sobre ela. Fez um semblante de susto e medo. Eu estava exatamente no meio da travessia. Entendi que algo estava errado. Algum perigo me ameaçava pelas costas, foi o que ela me disse com a expressão do rosto. Nem olhei para trás, confiei naquele aviso silencioso e corri na direção dela, chegando ao outro lado o mais rápido que pude. Não havia ainda saído da rua e algo passou, zunindo, bem perto de mim. Era um carro que vinha em alta velocidade. Era branco. Foi tudo o que vi. Ao cruzar com a mulher no meio-fio, ela me disse:

— Ele acelerou em vez de reduzir.
— Obrigada por cuidar de mim — respondi.
— Ah, é você? — perguntou.
— Obrigada por cuidar de mim — repeti, sorrindo para ela, agradecida.

Segui meu caminho apressada e ela cruzou a rua em segurança. Não nos vimos mais. No fim da tarde recebi um e-mail dela enviado para o endereço que é publicado no jornal em que trabalho. Carinhoso. O assunto era: "Hoje no Leblon." Ela me disse que minha voz é importante nesta travessia do país e pedia que os anjos me protegessem sempre. Contou que se emocionou com a forma como agradeci.

Guardei o e-mail, o carinho e a lição: mais cuidado na próxima esquina em que carros aceleram ao invés de reduzir, por alguma agressividade que certos motoristas carregam contra transeuntes. Guardarei sobretudo a noção de que um rosto, silencioso, pode emitir um sinal ao semelhante e livrá-lo de uma situação de perigo. O contato visual me avisou. Eu confiei, nem olhei para trás, corri e assim escapei, por um segundo, do carro apressado.

Depois ainda recebi as palavras carinhosas que ela me mandou na mensagem. Para minha sorte ela estava no ponto certo e atenta para me dar o aviso. A minha nova amiga é moradora do Leblon e se chama Ana Maria.

/12 *dez* 2015

37 / Amigos, simplesmente

Encontrei um amigo e ele ia triste. De uma tristeza fina e longa, calma. Apenas tristeza. Tudo isso vi pelo modo como andava. Ele não se curvava; enfrentava, mas sem rebeldia. Então lembrei-me da alegria dele, tanta, no período em que nos encontrávamos mais frequentemente. Eu até achava que sua risada era ruidosa demais. Ninguém precisa rir desse jeito, tão alto, pensava, na época em que ele trabalhava na sala ao lado.

Vi de longe o amigo e quis abraçá-lo. Andei rápido, mudei de direção, venci a larga calçada e me coloquei na frente dele, como uma barreira inevitável. Quisesse ou não ali estava eu para o seu abraço. Ele quis. Um abraço longo e carinhoso.

— Sabe aquele amigo que atravessa a rua para não cumprimentar o outro? Eu fiz o oposto, atravessei a calçada para cruzar com você — eu disse, brincando.

Outro terno abraço e, em seguida, as inevitáveis conversas sobre as derrotas do ano. Falamos da morte de uma pessoa querida e ele ficou com olhos úmidos, logo riu, porque esse é o seu jeito de espantar a tristeza. Depois falamos da juventude. Na véspera havia sido o aniversário da filha mais nova dele: 17 anos. Ele saíra para jantar com ela e as amigas.

— Fiquei impressionado. A única conversa de todas elas era como ir embora do Brasil. As que sabem que não vão herdar, como é o caso da minha filha, estão ainda mais aflitas.

Lembrei-me de quando ele era jovem e rico. Eu o vi pela primeira vez voltando de uma temporada no exterior, animado com a vida no Brasil, sem arrependimentos da escolha. O país estava em crise, eram os anos 1980. A crise se aprofundou nos anos seguintes, chamados depois de década perdida. Ele ficou.

À noite, sonhei com ele e a conversa continuava, alegre, num restaurante. Até que, no sonho, ele engasgou e tivemos de correr para o hospital. No caminho, fui temendo perder o amigo. Felizmente tudo terminou bem.

Outro dia, um amigo morreu e fui à missa. De longe, vi outro amigo entrando, solitário e triste. Sentou-se afastado. Atravessei a igreja e sentei-me perto dele, respeitando o silêncio. Ficamos lá, de tristezas irmãs. No final, um abraço de consolo. Em mensagem no Face ele me disse: "Míriam, querida, que prazerosa surpresa encontrá-la, mesmo em ocasião tão triste. Que bom ficarmos juntos na homenagem ao nosso amigo."

Nestes dias de fim de ano recebi carta de uma amiga que prefere esse delicioso meio de comunicação. Na cartinha, com delicadeza, ela mostra ter acompanhado tudo o que foi dito e feito por mim nos últimos tempos. Eu me prometo que, este ano, quero ver mais os amigos. Já fiz essa promessa antes e falhei. Mas este ano correrei atrás deles, atravessando o espaço que tem nos separado.

/2 jan 2016

38/Longa jornada noite adentro

Insônia. É como se uma luz acendesse no meio da noite em seu cérebro. Você tenta tudo. Primeiro, ficar imóvel. É uma forma de enganar o sono, ou convidá-lo a chegar. O sono, quando está arisco, não se engana. Permanece apartado.

Depois, virar o corpo e encontrar uma melhor posição na cama. Isso dá uma sensação de que você vai conseguir. Afofar o travesseiro. A cama parece acolhedora, o travesseiro, confortável. Mas a luz no cérebro não apaga.

Às vezes há motivos concretos. A pessoa enfrenta uma fase difícil, um problema a atormenta. Entende-se que o sono se espante. Contudo, nem sempre existe uma razão compreensível. Há momentos em que o sono simplesmente não comparece, mesmo estando tudo bem. Sem razão alguma a noite se alonga, inútil. A pessoa ouve o silêncio ou os pequenos sons que o quebram. A reflexão fica mais profunda, mergulha-se no passado: e se a vida tivesse sido diferente do que a vida foi? E se naquele dia a decisão tivesse sido outra? O "e se" vira um novelo que se vai desfiando interminável e sem propósito, pois não se refaz o feito.

Há o círculo vicioso. Olhar o relógio a cada quarto de hora e ver o tempo passar. Já não há tique-taques no mundo digital, porém é como se houvesse. Quanto mais a noite avança mais perto você está da hora de acordar, mais ansioso fica, mais difícil é dormir, mais olha o relógio, mais o tempo se marca minuto a minuto em tiques e taques.

Houve uma noite assim esta semana. Quando desisti da luta entrei no mundo da informação e vi que as bolsas chinesas haviam se precipitado em queda livre. Nada salvaria a minha noite. Já era dia na China. Virou dia para mim. Fui entender o que se passava porque o fato movimentaria o noticiário econômico. O cansaço chegou ao amanhecer, ele sempre chega, mas então é hora de levantar.

 Já fiz bom proveito da insônia que me acontece às vezes, desde a adolescência. Coisas melhores do que vigiar bolsa chinesa. Mergulhei em livros com títulos que combinavam com a hora. *Insônia*, de Graciliano Ramos, que não é o melhor dele; *Longa jornada noite adentro*, de Eugene O'Neill. Ou aproveitei o tempo para ficar prisioneira de textos que preenchem a vida. No final de *Cem anos de solidão* atravessei uma noite inteira, sorvendo cada palavra, até o ponto-final, ao qual cheguei, lembro ainda tantas décadas depois, quando o sol nascia e eu tinha de ir para a escola. Difícil foi entender a aula de Biologia com a cabeça em Macondo. Escrevi muitos textos noite adentro. Meu romance *Tempos extremos* foi, em grande parte, escrito nas madrugadas, hora em que tudo se aquietava. Em ambiente produtivo assim a insônia não pesa, ilumina.

 Nunca soube por que a insônia vem e por que vai embora. Talvez nos visite para lembrar pequenas dádivas da vida, como uma noite bem-dormida. O meu próximo livro infantil chama-se: *O estranho caso do sono perdido*. Nele, uma menina leva a avó para entender o que ela fez de errado que espantou o sono. Na viagem da dupla tudo se esclarece. Só as crianças sabem certos mistérios.

/9 jan 2016

39 / De avencas e delicadezas

Sempre gostei de avencas. Delicadas, de um verde calmo, elas se espalham, frágeis, dependuradas em um caule fino. Abrem-se em folhas miúdas, em caulezinhos ainda mais finos. Quando o vento bate, é como se dançassem. Quis ter avencas em uma casa em que fui morar em Vitória, já casada e bem jovem. Era uma casinha de fundos, acanhada, mas havia algum espaço para a avenca que sonhava ter. Comprei um vaso com a planta já crescida. Ela foi secando, ficando amarela e morreu. Tentei outra, com o vaso mais exuberante que achei na loja de plantas. Ela também morreu. Pedi ajuda à minha mãe, Mariana, conhecedora dos mistérios de qualquer plantio. Ela me orientou sobre aguar, nem pouco nem muito; sol na medida; sombra nas horas certas. Segui a receita e fracassei.

Interpretei a rejeição. Havia algo na delicadeza das avencas que talvez a minha aridez não tivesse entendido. Firmei convicção sobre mim: avessa a avencas e delicadezas. Eram tempos difíceis aqueles. Segui em minha armadura com a impressão de que, ao endurecer, perdera algo da ternura necessária para conviver com uma avenca.

Morei em apartamentos durante longos anos. Pequenos, temporários, sem espaço para maiores verdes. Um dia aluguei uma casa no Rio. Momento de melhoria de renda e de novos planos. Tinha samambaias na varanda, choronas. Tinha alpinas no jardim, com seu contraste do verde e do vermelho. Comprei um vaso de uma espécie de bambu fininho que deitava a cada ventania e na falta de água fingia desmaiar. Tudo em volta de uma laranjeira que não dava laranja e na qual as bromélias se empoleiravam. Tinha muito verde nesse jardim, porém não me atrevi a novas experiências com avencas, até porque não podia mais recorrer aos conselhos de dona Mariana.

Costumava ficar na varanda, olhando o meu verde. Admirava particularmente aquela laranjeira que não dava laranja, mas carregava outras vidas. Ao me mudar, sabia que sentiria saudades dela e, um dia, fui lá espiar. O novo morador, com a liberdade de ser parente do dono, havia cortado a laranjeira para fazer uma piscina. De quebra, devastara quase todo o jardim.

Fui então para a primeira casa própria. Encontrei uma área vazia na parte da frente e plantei. O problema foi a ravenala que instalamos na ponta, perto do muro. É exótica, mas linda. Abre um enorme leque e é imperialista. Deu broto, cresceu e derrubou o muro, como já contei em outra crônica. Soube do acontecido quando o vizinho do lado, um padre espanhol, veio reclamar, tomado de razão. Assumi como minha a máxima culpa, fiz um acordo de divisas com o padre, refiz o muro e tentei educar a planta. Ela, contudo, não respeita nossa linha das Tordesilhas. E, vez por outra, tenho de refazer tudo.

No terreno de trás instalamos um escritório. Para fazer a contenção do morro nos fundos da casa recusamos todas as propostas que incluíam concreto. Ela foi feita de forma natural, com plantio de ramagens que sustentam sem pesar e cujas raízes criam a trama da segurança. O morro está contido pelas plantas que foram escolhidas e espalhadas pela empresa especializada que contratamos com essa finalidade. Nunca prestei atenção nelas.

Dia desses estava eu correndo entre um comentário, uma coluna, uma pessoa que insistia em falar, um retorno que esquecera de dar e uma nova funcionária para contratar. Nessa faina estava quando decidi trocar a água da minha garrafa por outra mais gelada. Abri a porta do escritório e fui até o morro para jogar a água velha em alguma terra. Então eu a vi. Uma avenca linda, que só percebi após atirar a água sobre ela. Quase peço desculpas. Olhei em volta. Havia outras avencas, todas bonitas, de tamanhos diversos, abrindo-se em leques verdes, dançando suavemente, como é de sua natureza, ao sabor do vento. Uma guardava ainda os pingos da chuva que caíra mais cedo e parecia um brinco.

    Fiquei olhando, numa pausa que me fez muito bem, aquela fortuna de avencas. Não sei em que momento nos reconciliamos, mas agora firmei com elas um pacto de não ingerência em assuntos internos. Crescerão livres, não vou tentar colocá-las mais perto de mim, não serão instaladas em vasos, não enfeitarão a sala, ficarão onde escolherem ficar. Se todos esses anos me ensinaram alguma coisa foi que as plantas têm suas vontades. Voltarei lá, no fundo do terreno, para admirar a minha coleção de avencas pendurada no morro, certa de que não sou avessa a avencas e, ademais, aprecio as delicadezas.

/16 *jan* 2016

40 / Realidade paralela

Ela teclou no WhatsApp:
"Tudo bem?"
"Tudo bem. Onde você está?"
"No avião. 9C. bj"
"Caramba. Não te vi. Vim pro 25D. bj"
"Vou esperar o fim do embarque e te procuro."
"Ok."
"Menina, meu voo não tem 25D!!!"
Ela olhou algumas vezes o celular e não veio resposta. Nem mesmo aparecia "typing". Desligou para a decolagem. Perguntou à aeromoça:

— Por favor, minha amiga veio no mesmo voo que eu. Marcamos juntas de propósito porque tínhamos de conversar a bordo. Ela me disse que está no 25D.

— Não existe essa cadeira nesta aeronave.

Antes de sair do escritório, ela conferira tudo com a secretária.

— Tudo certo com nossos voos?

— Tudo certo.

— Você nos colocou juntas, certo?

— Certo. Fiz questão de marcar eu mesma, mas falando o tempo todo com a secretária dela.

— Ok, certamente vamos nos encontrar no aeroporto, aí a gente já vai conversando no voo.

Chegou cedo ao aeroporto, ficou na fila A, mas olhando para as outras filas. Não a viu.

O avião decolou, não podia mais mandar WhatsApp. Decidiu tentar um contato visual e saiu andando pelo corredor. Vai ver ela quis dizer 15D e teclou 2 em vez de 1 e saiu 25D. Andou pelo avião, olhando cada fileira, pessoa por pessoa, e ficou imaginando a vida de aeromoça. Não a encontrou. Voo lotado. Não estava naquele avião. Mataria quando descobrisse quem cometera o erro. Alguém errou. E fora em seu escritório. Ela pedira poltronas juntas e eles colocaram voos separados. Inacreditável. A chance de falar seria durante a viagem. Na chegada, iriam direto para o compromisso, com o motorista da empresa. Não queria que ele ouvisse a conversa que teria com ela. O assunto era delicado. O chefe pedira que fosse discreta, que liquidasse aquela fatura naquele dia mesmo, nem um minuto a mais.

Ouviu com alívio as instruções habituais para o pouso. Antes de acabar a aterrissagem, ela ligou de novo o celular e leu, aliviada, a mensagem da amiga avisando que já chegara. Olhou a hora: havia sido enviada um minuto antes.

"Estou pousando."

Teclou a resposta:

"Também."

"Em que voo você veio? Não entendi nada."

"Vim no JJ 3953."

"Das 19h15?"

"Exatamente. Pousei."

"Também."

"E vc? Em que voo?"

"No seu. Na 25D."

"Não tinha... A gente se encontra na saída e você me explica."

Não a viu. Mandou outra mensagem.

"Onde você está?"

"Ônibus."

"Indo pro ônibus tb."

"Saindo."

"Também."

"Não vejo vc."

"Nem eu."

"Vou te esperar no desembarque, um pouco antes da descida pro táxi."

"Ok. Indo pra lá."

Ela foi até o ponto marcado. Aguardou. Olhou cada rosto que passava. Não a viu. Nunca mais a viu. De vez em quando, manda um WhatsApp. Não vem resposta.

/ 23 *jan* 2016

41 / Retalhos do passado

Uma foto me puxou para o passado. E depois vieram outras, no mesmo movimento. Por coincidência, apareceram várias nos últimos dias.

A primeira foi no Face do Orlando Brito. Grande fotógrafo, querido amigo de muitas coberturas. Nela, o ditador Alfredo Stroessner falava com jornalistas brasileiros, numa conversa improvisada em seu gabinete. Na foto, bem na frente, minha amiga Célia De Nadai. Lembro-me desse dia. Calor infernal e faltou água no Hotel Guarani, em Assunção, onde estávamos. Fui ao bar do hotel, comprei todas as garrafas de água mineral que consegui carregar e levei-as para o quarto. Foi meu banho mais elegante, porque só tinha água com gás. Banho borbulhante. Depois pus um vestido longo e fui para o jantar dos presidentes. Na entrevista com Stroessner, à tarde, a imprensa o cercara com uma pressão que ele nunca vira no próprio país. Ele disse que nos recebia num gesto de cortesia e foi metralhado por perguntas incômodas. Não gostou quando comecei a apontar as contradições de suas respostas. Quis saber meu nome, disse que eu era "muy atenta" e, avisou, ele também.

Em outra foto no Face do Brito, eu estava na Base Aérea com colegas, militares à nossa frente e eu com olhar desconfiado. Não me lembro de mais nada. Quem chegava? Quem saía? Era o governo Geisel. Nós, que cobríamos política externa, íamos muito à Base Aérea, que tinha sempre um ambiente pesado. Naquela época, o ar rarefeito se recusava a entrar nos pulmões em cada área militar que pisávamos.

Um repórter de revista que me entrevistou sobre meus livros, dias atrás, pediu fotos antigas, da vida profissional. Reclamei bastante com a editora por não ter tempo de fazer essa busca e apreensão do passado, mas, quando o prazo estava se esgotando, lá fui eu para as caixas de fotos. Tancredo me abraça apertado, no meio do Salão Verde do Congresso, e, em outra foto, ele aperta meu pulso enquanto seguro o microfone. Fotos com Brizola caminhando nos jardins e nos salões do Palácio Laranjeiras, no Rio. Uma, com Luiz Carlos Prestes. Outra, com Franco Montoro, em uma entrevista. Eu, com os cabelos espantosamente desalinhados e vestida de terno e gravata. Montoro, certa vez, diante de uma pergunta mais provocativa que fiz, olhou para os meus colegas, no Palácio Bandeirantes, em São Paulo, e disse:

— Ela é a melhor perguntadeira que tem aqui.

Ri sozinha das fotos. Escavava as lembranças atrás de detalhes. Tanto se perde na escolha aleatória que a memória faz do que deve guardar...

Daquela ida ao Paraguai, no entanto, eu me lembro bem. Era o governo Figueiredo. Como já fizera em outras viagens, aguardei-o em um momento de distração e o interpelei dentro do hotel, no último dia da visita. Na ditadura era assim que se conseguia falar com os presidentes. Quando estavam em trânsito. A democracia chegou e esse hábito de governantes serem mais falantes em viagens permaneceu. Era a única jornalista no saguão na hora em que Figueiredo voltou para descansar da programação oficial e se preparar para partir. Escondida numa pilastra, eu estava na tocaia. Assim que ele foi passando, eu o abordei, já perguntando. Ele parou e respondeu a algumas perguntas. Bastou ele entrar no elevador, a segurança paraguaia me cercou, agressiva, e tomou meus documentos.

A situação em que me via era delicada. Figueiredo viajaria em seguida e nós, jornalistas, só à noite, no avião de carreira. Eu estava numa ditadura que não era a do meu país, sem documentos, e, dali a pouco, sem qualquer autoridade brasileira por perto. Não tive dúvidas: comecei a gritar que queria meu passaporte. Fiz um escarcéu. Nada parou meu berreiro de protesto. Eu exigia a presença do ministro da Comunicação. O pessoal do hotel, constrangido com aquela louca, tentava contornar a situação. Alguns colegas chegaram e telefonaram para o quarto do ministro. Ele desceu. Chamava-se Said Farhat. Era simpático, mesmo trabalhando no regime militar. Expliquei a ele que não poderia ficar no Paraguai sem documentos depois que a comitiva brasileira fosse embora. O ministro perguntou aos militares paraguaios o que eu tinha feito de errado.

— Ela infringiu as normas de segurança e falou com o presidente.
— Mas era o "meu" presidente! — protestei.

Foi a única vez que chamei de "meu" um presidente daquela época, admito aqui no ambiente confessional de uma crônica. Era uma emergência, pois eu acabara de perceber que pior do que o ditador próprio é o alheio. O ministro convenceu os paraguaios a devolverem meu passaporte. E lá fui eu, em paz, para a sala de imprensa acabar de bater minha matéria na máquina de escrever e enviá-la por telex para a *Gazeta Mercantil*.

Horas depois, Figueiredo já estava voando para o Brasil e militares paraguaios entraram na sala de imprensa. Vários deles. Uniformizados e pisando duro. Fez-se um súbito silêncio no parar das barulhentas máquinas.

— Quem é Míriam Leitão? — perguntou o chefe do grupo de militares.

Eu me levantei. E aí houve o inesperado: todos se levantaram. Olhei em volta aquela manifestação de solidariedade e união com um travo na garganta. Os militares disseram que só estavam ali para pedir desculpas a mim. Desculpei. Ofereceram um carro para "conhecer o Paraguai". Declinei. Olhei em volta meus colegas em pé. Todos eles eram eu. Foi quando amei os meus amigos mais profundamente. Na parede da memória é essa a fotografia que tenho daquela viagem ao Paraguai.

/30 *jan* 2016

42/Em qualquer canto do Brasil

Num hotel em Juazeiro do Norte, Ceará, com o computador sem bateria. Nessa situação, queridos leitores desta crônica semanal, me sento para escrever a vocês. O Brasil é grande e a vida cheia de imprevistos, é o que tenho a dizer.

Chegar a Juazeiro foi uma aventura. Havia um caminho via Guarulhos, em São Paulo, demorado e com escalas. Por isso saí do Rio e fui até Brasília. De lá, marquei a ida num voo direto. O problema foi que, na quarta-feira, os aviões amanheceram todos no chão, e eu precisando voar. Tinha tempo. O evento seria às 15h30 e eu chegaria às 13h30. Mas greve em aeroporto não estava nos meus planos.

Durou duas horas, porém foi o suficiente para provocar uma confusão na malha aérea. Nos painéis, nenhuma informação sobre o meu voo. Tive de perguntar num balcão do administrador privado do aeroporto. Portão 9. Fui. Perguntei ao rapaz da companhia aérea e ele disse que se o avião atrasasse seria por pouco tempo. Isso foi minutos antes de o jovem desaparecer. Na placa do portão dizia Juazeiro do Norte, por isso fiquei ali estacionada. Perto da hora do voo, fomos mandados para outro portão. Lá, nos recebeu uma funcionária que nos tirava toda a esperança de um voo pontual:

— Podem esperar sentados.

Ela também sumiria e durante uma hora nada aconteceria. Nenhuma informação, nenhum funcionário da companhia aérea. O pessoal do evento foi informado de que eu faria tudo para chegar lá, mas o voo estava sem previsão. Enquanto esperava, escrevi a coluna do jornal. Um olho no texto, outro na bateria se esgotando em porcentagens preciosas. Minha fonte havia queimado um pouco antes de ir para o aeroporto e ali estava eu prisioneira de um computador que apagaria em algum momento próximo e de um avião que sairia em algum momento no futuro. Ninguém aparecia, nem para dizer aquela inútil frase: "Não há previsão." O voo estava inicialmente marcado para decolar às 12h09. Eu chegaria às 13h30, segundo as informações. Imaginei, então, que seria uma viagem de uma hora e 20 minutos.

Finalmente, embarcamos às 13h40. E eu pensei que chegaria por volta das 15 horas, na marca do pênalti.

— Quanto tempo de voo? — perguntei ao comissário na entrada.

— Em torno de duas horas.

— Duas? — estranhei.

Pelas contas, então, eu chegaria às 15h40 para um evento às 15h30. Sufoco.

No voo, longo, nada para ler. O computador sem bateria, e eu não podia descarregar o iPad porque ele seria usado na apresentação que faria. Decidi dormir. Impossível. Sentei-me ao lado de duas moças que decidiram ficar amigas. Uma era do Rio e estava indo visitar a bisavó. Outra era do Paraná, porém a mãe se mudara para Juazeiro. Pensei nas tendências demográficas. O Brasil é um país de intensa migração interna. A população está vivendo cada vez mais. Por isso uma das jovens pode curtir a mãe da mãe da mãe. "Estou doida para chegar e dar um monte de beijo na minha bisa. Ela está bem de saúde, mas a gente nunca sabe. Tem que aproveitar." A outra contou que ia sempre ao Nordeste visitar a mãe. Em comum, as duas tinham o mesmo sentimento em relação ao governo Dilma: detestavam.

Desembarquei com a sensação de atraso e fui informada de que eram, na verdade, 14h30. Não há horário de verão no Ceará. Ufa! Se lembrasse disso, teria economizado tensão.

— Que sufoco foi hoje, quase não chego — disse à moça de nome incomum que me recebeu.

— Pronto. Quando o doutor me ligou hoje e disse "vamos ter que abortar o Cariri", chega me deu um passamento, num sabe?

Me agarrei com meu santo. Porque esta é a terra do santo e agora que o papa deixou ele voltar...

O "santo" é o Padre Cícero, recentemente aceito pelo Vaticano.

— Estou com dificuldade de lembrar seu nome... — desculpei-me.

— É árabe, é o nome da última filha do Maomé. Rocaia.

E assim é que chego ao Cariri e sou recebida pela moça com nome árabe, da caçula de Maomé, e ela é devota do Padim Ciço.

Fiquei hospedada no Hotel Iu-á.

— Nome diferente, não?

— É tupi-guarani. Quer dizer juá — diz o rapaz que leva a minha mala.

— Hã?

— Juá, a fruta do juazeiro.

— Ah!

No fim da palestra, um rapaz com forte sotaque estrangeiro veio falar comigo. Disse estar muito preocupado com a inflação.

— De onde você é?

— Sou alemão, mas moro aqui. Conheço as virtudes alemãs, mas também seus defeitos.

E, exceto pela inflação, à qual os alemães têm alergia atávica, o jovem executivo germânico parecia muito bem adaptado ao Cariri.

Assim é o Brasil. Diversidade é seu maior ativo. Ao viajar para qualquer canto, apesar da logística ruim, sempre haverá surpresas. Isso é certo.

/6 *fev* 2016

43 / A paixão da inteligência

Numa galáxia distante... nada melhor do que escrever isso, e foi o que os jornais conseguiram esta semana. Numa galáxia distante, dois buracos negros se fundiram. Maravilhoso escrever a frase em meio a tantas notícias previsíveis. O mistério do universo, maior do que cabe em nossas mentes, fertiliza a imaginação, inspira filmes e livros de sucesso, nos dá a certeza de que somos um nada, um grão de areia. Amedronta e fascina.

Quem viu qualquer dos filmes da série *Star Wars* lembra que o letreiro inclinado, viajando no espaço, carregava a expressão mágica: "Numa galáxia distante." A partir daí tudo era possível. A luta da Resistência contra o Império. A existência de seres com as mais estranhas conformações. A viagem à velocidade da luz. E as emoções humanas.

Mas eu falava desta semana, quando a expressão apareceu em pleno jornal do dia. Dois buracos negros se fundiram em local tão distante da Terra que, para situar os leitores, os jornalistas tiveram que escrever "numa galáxia distante". Ao se fundirem, os buracos negros produziram ondas gravitacionais. E os cientistas aqui na Terra, este pequeno e amado planetinha, conseguiram detectar. E aí é que entrou a notícia. Estamos em 2016, ou no ano MMXVI, para parecer filme de George Lucas. Há exatamente um século, um homem viu o que só agora nossos contemporâneos veem. Como foi possível, Albert Einstein? Que mente é essa?

Já pensei várias possibilidades para Einstein. Um ET. Esteve entre nós, tinha aparência humana, vivia como homem, mas era um visitante externo. Extemporâneo. Homem fora do seu tempo, que nasceu no século XIX por absoluto erro de programação da vida no planeta. Nada, contudo, é suficiente para explicar tamanha exuberância de neurônios.

Pensei sobre a genialidade, que visita certas mentes, parada em frente à Casa do Unicórnio na Staré Mèsto, em Praga. A praça é linda, na Cidade Velha da capital da República Tcheca, país que um dia se chamou Boemia. Terra banhada pelo lindo rio Vltava, ou Moldava. É fácil passar um dia vendo o casario, a igreja, o conjunto de estátuas com Jan Hus ao centro. Eu me detive, paralisada, na casa em que, em rodas literárias, a intelectualidade tcheca se reunia no começo do século XX. Era frequentada por Franz Kafka e, nessa época, Einstein passava uma temporada como professor da Universidade de Praga. Ele também aparecia nas rodas de conversas. A placa diz que os dois se encontravam. Fiquei pensando em como teria sido uma conversa entre essas duas mentes brilhantes. Um gênio da ficção com o maior dos gênios da ciência de que se tem notícia. Falavam talvez, concluí, da relatividade da metamorfose.

A inteligência humana, eis o maior dos mistérios. É ela que faz o olho brilhar, os pais se surpreenderem com as crianças pelo volume de informações que elas conseguem processar, sem que eles tenham noção de onde as captaram — é ela que nos faz humanos. E, por capricho ou liberdade, ela se apaixona por alguns mais do que por todos os outros seres.

A inteligência se apaixonou por Albert Einstein e decidiu que a ele seria possível ver com olhos humanos o que para os outros mortais seria constatado um século depois de pesquisas, tecnologias e equipamentos. Depois dele nunca mais a inteligência se apaixonou assim tão perdidamente e foi, quem sabe, para alguma galáxia distante procurar outro merecedor desse extremado sentimento. Einstein, a paixão da inteligência. Só pode ser essa a explicação.

/13 fev 2016

44 / O dia em que Umberto Eco curou minha tristeza

Comprei *O nome da rosa* e fui para o aeroporto arrastando a mala e uma devastadora tristeza. Era 1983 e o livro tinha acabado de ser lançado no Brasil. Antes de encerrar um ano terrível, fui até a livraria, comprei meu exemplar, coloquei-o na bagagem e embarquei para longe daquela cidade. Viajei como se fugisse.

Há momentos na vida em que as dores se acumulam. No caso, eram principalmente profissionais. Foi um sofrimento longo e penoso o daquele ano em que perdi todas as batalhas que travei. Precisava escapar daquele ambiente, ter uma trégua, reorganizar meus pensamentos e, de alguma forma, me refazer de um momento de sombras. Busquei o sol, o mar, o aconchego da família e um bom romance. Minha mãe avisou que cuidaria dos meninos para mim, e que eu ficasse descansando no meu cantinho.

Abri o livro e fui imediatamente tragada por aquele ambiente de mistério, conspirações, segredos. A obra de Umberto Eco me capturou, me levou em viagem no tempo, me instalou na Idade Média, me cercou de livros, pergaminhos, suspense. Por sete dias segui os passos de William de Baskerville como se fosse um segundo Adso de Melk. Fechava o livro de vez em quando, tarde da noite, sozinha no quarto, apenas para deixar a mente passear pelo monastério, viajar pela investigação daquelas mortes sequenciais e inesperadas. Era eu que andava por aqueles longos corredores, olhava os livros, fazia deduções de pequenas evidências dos crimes. Eu, que amava tanto os livros, que os copiava à mão em silêncio e temia o desconhecido em cada sombra.

O texto vigoroso, a narrativa envolvente, os personagens definidos, tudo aquilo foi aos poucos me restituindo o que havia perdido, nas dobras de um ano árido. Era como se, ao acompanhar o desenrolar da história, me fosse permitido ver a minha história em perspectiva. Via de longe, de dentro de um mosteiro, no remoto ano de 1327. Uma semana durou a história narrada, por uma semana eu fiquei lendo sem pressa a obra-prima de Umberto Eco.

Há livros terapêuticos. Esse foi um. Ele me pegou em momento de fragilidade e fortaleceu minhas defesas. Enquanto o lia, uma parte da minha mente, em descanso das aflições, refez os valores que eu tinha dado aos eventos do ano. Vi que aquele era apenas um episódio ruim na dimensão enorme da vida. Recuperei minhas forças e me preparei para o recomeço profissional. Quando fechei o livro, me senti pronta para voltar ao combate e procurar novo emprego.

Toda a obra de Umberto Eco é grandiosa. Ganhei de Natal, certa vez, um exemplar de *A misteriosa chama da Rainha Loana*. O livro, por algum mistério, perdeu-se em minha casa. Reencontrei-o meses depois, exatamente ao entrar em férias. De novo Umberto Eco me pegou pela mão na primeira frase e me levou para o cotidiano do fascismo italiano. O livro-debate *Não contem com o fim do livro* foi um alívio para uma pessoa como eu, que quer ouvir exatamente a frase-título. Ele nunca foi um autor fácil, e em algumas de suas obras o leitor terá de se dedicar para vencer a entrada espessa. Mas a erudição e o texto poderoso de Umberto Eco fazem dele um dos maiores autores do nosso tempo. Toda a sua obra, até o seu último livro, o *Número zero*, é fundamental.

Nada foi, para mim, como a relação mágica com *O nome da rosa*. E foi uma sensação de gratidão ao autor que me inundou, quando li no Twitter de uma amiga, na noite de sexta, a notícia de sua morte. Houve um dia em que Umberto Eco curou minha tristeza. E a ele agradeço por isso, nesta hora da despedida.

/20 fev 2016

45/Carta aos elementos

Querido mar que vislumbrei da janela do avião, quando decolei do Rio e quando voltei para casa, esta semana. Fique onde está, levantando-se, às vezes, em ondas boas para banhistas e surfistas, mas com moderação. Nunca houve elevações exageradas no Brasil, contudo a Nasa divulgou, na última terça, que precisamente no dia 6 de fevereiro, às 11h55 da manhã, um grande meteoro caiu a mil quilômetros da costa brasileira. Ao entrar na atmosfera terrestre, formou uma bola de fogo que liberou uma energia equivalente a 13 mil toneladas de TNT. Não sei o que é isso, porém é forte. E um ponto a mil quilômetros daqui fica bem pertinho na dimensão da geografia astral. Se a rota do meteoro fosse um pouco mais para cá teríamos um inédito tsunami. Foi por um triz. Era só mesmo o que nos faltava, uma bola de fogo despencando sobre nós e elevando bruscamente o mar. Foi isso que me levou a olhar os elementos da natureza e torcer para que eles colaborem nessa quadra que atravessamos.

Hoje não choverá. Parece que não. O tempo amanheceu nublado e logo firmou, até onde se pode ver aqui da Gávea. Volte sempre, chuva! E não pense que falo isso com interesse econômico, para que o volume de água dos reservatórios das hidrelétricas aumente e a cotação do quilowatt no mercado livre reduza, permitindo algum alívio nos preços do mercado cativo.

Cativos estamos todos de um tempo sem trégua. Quando vier, caia delicadamente para limpar nossas almas de uma época de descaminhos. O pedido especial é para que não estacione em poças, por pequenas que sejam. Qualquer pocinha é bastante para que os mosquitos façam um carnaval. Não podemos confiar no governo para evitar isso. Não podemos confiar no governo. Ponto. Por isso recorro aos elementos da natureza.

    Refresque o calor tórrido que nos aprisiona em bolhas de ar--refrigerado neste verão. Crie um ambiente propício à reflexão. Você é boa nisso. Assim, talvez, vejamos toda a insana situação em que estamos.

    Querido sol que ilumina agora o litoral da Bahia, onde estive brevemente, atenta menos à bela paisagem e mais às agruras de uma semana de surpresas e rebaixamentos. Aqueça, mas não demais. Apenas brilhe o suficiente para afastar as sombras que nos perseguem, em tempos nos quais não sabemos para onde queremos ir. Esclareça, ilumine, informe. Você é bom nisso. Temos estado perdidos nas sombras de um tempo turvo.

    Vento, sopre delicadamente, afastando o calor excessivo, porém sem derrubar nossas certezas, porque não são muitas as que ficaram.

    Terra, querida, fique sempre firme sob nossos pés. Sem tremores, porque a caminhada já tem sido difícil pelas muitas oscilações da conjuntura.

    E, assim, com os elementos pacificados, descansemos no sábado.

/27 fev 2016

46 / Viver em tempos de crise

Dias pesados e tensos. Tristes. O país febril segue o ritmo de notícias que se atropelam. Há mais manchetes que espaço nos jornais e, no dia seguinte, tudo parece velho porque um fato mais novo, mais impactante, nos acorda e corre a rede em contágio, deixando a sensação de estarmos sempre atrasados. Viu a última? O país parece sempre nas últimas. As quedas são sempre históricas. Nunca antes, ou há muito tempo. Quantos anos? Vinte e cinco anos, 30, a maior da série. Milhões não haviam nascido e podem dizer: não é do meu tempo. Os mais velhos balançam a cabeça e dizem: nunca vi isso, antigamente não era assim. De que tempo somos todos os contemporâneos desta crise? A saída? Onde é a saída? Assim nos debatemos diariamente. Que tempo tem sido este que vivemos!

Se olharmos para trás, talvez sejamos capazes de entender tudo o que nos tem acontecido, talvez faça nexo. Hoje é frenético e excessivo. Na sexta já parece distante o fato relevante da segunda passada e teme-se o que não se sabe sobre o sábado. A pauta do país se consome sem que tenha sido programada ou mesmo entendida. O futuro parece uma abstração, longe demais para se pensar nele. O presente tem urgências que aprisionam o tempo. Temos sensação dupla: de que o tempo passa rápido demais ou de que não passa, como se estivesse preso em um pântano, rodando e afundando, rodando e parando.

A trégua chega às vezes em pílulas, pequenas bolhas de sabão na qual entramos sabendo que se romperá ao primeiro sopro. Ficamos alheios a tudo, olhos fechados, flutuamos na bolha frágil sabendo que ela é apenas ilusão. A realidade chegará em breve, levando tudo novamente no torvelinho dos dias.

Parecemos náufragos ainda distantes da costa, que já nadaram muito e sabem que a terra firme demora a chegar. Os braços se alternam repetindo os mesmos gestos que nos mantêm à tona, porém os olhos não divisam o porto. Parecemos andarilhos de um caminho desfeito que, no próximo passo, têm de descobrir o ponto mais seguro para firmar o pé. Parecemos insones e perdidos numa noite que se alonga demais e na qual cada minuto só passa depois de uma hora. Somos, cada um de nós, aquele soldado solitário que vigia no escuro, apreensivo e cansado, a chegada da luz.

Uma crise é uma crise, é uma crise. Como as rosas, sem explicação. Os mais velhos confortam os jovens dizendo que elas terminam. Os muito jovens duvidam e querem fazer um plano de fuga. As crianças ouvem palavras soltas que não entendem e temem pelos mais velhos sem saber exatamente do que eles têm medo. Há os raivosos e estes se iludem, pensando que a fúria vai abreviar o fim do mau tempo. Há os tristes e os desiludidos e estes nada há que conforte. Há os alheios e estes são mais difíceis de entender. Todos os países felizes se parecem, os infelizes são infelizes cada um à sua maneira, diria Tolstói.

Às vezes, nós, os prisioneiros deste tempo, pensamos assim: quando tudo isso passar, irei para uma praia deserta e me deitarei ao sol da manhã e ele será morno, porque os extremos nos esgotaram. Andarei em trilhas cercadas de árvores, sentindo o pequeno frio que elas produzem com suas copas protetoras. Lerei um livro cujo autor seja tão bom quanto os antigos e capaz de me levar a um tempo encravado no passado ou inventado no futuro, mas tão real e presente que a realidade parecerá virtual. Conversarei com os amigos sobre amenidades. Falarei de sentimentos e esperanças para os filhos. Abraçarei os irmãos. E aguardarei sem sustos o dia seguinte.

/5 *mar* 2016

47 / Era uma vez na Venezuela

O cinegrafista, contratado em Caracas, me alertou, quando fui com meu microfone para perto dos manifestantes contrários ao governo:

— Tome cuidado. Se perceberem que você está falando português, podem nos hostilizar. Estão todos com raiva do governo brasileiro, que está apoiando Hugo Chávez.

No dia seguinte, nova manifestação, dessa vez a favor do governo. Jaime fez o mesmo alerta:

— Tome cuidado porque eles batem em jornalistas.

Dessa forma, em meio a sobressaltos e alertas, fiz as reportagens sobre o povo venezuelano nas ruas em 2003, durante a greve geral decretada contra o governo Chávez. A oposição acusava o governo, entre outras coisas, de estar aparelhando a empresa de petróleo e de estar dividindo o país.

Entrevistei uma família me postando entre o marido e a mulher. Ele, adversário do regime; ela, chavista de carregar, como se fosse um livro sagrado, a Constituição que Chávez havia promulgado e que mudaria várias vezes nos anos seguintes. Os dois começaram a discutir na frente das câmeras, e isso provou o principal ponto da reportagem: a briga política estava dividindo até as famílias venezuelanas. Mas o que eu mais lembro, e ainda hoje me intriga, é a expressão dos três filhos, que, em pé, no fundo da sala, ouviam em silêncio triste o conflito político dos pais. Não soube de que lado estavam, se do pai, se da mãe. Não quiseram falar comigo e eu os deixei em paz.

Encontrei o Palácio de Miraflores cercado por barricadas como se fosse uma fortaleza em guerra. Lá dentro, na longa espera por uma entrevista com Chávez, aproveitei a presença rarefeita de funcionários para espiar em volta. Encontrei panfletos estimulando a formação das milícias bolivarianas e flagrei funcionários negociando a compra de farinha de arepas vendida como mercadoria clandestina.

Chávez chegou cercado de militares, numa cena que lembrava as velhas ditaduras latino-americanas da minha juventude, e a entrevista começou. Ele falava em "nós" e "eles" ao se referir ao povo venezuelano. Perguntei sobre a posição do governo brasileiro, que o apoiava em vez de prestar atenção também ao que dizia o outro lado. Ele, então, me chamou de "louca". A Venezuela tinha um lado só, me disse, "o lado bolivariano". Os outros eram os inimigos.

O país sentia os efeitos daquela divisão: a economia parada, o mercado desabastecido, pessoas enfurecidas dos dois lados.

Nas entrevistas com gente do governo, eu ouvia elogios à eleição de Lula no Brasil, que acabara de acontecer. Eles me diziam, demonstrando alegria, que agora nós também tínhamos um líder no poder, como Chávez. Nas entrevistas com pessoas contrárias ao governo, eles me diziam a mesma coisa. Mas em tom de alerta.

Aos dois grupos eu disse que o Brasil era diferente da Venezuela. Ainda acho isso.

/12 *mar* 2016

48/Uma conversa nada a ver

Liguei na hora combinada e, do outro lado, a autoridade atendeu.
— Oi, tudo bem?
— Tudo bem — respondi.
— Então me diga onde é que você está, porque eu quero ir para aí. Aqui nada está bem.
Uma autoridade de bom humor numa hora dessas, pensei. Raro.
— Eu queria uma conversa, pode ser no seu gabinete, pode ser um almoço ou jantar — propus.
— Vamos jantar quinta.
— Ótimo, está ótimo para mim.
— Eu quero ter uma conversa nada a ver — me disse a pessoa.
— Nada a ver?
— É, quero conversar sobre outras coisas, nada a ver com esta crise.
Aceitei. Minha função é buscar notícia, porém, de repente, senti que precisava mesmo de uma conversa "nada a ver". Meio descolada, sem destino, sem rumo. Uma conversa como se tem em Minas, minha terra. Tem muita piada sobre mineiros conversando. Tipo aqueles dois compadres que estavam de tarde pegando a fresca e olhando para o nada. Daí, passa um elefante voando. As duas cabeças acompanham o percurso da criatura. Aí, aparece outro. Eles, em silêncio, acompanham. No terceiro, a mesma coisa. Aí, um diz:
— O nin dêis é pra lá.
Já sei. A piada é velha e tem outras melhores de mineiros. A própria pessoa da conversa "nada a ver" me contou uma, durante o jantar.
Uma pessoa dirigia pelas curvilíneas estradas de Minas e se perdeu. Viu uma casa e um mineiro na porta, preparando seu cigarrinho de palha.

— Boa-tarde. O senhor sabe como faz para pegar a BR?

O mineiro, agachado na porta, passava a língua na palha e enrolava o cigarro.

— Sei não.

— O senhor sabe se eu for por essa estrada, se eu vou dar em alguma cidade?

— Sei não.

— O senhor sabe onde encontro alguém que possa me dar alguma informação?

— Sei não.

— Ô, moço, você não sabe nada, hein?

— Mas não sou eu que tô perdido, não.

Pois é. Estamos perdidos. Confusos num nevoeiro, sem saber o passo seguinte, se ele será um passo em falso no começo de um despenhadeiro. E tudo o que a gente precisava era de uma conversa nada a ver, em que os assuntos escorressem sem pressa, sem nos assustar com coisa alguma, nem mesmo com elefante voando. Que bom seria, nestes tempos vertiginosos, ficarmos assim, sem um susto de fim de tarde. Sem reviravoltas, telefonemas comprometedores, descoberta de nova trama, uma delação terminal. Uma tarde vendo nada no horizonte, só o horizonte mesmo. As nuvens, o azul, o dia terminando, um sinal de chuva leve, ao longe, que se dissipe, permitindo a noite estrelada. Algo calmo, nada a ver com o que vivemos.

Cheguei para o jantar e a pessoa me fez uma pergunta realmente inesperada. Sobre literatura. Se há uma forma de escrever que seja feminina, à qual as mulheres tenham renunciado diante da luta tão forte que têm travado para se impor em um mundo de dominância masculina. Pensamos em textos e seus gêneros. Era meio inexplicável, mas havia, sim, algo nos textos que pareciam definidores. Continuei pensando sobre isso, todavia a conversa acabou sendo atraída, obedecendo a um poderoso ímã, para o centro do redemoinho político que nos consome.

Após o jantar, o carro corria por Brasília vazia e eu pensava na questão: há um jeito feminino de escrever? Virginia Woolf, como escrevia? Como uma mulher atormentada. Franz Kafka, um homem atormentado. Tormentas irmãs, de certa forma — a alma humana inquieta e deslocada buscando algo que nunca encontrará. Como escrevia Guimarães Rosa? Como Riobaldo apaixonado ou como Diadorim? Riobaldo, sensível e forte, o narrador; Diadorim, de quem nunca se soube os pensamentos. Qual das pessoas define Rosa?

    O feminismo organizou meus pensamentos e por isso rejeito a definição clássica de gênero que distribui características humanas a dois grupos distintos. No entanto, para além das minhas certezas, fiquei pensando naquele ponto. Mulheres têm aberto mão de algo profundo da sua natureza para compor um texto em métrica alheia? A pessoa com quem conversava tinha feito provocações diretas. Disse que houve um texto meu que qualquer pessoa que lesse consideraria feminino, mas vários outros textos meus, não. Inconclusivo e perturbador, o pensamento me acompanhou no caminho escuro e vazio da madrugada de Brasília. De manhã, começaria tudo de novo — o cotidiano que nos dá vertigem, que arrebata as mentes e as emoções, uma realidade sem descanso e sem tempo para uma inquietante conversa nada a ver.

/19 *mar* 2016

49 / A travessia entre dois mundos

Na hora marcada, a entrevista começou. Pedidos de desculpas, pela interrupção em minha agenda lotada em tempos de crise, e justificativas minhas pelas constantes remarcações. Chamei pelo nome as cinco meninas, estudantes de Jornalismo que haviam me mandado por e-mail o convite para a entrevista. Só havia quatro. Uma delas estava presa no trânsito. Elas se explicaram:

— Estamos fazendo um trabalho sobre a sua vida profissional e a transição do analógico para o digital no Jornalismo.

Eu, ser da transição, que comecei na antiguidade e cheguei viva ao mundo novo, passei a descrever o parque jurássico.

— Naquele tempo era assim... As redações eram cheias de máquinas de escrever Remington. Muito duras. Quem tinha sorte conseguia uma Olivetti, mais macia. A gente escrevia em laudas. Entregava para o copidesque. Ah, eles fazem falta, ainda me ressinto da ausência deles. Normalmente ficavam numa mesa conjunta. Depois, o texto ia para os redatores, subeditores, editores. Em geral eles trabalhavam num papel todo marcado já das várias correções escritas à mão. E aquele papel, meio datilografado, meio manuscrito, era mandado para a gráfica.

Os olhos fixos em mim. Espantados. Descrevi o que era uma máquina de telex e contei a viagem que fiz à África, carregando laudas e máquina entre as roupas da mala. Não, não dava para levar na mão. Mesmo as portáteis eram pesadas demais. Narrei o episódio em que fiquei sozinha na cabine de telex pública de Luanda, tentando escrever num teclado que não seguia a ordem *asdfg*, hoje universalmente conhecido como teclado QWERTY, que já narrei em crônica anterior.

Educadas, elas disfarçavam os risinhos enquanto eu descrevia detalhes que lhes pareciam exóticos. Senti nelas certa nostalgia.

— Vocês tinham mais tempo para apurar e escrever?

Até tínhamos. Uma matéria de jornal impresso era feita em um dia. Um dia inteiro para buscar a informação, entender tudo, conferir anotações, escrever. Hoje é preciso acabar de ouvir, fazer uma nota para o jornal on-line, gravar um áudio para um podcast ou rádio e fazer um vídeo, se for o caso.

— O trabalho tinha mais qualidade?

Precisei explicar que revoluções mudam tão completamente a vida que é difícil comparar.

— Hoje eu ouvi no Rio uma entrevista dada em Brasília pelo ministro da Fazenda, enquanto, por telefone, falava com um economista em São Paulo, consultava outro por WhatsApp e conferia no computador os slides que a assessoria tinha postado no site do Ministério. Ao escrever a coluna do jornal, tinha ideia mais completa do que era aquele anúncio que o ministro estava fazendo. Antigamente, eu teria que estar em Brasília e ouvir apenas a versão do ministro. Publicar. No dia seguinte, os economistas leriam a matéria e só então eu poderia perguntar o que aquilo significava.

Contei a história do dia em que o general Ernesto Geisel passou mal na nossa frente, no Itamaraty. Tive de explicar o contexto. O general nunca falava com jornalistas, só falou uma vez, no Japão. Era uma ditadura e havia restrição à informação. Nem entrei nos meandros daquele tempo de conflito dentro do regime, entre as alas mais duras e as menos duras do Exército. O general-presidente que pendera o corpo para um lado, soltando algo branco pela boca, no meio do auditório do Itamaraty, era chefe do grupo menos pior do regime. Sem ele, o que seria da tímida abertura que se esboçava? Pensava em tudo isso enquanto ia correndo para a sala de imprensa, onde havia um único telefone. Consegui ser a primeira a chegar, telefonei para o meu chefe e contei que Geisel tinha passado mal na nossa frente. Atrás de mim, formou-se uma fila de pessoas querendo aquele mesmo aparelho preto de discar, nossa mais ágil forma de comunicação. Informar rápido para quê? Não havia blog, site, Twitter, Facebook, celular, WhatsApp, Instagram, whatever, nada de comunicação instantânea. Mas notícia sempre foi notícia e o melhor era informar rápido. Jornal que soubesse antes poderia mandar um repórter ao Palácio do Planalto para saber mais sobre a saúde do general que fora tirado às pressas do Itamaraty.

Só no fim do dia soubemos que havia sido uma indisposição digestiva, Geisel já estava recuperado e voltaria ao trabalho no dia seguinte, para nos conduzir, com mão de ferro, naquela abertura política lentíssima.

Nem tudo as meninas entendiam, então tentei simplificar. O parque jurássico tinha duas velharias: a forma analógica de fazer jornalismo e a ditadura. Nada era do tempo delas. Bonitas, rostos lisinhos, a vida mal chegara para elas.

Ficamos conversando sobre esse passado, para elas pré-histórico. Para mim, parece que foi ontem. Falei ainda das vantagens da vida digital e avisei que a revolução continuará ao longo da vida delas. Percebi que a nostalgia de um tempo com mais tempo permanecia, aqui e ali, nas perguntas, nos olhares. A conversa terminou e uma delas perguntou:

— Podemos fazer uma selfie?

— Claro.

Elas se viraram de costas para o computador para me enquadrar também e tiraram a foto. Elas em São Paulo e eu no Rio. A entrevista fora por Skype.

— Meninas, última coisa: nada do que aconteceu agora nesta entrevista, nem mesmo a nossa selfie, poderia acontecer no mundo analógico.

E assim nos despedimos.

/26 *mar* 2016

50 / A harmonia das dissonâncias

A realidade tem sido tão espessa que nem podemos respirar. Fatos demais acontecem e é como se tivéssemos de esticar as horas do dia, para que nelas caibam todos os eventos novos e os fatos mutantes. Diziam os antigos que a política é como nuvem, muda a cada novo olhar. Isso foi no passado. A política não é mais externa a nós. Hoje estamos todos embolados na mesma névoa que nos impede de ver o horizonte. Não há mais fins de semana, dias santos e feriados. As pausas em que a vida se encolhe, preguiçosa, para que se possa pensar, refletir, recolher-se, essas acabaram. Os dias se alongam pelas madrugadas e já não há noites. A tensão está nas ruas, no espaço virtual, nas casas. Famílias discutem e se dividem na crise louca e triste que nos consome.

    Quem dorme um pouco à tarde, para recuperar o corpo da noite insone, pode tomar um susto ao abrir os olhos. Alguém dirá: "Viu o que aconteceu?" E isso pode mudar tudo o que estava posto ao fechar os olhos. A vida vai sendo consumida no próprio ato de entender o que se passa. As crianças precisam fazer silêncio na sala, enquanto os adultos em fúria desfilam previsões e divergências. As cores deveriam apenas colorir, como é natural, e hoje dividem.

    Não há mais mãos dadas no mundo, poeta — agora, sim, se pode dizer. Mesmo quando caminhamos juntos é contra algo ou alguém. Se uma pessoa nos olha na rua, olhar longo, temermos. Pode ser amigo ou inimigo, melhor não retribuir o olhar atento. Estamos sozinhos no nosso labirinto e andamos nele sem saber a saída nem o sentido do próximo bloqueio. Vasculhamos o passado atrás de uma solução luminosa encontrada para momentos difíceis como este. Nada vemos que se aplique ao presente. As portas antigas parecem estreitas para que esta crise as atravesse.

Só a mente encontra alguma lógica, porque os corações andam mudos. A mente racionaliza, se conforma, aceita. Já o coração sabe que as escolhas que nos pedem são excessivas. É da natureza dos sentidos entender que há mais de dois lados no mundo. A vida é polígono em que os lados se multiplicam em inúmeros quadrantes, matizes, vértices, ângulos e nuances. A mente impõe a escolha única, o coração prefere o talvez. A mente quer certeza, o coração duvida. Assim, partidos, vivemos os dias da nossa época e sequer sabemos como entramos nesse insano desfilar de eventos.

Recentemente vi a imagem de uma pessoa querida que foi andar no deserto. As fotos não podem mais ser compartilhadas nos grupos virtuais em que estávamos, porque a divisão invadiu todos os espaços. Eu a vi porque alguém me mostrou. Descansei meus olhos sobre as pequenas elevações de areia uniforme no entardecer de um dia qualquer e o deserto me pareceu um oásis. No deserto, quem sabe, o silêncio permite a reflexão. Quis a solidão do pensamento pacificado que investiga o futuro e duvida do presente.

Exaustos das batalhas, precisamos nos recolher a algum oásis formado de árvores, terra, água e ar. Nas planícies ou montanhas. Precisamos olhar as águas dos rios quando elas passam calmas, depois de vencidas as grandes corredeiras, e deitar sob o sol morno dos primeiros raios das manhãs. Precisamos ouvir o barulho do mar nas praias vazias, quando as ondas sobem assustadoras até se quebrarem. Então avançam, mas perdem a força, dissolvem o perigo e chegam como espuma acariciando nossos pés. O mar e os rios ensinam que, no fim, haverá paz e calma.

Deveríamos chamar os amigos para uma grande festa, cuja lista de convidados não seguisse a regra estranha de saber o que cada um anda pensando do teatro de absurdos que ocupou a cena pública. O diálogo dos encontros deveria começar com a tradicional pergunta sobre como o amigo está vivendo e não de que lado está nas batalhas das quais somos todos prisioneiros. E se o atual momento fosse abordado, que parecesse natural dizer: "Não penso assim." E, na comparação dos pensamentos divergentes, fossem encontradas naturais convergências.

    A vida já exigiu de mim a escolha entre dois lados. Sem caminho do meio, sem meias palavras, sem dúvidas. Escolha única possível. Mas isso era a guerra, e ela é implacável. Nela, as palavras ferem e condenam. Dividem. É preciso fazer escolhas radicais e não temer o perigo extremo. É preciso vigiar a sombra e ter medo da pessoa ao lado. É forçoso desconfiar das dissimulações e disfarces. Isso era a guerra, entretanto, os tempos são novos. Não era previsível que tudo voltasse a ser assim. Neste tempo novo, não deveríamos usar as mesmas armas e armadilhas. Deveríamos estar vivendo a liberdade das diferenças, a música das dissonâncias, a beleza dos semitons. O melhor seria apreciar a sinfonia da vida, aquela que jamais será composta com uma nota só.

/9 *abr* 2016

51/Um verso no celular

A mensagem apareceu na tela do celular: "Preciso conversar quando você tiver um tempo."

"Estou na estrada para Minas. Assim que chegar, aviso, para conversarmos", digitei.

"Como diria o poeta: 'Toma de Minas a estrada.' Bjs." Assim a minha amiga respondeu e encerrou-se o diálogo por WhatsApp.

O caminho era sinuoso, seguindo montanhas e embrenhando-se. Perdi a conexão. Fui pensando no poeta. Que poeta? Não lembrava. "Toma de Minas a estrada." Lindo verso. Uma indicação de caminho, uma proposta de solução, uma evocação dos sentimentos de um estado interno, interior. Os filhos de Minas gostam de pensar que há sabedoria no silêncio, na palavra recolhida. Toma de Minas esse jeito.

O Brasil vive momento em que palavras são dardos de uma guerra sem vencedores. Somos todos vencidos pelos excessos verbais. O que se diz agora pode deixar ferida definitiva. Tem a ver com a insensata trilha na qual nos perdemos, mas pode ser caminho sem volta se não houver o socorro do silêncio. Colecionamos fraturas da palavra excessiva. As amizades são encerradas sem qualquer respeito ao tempo em que seguimos juntos pela estrada. Amigos brigam como se não houvesse o ontem, a vida vivida, a gratidão devida, o afeto trocado. Vive-se como se o futuro tivesse de ser um prolongamento deste presente de asperezas. Rancores brotam do nada, reaparecem depois de esquecidos para justificar a palavra agressiva lançada para encerrar discussão.

Era 21 de abril e eu viajava pela estrada, pensando em Minas e no Brasil. A liberdade foi tão cara... Custou um preço tão alto aos que ficaram pelo caminho... Os inconfidentes viveram uma dor para além da própria vida, pela decisão da Coroa portuguesa de amaldiçoar os filhos e os filhos dos filhos, que deveriam carregar a infâmia.

Uma das inúmeras vezes que tomei de Minas a estrada, fui visitar Ouro Preto. Andava pela Casa dos Contos, quando vi uma sala trancada da qual se podia investigar o interior através de uma grade. Lá dentro, móveis feiosos de metal, papelório empilhado, desordem típica de repartição burocrática. Acima da grade estava escrito "Receita Federal". Perguntei o que abrigara no passado aquele pedaço do prédio e tomei um susto com a resposta de quem me guiava:

— Ali era a cela de Cláudio Manuel da Costa. Onde ele morreu.

Tomei de Minas esse exemplo de desrespeito ao passado, comum no Brasil e escrevi no jornal em que trabalho sobre a contradição absurda daquela escolha da burocracia. Morrera o poeta Cláudio Manuel da Costa na luta contra o excesso de impostos e, por ironia, o lugar de seu martírio e agonia final sediava agora um órgão que cobrava impostos. Pedi que libertassem enfim o poeta, séculos depois, deixando aberta a porta de sua cela para reflexão dos visitantes. Descobri que já havia uma campanha para isso e juntei minha voz. Falei com o chefe da Receita em Minas, que me ligou para conversar sobre o que eu escrevera. Explicou que fora doada uma grande parte do prédio ao museu que reverenciava a história vivida ali. Respondi que aquela parte específica fora o túmulo de um inconfidente, não faria falta à Receita e fazia falta à história, que precisava ser contada inteira e não em partes de uma repartição. A sensação física que tive ao ver a cela fechada era a de que ele permanecia ali, preso.

Anos depois, encontrei o antigo chefe da Receita, aquele com o qual falara, e ele disse que a campanha fora bem-sucedida e agora a cela de Cláudio Manuel da Costa estava integrada ao museu. Voltei lá. Andei emocionada pela sala na qual um dia um poeta inconfidente sofreu castigo por ter sonhado para o Brasil uma vida de liberdade, ainda que tardia.

    Cheguei à fazenda onde passaria o feriado, com o verso vasculhando a lembrança atrás do autor. Só a internet socorreu a memória. É Tomás Antônio Gonzaga. "Meu sonoro passarinho,/ se sabes o meu tormento" — começa assim a poesia. "Ah! não cantes, mais não cantes", avisa o poeta, que quer apenas que a ave percorra o caminho de volta a Vila Rica.

    Toma de Minas a estrada,
    (...)

    Entra nesta grande terra,
    Passa uma formosa ponte,
    Passa a segunda, a terceira
    Tem um palácio defronte.

    Todo o caminho que ele não podia fazer até a sua amada Marília — condenado que estava a nunca mais tomar de Minas a estrada — ele pede ao passarinho que o faça.

    Chega então ao seu ouvido.
    Dize, que sou eu que te mando.

    Era só uma mensagem que o apaixonado gostaria que chegasse. Hoje, na era da comunicação instantânea, dos muitos canais de conversa, das palavras excessivas e impensadas, esse verso, entregue ao passarinho por um poeta há mais de dois séculos, viajou comigo. Toma de Minas a história que não se pode esquecer.

/23 abr 2016

52 / O livro do sertão

Na fila para comprar uma água, no aeroporto de Congonhas, minha atenção estava no alto-falante pelo qual os passageiros do meu voo poderiam ser chamados. Nesse momento, um homem falou comigo:
— Queria comentar um trabalho que você fez. Uma reportagem.
— Pois não. Uma água, por favor. Sem gás. Que reportagem?
— Não tem nada a ver com economia. A do *Grande Sertão: Veredas*. Foi a melhor coisa que você fez.
— Foi há muito tempo — respondi intrigada, pegando a água e ouvindo a chamada do meu voo.
— Foi, sim, tento rever mas não acho. Foi seu trabalho mais bonito. Parabéns.

Agradeci e saí correndo para pegar o avião. Pensei na minha amiga Fátima, com quem fui ao Parque Nacional Grande Sertão Veredas e que editou a matéria. Precisava contar a ela que, dez anos depois, alguém ainda se lembrava do que fizemos, com medo e paixão. Durante o trajeto para o Rio, minha mente refez o caminho da reportagem. Eu estava de férias e tinha resolvido reler o romance de Guimarães Rosa. Era o ano de 2006. No terceiro dia liguei para o editor do *Bom Dia Brasil*.
— Miguel, estou com uma ideia de reportagem.
— Você está de férias, sua louca.
— Escuta só. O lançamento de *Grande Sertão: Veredas* está completando 50 anos. A gente volta ao local que inspirou Guimarães, hoje é um parque nacional, uma unidade de conservação, faz lá a reportagem sobre o livro. Conversa com as pessoas. Visita os rios, as veredas. Procura os vestígios.

— Topado.

Fui. Fomos. No meio do voo até Brasília, olhei para a minha companheira de viagem e ela estava absorta no seu exemplar do livro. Todo marcado. Fátima olhou para mim e disse: "Olha que trecho lindo." Emocionou-se ao ler. Nós nos entendemos, nos reconhecemos. Éramos da mesma tribo: os que amam aquela obra. Depois, tive medo. Todas as minhas vontades haviam sido satisfeitas: uma boa equipe, tempo para me dedicar à reportagem, uma excelente editora. Mas o que eu achava que encontraria lá? Riobaldo, Diadorim, Joca Ramiro? Guimarães Rosa? Cinquenta anos depois da publicação da obra o que haveria lá para render reportagem?

Desembarcamos em Brasília, pegamos a estrada para o ponto em que Minas se encontra com Bahia e Goiás. Lá fica o sertão descrito. Sérgio, meu marido, foi junto acompanhando a equipe em seu carro. Ele também queria fazer a peregrinação ao local do livro que nos uniu. Nossa primeira conversa, que iniciou o namoro, foi sobre a obra, para ambos inesquecível.

O medo me acompanhava. Temia nada ter a dizer e ter embarcado a equipe da TV em algo irrealizável. O que haveria para contar? Enquanto vencia a estrada até o parque eu recitava mentalmente trechos. "Nonada. Tiros que o senhor ouviu foi de homem não. Deus esteja." Jagunços não há. Nada haverá para contar, pensava aflita. É apenas o cenário de um romance, pelo qual o leitor cai apaixonado, de amor incurável; ou do qual se afasta nas primeiras 50 páginas, desentendido. É história de amar ou abandonar, porém difícil de explicar.

Chegamos ao entardecer em Chapada Gaúcha, nas bordas do parque. Cidade amarelada, sem árvores, com tratores estacionados como se carros de passeio fossem. Cercada de campos de soja. Enormes, uniformes. Um produtor rural reclamou com o Sérgio, na porta do hotel, que o parque atrapalhava a produção. Lá tem água, disse, invejoso. No texto, a confirmação: "Águas, águas o senhor verá." Nós as vimos no dia seguinte quando entramos no parque. O Carinhanha, o Urucuia, o Pardo. Rios do sertão. "Paz das águas."

Eu olhava a paisagem, reconhecia trechos, frases emergiam das páginas, como se o narrador estivesse falando conosco. Fátima e eu explicávamos ao cinegrafista o que registrar: o Vão dos Buracos, as veredas, veredazinhas, a Serra das Araras, os rios, os buritis. *Grande Sertão* foi surgindo poderoso, como se estivesse ali, vivo, dialogando. O ambiente mágico foi nos capturando. Fomos entrevistar bordadeiras. E elas, com suas agulhas, escreviam: "Viver é muito perigoso", "O coração mistura amores", "Eu era de ninguém, eu era de mim mesmo."

Fomos ao Centro Cultural Grande Sertão "de" Veredas, assim mesmo com um "de" a mais, onde haveria uma festa à noite. Os moradores começaram a chegar a cavalo de horas de viagem pelo sertão. A lua nascendo atrás do buritizal. O som da rabeca. Tudo foi nos envolvendo. Um jovem declamou para nós a primeira página do livro. Seu Jonas cantou uma música composta por ele. A esta altura, estávamos já dentro da história de Guimarães Rosa.

Andávamos por lá, a esmo. Filmando, entrevistando. Alguém contou que havia um velho, seu Leôncio, de 96 anos, contemporâneo dos jagunços. Fomos até ele. Ele falava em delírio, como se ainda visse o tempo das guerras de bandos. Metade do que ele dizia não se entendia, porém, de repente, havia uma frase clara como o dia.

— Felão matou um povoado inteiro... Conheci Antonio Dó. Era matador, mas matava por precisão... Eu sei de tudo.

Entramos numa cidadezinha na Serra das Araras e vimos um homem, parecendo um quadro antigo, numa janela. Negro, bem vestido, como se esperasse algo ou alguém. Fui falar com ele. Não estranhou nossa chegada, nem as perguntas. Libânio era seu nome. De onde era e o que fazia ali?

— Eu morava na cabeceira do rio Pardo e trabalhava num galho da ribeira. Mas os fraterno é tudo daqui. Tudo enterrado aqui e eu pra ser enterrado mais eles.

O livro estava em toda parte. A sensação é que se procurássemos mais, em alguma curva de rio, estaria Diadorim, escondendo sua beleza em um banho furtivo. Riobaldo, perdido em alguma vereda, atravessado de amor e conflito, repetiria: "Diadorim, meu Diadorim." E foi esse clima de sonho e beleza que Fátima e eu tentamos contar na reportagem. Uma década depois, alguém me para, na pressa do aeroporto, para dizer que gostou. Gostei. Fiquei feliz em saber que alguém se lembrava. E foi o que eu disse ao moço, um pouco antes de corrermos cada um para o seu voo.

/30 *abr* 2016

53/ Eu diria, se pudesse

Talvez você chegasse de repente e, então, eu lhe mostraria o jardim. Tenho essas fantasias. Ainda agora entrei num quarto vazio da minha casa e pensei que poderia hospedá-la nele. E você ficaria confortável, vivendo o merecido descanso que nunca se permitiu. Eu me pego pensando em você nos mais diversos momentos. Quando vejo a horta que cresce, meio hesitante, sou quase capaz de ouvir os conselhos que desprezei sobre sol e sombra em medida certa para o crescimento das plantas, a água no volume exato. Eu lhe mostraria as árvores plantadas na pequena terra que possuo. Hoje estão grandes, as árvores. Conversaríamos debaixo da sombra de alguma delas e você diria, entre sorrisos, que o fruto não cai longe do tronco. Verdade. Ninguém nega a própria natureza. Por isso eu planto, como você plantava, porque gostamos de ver a terra devolvendo a nós os carinhos dados.

É saudade o que sinto, mas é um pouco diferente. É uma sensação de que ainda posso dialogar e mostrar certas novidades que fariam você dar boas gargalhadas. "Eu não disse?", você perguntaria, brincando com o fato de que tinha essa estranha habilidade de saber dos acontecimentos com antecedência, como se lesse a evolução dos eventos da vida. Nunca entendi essa sua leitura do futuro.

Nas vitórias e nas dúvidas eu penso em você. Não me aflige essa lembrança insistente, nem me entristece. É natural. Eu me pergunto o que você diria diante de determinado fato e, às vezes, quase ouço a resposta. A memória busca outras falas guardadas e assim vai preenchendo esse diálogo impossível. Outro dia eu tirava fotos com o celular, em meio a outras pessoas que faziam o mesmo, e foi inevitável lembrar. Você nem chegou a conhecer o aparelho, mas adoraria, porque poderia registrar os momentos. "Que pena que ninguém tem aqui uma máquina para tirar um retrato", você repetia em cada encontro de família, em cada festa, ou novidade. Seu sonho era fotografar tudo. Era uma demanda por este tempo em que as fotos são constantes. Só agora é possível. Você estava à frente de seu tempo. Uma vez mais.

É simples. Eu gostaria de contar a você o que se passou nos últimos anos, quase três décadas, desde a última vez que pudemos conversar. Nesse longo silêncio, acumularam-se histórias das quais você adoraria saber. Posso ver seu sorriso e seus olhos azuis brilhando. Há muitas pessoas que eu apresentaria a você. Começaria pelos filhos dos meus filhos. A mais velha tem o seu nome. Não é a única. Há várias Marianas nas famílias dos meus irmãos, porque sua lembrança é forte e não apenas para mim. Esta carta que escrevo não chegará, não há correio que a alcance, contudo continuarei me lembrando de você nos pequenos eventos e nas grandes reviravoltas, nos dias chuvosos, nos ensolarados e, principalmente, no instante inicial dos dias. Lembro-me de acordar bem cedo, na infância, e ver a seu lado o começo dos dias. Hora de reflexão e alegria. Hoje ainda gosto de acordar bem cedo e ver, em silêncio, esse momento inaugural. Fico reflexiva, como ficávamos.

Eu me aproximo da idade que você tinha quando a perdi e, hoje, mais do que antes, sei que é cedo demais. Talvez você me perguntasse, por que tudo isso agora, o que deu em mim, afinal? Bom, não é nada, não se preocupe. Apenas me deu vontade de dizer: feliz Dia das Mães, minha mãe.

/7 mai 2016

54/O dia em que escolhi o meu lado

Eu me agachei para pegar algo debaixo da cama e foi quando me deu um estalo. Era uma peça de roupa e eu estava arrumando o quarto dos meus irmãos. Tinha 10 anos e na grande família na qual nasci o clima de mutirão era natural. Todos tinham tarefas desde cedo. A dos meninos era arrumar a parte externa da casa, um enorme quintal. Naquele momento, ao revogar o gesto de pegar a roupa que meu irmão deixara cair pelo canto da cama, eu me perguntei: "Ele faria isso por mim? Ele arrumaria a minha cama e pegaria minha roupa que estivesse caída?" A resposta que me dei foi um "não" redondo. Levantei em fúria, peguei a vassoura com a qual varreria o quarto, fui até a minha mãe, que na cozinha preparava o almoço, e baixei um decreto terminativo:

— Mãe, eu nunca mais vou arrumar o quarto dos meninos!
— Por quê?
— Porque eles jamais arrumariam a minha cama, nunca guardariam as minhas roupas. E isso não é justo. Eles que arrumem a sua bagunça.

Foi assim que virei feminista. Depois, aos 16 anos, quando li Simone de Beauvoir, entendi todo o meu desconforto. Então era isto: no mundo dominado pelos homens nós éramos o "outro". Mas essa alteridade da mulher não era natural, fora culturalmente imposta, poderia ser mudada, informava a autora de *O segundo sexo*. E foi por essa janela que passei a ver os fatos da vida. Todas as lutas que lutei tiveram esse norte. Não aceitei ser o outro, a segunda pessoa.

A esquerda na qual fui militar na juventude também era machista, como o mundo todo. Por isso nunca esqueci um presente que uma amiga, Gláucia, me trouxe de Londres. Era uma linda camiseta cor de cereja forte, uma radicalização do rosa, que trazia a frase, em inglês, de delicioso desaforo: "Se eu não puder dançar, não quero fazer parte da sua revolução." Ela se desfez no meu corpo de tanto que a usei.

A democracia grega nos inspira até hoje, mas era apenas de homens. Elas não estavam na Ágora, onde eram tomadas as decisões. Ao fim da Revolução Francesa, as mulheres foram mandadas de volta para casa e só passaram a votar em 1945. Sempre fomos excluídas dos espaços de poder ao longo da história, sempre nos foi dito de forma indireta ou explícita que éramos menos, que tínhamos um defeito de nascença, que nosso reino era o espaço doméstico. Em pleno século XXI, o presidente de Harvard disse que as mulheres não tinham mente para as ciências. A ideia desatualizada lhe custou caro e o economista Lawrence Summers perdeu o emprego. Em seguida, a universidade escolheu uma mulher para a vaga.

Entrei em um mercado de trabalho dominado por homens e vi as barreiras artificiais que nos detinham e pelas quais apenas eles passavam para ocupar os postos de comando. Aos poucos registrei a mudança. Fiz parte do grupo que forçou a porta de entrada. Ao longo das décadas, desde o dia em que, aos 10 anos, me levantei naquele quarto, decidida a arrumar a desordem do mundo, tenho visto avanços. Eles são lentos, incompletos e sujeitos a recuos. Permanecem, espantosamente vivos, a velha divisão e o preconceito. Nos espaços de poder político ou da economia as mulheres são ainda minoria. As estatísticas confirmam. Mas, no Brasil, elas já se qualificaram e hoje sua escolaridade é mais elevada que a dos homens. Se são preteridas numa empresa, num governo, é por ideologia, por uma visão seletiva e defeituosa da vida que só percebe um grupo.

É preciso ser muito antigo, ter uma mentalidade muito atrasada para só se cercar de iguais e não ver os talentos distribuídos pela humanidade, independentemente da cor e do gênero. O mundo contemporâneo cultiva a diversidade como virtude. É assim que é a vida, diversa. Esse é o norte para o qual se vai, inevitavelmente. O novo sempre vem, contudo o velho permanece tinhoso, capturando as mentes, criando desculpas, adiando o progresso.

Quando, esta semana, olhei para a câmera no estúdio de TV e disse que "um governo só de homens é um retrocesso de décadas", era isso mesmo que eu queria dizer. E eles sequer notaram o que haviam feito. Isso é que impressiona.

Arrumem o seu quarto, senhores. O mundo mudou.

/14 *mai* 2016

55 / Andando pelas lembranças do Itamaraty

O ministro estava ligeiramente atrasado, a equipe chegara cedo e montara o ambiente da entrevista em um canto do mezanino do Itamaraty, tendo ao fundo a divisória em treliça de madeira com quadrados coloridos. Bem iluminado, esse fundo vazado permitia entrever o resto do salão e dava ao ambiente um aconchego. Exceto pela nossa iluminação direcionada para as duas cadeiras, o resto estava escuro demais. Sinal dos tempos, pensei. Agora acende-se o mínimo de luzes no mezanino. Aquele espaço é uma das maiores áreas suspensas do mundo, sem pilares de sustentação. Só precisa mesmo de todas as luzes em ocasiões especiais.

De repente vi tudo iluminado, todos os ambientes do enorme salão, e me peguei circulando entre os convidados, jovem ainda, atrás de notícias. Olhei a escada ao fundo, que dá para o terceiro andar, e me vi subindo para as salas de jantar. A sensação de volta ao passado me capturou, tão logo andei pela rampa sobre o lago da porta lateral. Ao passar pelos banheiros, dei uma gargalhada que ninguém entendeu.

No governo Geisel, o general Vernon Walters, que tinha sido adido militar na época do golpe, veio ao Brasil para uma negociação. Os jornalistas o esperavam na entrada lateral, ele entrou, nós o cercamos e ele foi andando e falando. Eu, a única mulher entre os jornalistas naquele dia, andava ao lado dele, anotando o que era dito. Quando o velho militar golpista passou perto do banheiro fez um movimento para entrar. Os jornalistas o seguiram. Eu também.

— Você não, senhorita.

— Vou sim, general, se os jornalistas homens entrarem com o senhor no banheiro, também entro.

Ele mandou todo mundo esperar do lado de fora e foi sozinho.

Imersa em lembranças, continuei minha caminhada. No salão do primeiro andar estava o monumento de placas superpostas que podem ser movidas, formando figuras na assimetria que se queira. Naquele dia elas estavam arrumadas demais, muito simétricas. Fui ao conjunto de salas que formam a assessoria de imprensa. Hoje o local tem o nome de Espaço Embaixador Bernardo Pericás. Lembrei o dia em que o então conselheiro Pericás foi apresentado como porta-voz pelo que saía do cargo, Luiz Felipe Lampreia. Um começou e o outro aprofundou uma abertura política inesperada em plena ditadura. Naquelas salas os jornalistas, hostilizados em outros ministérios, eram bem-recebidos. A ditadura acabara mais cedo naquele canto do Itamaraty, onde recebi credencial para viagens presidenciais que o Planalto me negaria. Ali falávamos abertamente contra os militares, sob o sorriso condescendente dos diplomatas. Os "barbudinhos", como diziam os críticos. Pericás era um deles. A saudade me atravessou. Abri uma porta que dava numa sala e diplomatas jovens me perguntaram se eu queria algo.

— Desculpe, é apenas uma viagem ao passado. Aqui ficava a sala dos jornalistas e nestas mesas, as nossas máquinas de escrever.

— É. Agora só há computadores — disse um deles.

Pode um prédio oficial dar essa nostalgia e a sensação de rever a própria vida? Era isso que eu sentia. Fui, no início da minha vida profissional em Brasília, responsável pela cobertura da diplomacia. Foi um tempo de construção de amizades que ficaram, de muito aprendizado sobre o mundo e de fatos inéditos. Na subida da escada em caracol, achei o tapete azul meio puído em algumas pontas. Outro sinal dos tempos. E me vi subindo a escadaria aos 25 anos, com a bolsa a tiracolo e a roupa meio hippie para ir a alguma entrevista, ou com os vestidos longos que conseguia emprestados com minha amiga Marilena para ocasiões de gala. Havia um longo de crepe georgette branco, com decote pronunciado atrás, que a secretária da *Gazeta Mercantil* me deu de presente. Ela me disse que engordara e não entraria mais no vestido.

Voltando ao presente, falei para as produtoras que foram comigo:
— Meninas, para subir esta escada e ir a jantares de gala, calcei sapato alto, vesti um longo e me maquiei pela primeira vez. Por causa do Itamaraty, fiz a primeira viagem ao exterior e várias outras que se seguiram.

Elas me olharam sem entender o clima de nostalgia que me envolvia. Eu via cenas de um passado muito velho, para mim presente e vivo. Eu me vi subindo com o coração aos pulos, numa tarde do fim de 1978. Montava-se o governo Figueiredo. Dois grupos lutavam pelo cargo de ministro. Um deles, liderado pelo embaixador em Londres, Roberto Campos, defendia uma guinada da política externa para a direita e, por isso, mandara uma proposta para o futuro presidente. O outro queria a manutenção da diplomacia que reconhecera governos de esquerda na África e rompera o acordo militar com os Estados Unidos.

Eu estava, naquela tarde, atrás da cópia da proposta cuja publicação acabaria por inviabilizar o projeto de alterar a política externa. Minha fonte havia me pedido que esperasse no mezanino, porque ele passaria e me entregaria o documento se ninguém estivesse olhando. Mariângela e eu ficamos paradas, esperando. Ela, do *Jornal do Brasil*, contatara coincidentemente a mesma fonte e ele disse que daria às duas. Eu o vi chegando, discreto, e ele nos entregou o envelope pardo com a cópia da correspondência do embaixador Roberto Campos para Figueiredo. Isso seria a manchete do meu jornal no dia seguinte e provocaria uma rebelião dos diplomatas. No texto, Campos propunha um alinhamento sem limites aos Estados Unidos. A divulgação abortou a ideia. A fonte que me deu o documento virou depois meu amigo. Morreu recentemente.

Para onde eu olhasse no palácio, via um encontro, uma conversa, uma informação, uma entrevista, um fato arquivado na memória. A demora do ministro me permitiu curtir aquele retorno. Uma vez, numa visita de um presidente africano, fiz um penteado de trancinhas afro. Meu amigo Zeca Guimarães fotografou e me mandou a foto recentemente. Houve um momento em que saí do local onde estava, a Sala dos Tratados, na qual montara o ambiente para a entrevista de agora, e fui andando até o largo corredor que dá no gabinete do ministro. Olhei o vazio e os vi todos, de repente. Os aposentados, os ainda na ativa, os que já morreram. Eles andavam por lá, carregando pastas com papéis, em geral secretos, entrando e saindo pelas portas duplas enormes de madeira que vão dar no gabinete. Vi seus sorrisos, ouvi suas palavras, lembrei-me das aulas sobre o mundo.

— Você, quando chegou aqui, era um ser bárbaro. Nós te civilizamos — brincara certa vez o embaixador Azambuja referindo-se a mim.

— Missão incompleta, sempre serei meio selvagem — respondi.

Lembrei-me dos contínuos, que na época eram funcionários e não terceirizados. Várias vezes, cúmplices, me contavam quem tinha entrado e quem tinha saído.

— Míriam, o embaixador americano acabou de entrar.

— É mesmo? Estava prevista a vinda?

— Não, visita não marcada.

Havia um garçom que sempre me perguntava nos coquetéis:

— O de sempre?

Eu respondia que sim com um sorriso. Como eu nunca bebia no trabalho, ele me entregava uma taça de champanhe com água mineral com gás. Era o de sempre. Assim eu circulava atrás de notícias. Um dia um diplomata me perguntou:

— Quem te contou isso?

Havia sido ele mesmo, na festa da véspera. Ele bebera um pouco mais e, animado, deixara escapar, sem perceber, a pista que me levou ao furo de reportagem: o Brasil blefaria na mesa de negociação com a Argentina. A minha descoberta provocou uma confusão na Casa. Ri sozinha, só eu via o passado. O presente eram todos aqueles jovens arrumadinhos, que passavam por mim solícitos e me olhavam, como se relíquia fosse, ao serem informados da época remota em que eu cobrira o Itamaraty. Apenas meu velho amigo Fred, hoje embaixador Frederico Meyer, entendia as minhas lembranças.

Ao fim da entrevista, eu descia a escadaria de tapete azul quando ouvi alguém me chamar. Era um amigo que vinha andando na penumbra do mezanino. Subi de novo a escada correndo e o abracei calorosamente. Na descida de volta, ele me disse:

— Cuidado com esta escada, ela é perigosa.

— Ela é minha amiga.

E a desci de novo, como aos 25 anos, dentro do meu vestido branco de crepe georgette. Por que, ao lado da saudade, sentia tanta alegria de andar pelo Itamaraty? Eu me dei conta de que foi lá que minha carreira decolou. Aprendi naquela casa mais do que as notícias que publiquei.

/21 *mai* 2016

56 / O voo do pássaro mais belo

Ficarei em silêncio por estes dias. Ouvirei as pessoas carinhosamente. Lembrarei cada detalhe da vida. Cada encontro e as conversas ocorridas. Resgatarei os sorrisos que trocamos e, particularmente, vou querer de volta as gargalhadas que demos juntos. Vou ficar quieta perto de todos. Apenas cruzarei a ponte sobre as águas turbulentas. Olharei para elas, as águas, de frente, sem medo da cor turva e das suas elevações. Certa de que são parte da vida.

Assim estarei porque a vida é finita. E em alguns momentos sabemos disso mais do que em outros. A perda de alguém amado é como um abalo sísmico. A terra não fica no lugar, tudo é revolvido e vem à tona, e nós mesmos ficamos desencontrados. Depois, para que tudo se acomode, é preciso silêncio e tempo. Quando os outros sons cessam, você pode ouvir a voz da pessoa que perdeu e ela lhe dirá o que já disse. E você se cercará de perguntas sobre os próprios atos: o que respondi naquele momento? O que fiz para mostrar que o amava? Os gestos parecerão pequenos e insuficientes. Fica faltando o não dito, o não vivido.

A fraternidade é a mais longa das relações. Você nasce e está lá o seu irmão mais velho. Você cresce e ele também. Todas as etapas da vida vão sendo vencidas em linhas paralelas. As escolhas separam os irmãos, a partir de certo momento. Cada um viverá o seu traçado, inventará o seu cotidiano, morará numa cidade, sofrerá as suas dores, cultivará suas certezas e dúvidas. Cada um terá o seu caminho e o seu descaminho. Nos reencontros podemos ter o benefício de uma conversa sincera ou os silêncios das mágoas. Quando o diálogo cessa definitivamente, vem a sensação estranha de que há um vazio a seu lado e ele é impreenchível. Vem a vontade de retomar de qualquer ponto a conversa interrompida.

O resgate das lembranças sempre parecerá pequeno para o muito que se viveu. Você quer, na verdade, a pessoa de volta e terá apenas retalhos da vida que a lembrança reteve. Por algum motivo, na escolha aleatória da memória, pequenos fatos ficam impressos para sempre. Outros se apagam.

Meu irmão me deu um passarinho bonito. Éramos crianças. Ele havia passado dias dedicado à tarefa de capturar a ave. Era uma homenagem a mim, mas eu quis soltá-lo, já que era meu, o pássaro. Por um minuto, breve e eterno, senti na minha mão o carinho das penas macias. Depois, por alguns segundos, admirei a beleza do voo da pequena ave colorida. Vejo de novo, agora, o sorriso bonito do meu irmão ao me entregar o presente. Seu espanto, quando o soltei. E a certeza que ficou de que, por causa dele, eu fui, por um instante inesquecível, dona do pássaro mais lindo que voava sobre o quintal lá de casa.

Meu irmão chorou um dia por mim diante de várias testemunhas. Um choro tão fundo e abundante pela minha dor que eu é que o consolei. Menti que estava bem para que não sofresse tanto. Fiquei, depois que ele se foi, com a certeza de ser amada. Seu choro atenuou minha dor. O fato se passou na nossa juventude quando a conta cobrada pelas escolhas que fizemos foi, por vezes, alta demais. Houve muitos dias de ouvir música juntos. E o rock ficou entre nós como trilha da saudade. Houve um dia em que ele reencontraria uma pessoa que amava muito e havia perdido. Ele me disse que tinha medo do reencontro. Então eu o abracei e disse que seguiria com ele parte do caminho. Tão grande o meu irmão, tão pequeno parecia naquele instante. Abracei seu corpo trêmulo e sussurrei:

— Coragem.

Houve muitos momentos de rir juntos, principalmente na época em que todos éramos pequenos na casa de nossos pais. Meu irmão era pessoa engraçada. Nesse resgate de memória, lembro-me das gargalhadas que dei por causa dele, do seu jeito de contar os fatos ou inventar expressões e de como eu admirava aquele talento. Na juventude, ele tinha cabelos longos e encaracolados que chegavam aos ombros. Pela sua altura e pelo seu andar elegante era fácil reconhecê-lo, mesmo a distância. Eu me lembro de debruçar na janela da casa dos nossos pais e vê-lo vindo lá do começo da rua. Assim o vejo agora: belo, jovem, rebelde, cabelos ao vento.

Meu irmão ensinava a vida pelo avesso — com seus erros e suas superações, com suas quedas e suas voltas por cima nas várias vezes em que se consumiu e se refez das cinzas. Só o corajoso é capaz de retornar de um descaminho e dizer:

— Eu errei.

Houve um dia em que lhe disse que admirava sua força, constato hoje com alívio. A fraternidade nos parece tão longa que nos esquecemos de que o companheiro de estrada não estará ao nosso alcance para sempre. De repente vem a ruptura, e você se dá conta de que a própria vida é breve. Nos dias de hoje quero tempo para me recolher e refazer na memória parte do caminho que andamos juntos. Então direi baixinho:

— Adeus, meu irmão.

/4 *jun* 2016

57 / A vida é assim

Era um dia daqueles em que as notícias vão nos atropelando. Aliás, um dia como outro qualquer no Brasil, pois todos eles têm sido assim. Na quarta-feira daquela semana, almocei olhando ao mesmo tempo a televisão, na qual um ministro dava uma entrevista, e o computador, em que via a transmissão de uma reunião por um canal do Youtube. O telefone tocou e era a minha secretária avisando que o táxi tinha chegado. Enfrentei o trânsito acompanhando mais uma sessão do Senado pelo celular. A intensidade dos acontecimentos era alta. Normal.

Inesperado era apenas o encontro pelo qual eu interrompia o cerco dos acontecimentos: contar história infantil. Crianças faziam fila na entrada, em geral uniformizadas, e, com suas risadas e falações, criavam um ambiente de recreio escolar. Passei por elas e fui levada diretamente a um salão, com uma cadeira para mim e muitas almofadas no chão. Elas foram entrando pelas duas enormes portas laterais e, em poucos minutos, encheram o ambiente. A moça da organização me fez o sinal de que eu poderia falar.

— Estou aqui para mostrar meus livros e contar a história de um deles.

Li a história. Estávamos na Fundação Nacional do Livro Infantil e Juvenil, a FNLIJ, e lá a tradição é a leitura seguida de debate. No final, o microfone passou pela plateia e as crianças foram falando o que tinham entendido.

— Todo mundo é igual...
— ...tem gente de toda cor...
— ...o importante é ser feliz...

— ...todo mundo é bonito do jeito que é.

Elogiei as crianças. Tinham entendido a história. Saíram de lá em algazarra, atrás de mais diversão em meio àqueles livros.

Entrou no meu salão outro grupo, de crianças mais velhas. O microfone passou por elas e uma menina de uns 10 anos começou a fazer perguntas bem pontuais. Queria saber o que tinha me levado a escrever livros, como a história vinha à minha cabeça. Contei que sonhava desde criança escrever livros, mas começara só recentemente.

— Por que demorou tanto se sonhava desde criança?

— Porque tive medo do meu sonho.

— Como assim?

— Quando o sonho é grande demais, às vezes a gente tem medo de não conseguir e não tenta. É preciso realizar os sonhos — aconselhei.

Ela ficou pensativa. No fim, veio pedir uma foto e eu perguntei:

— Sonha ser escritora?

— Sim, sonho.

Firme, linda, séria. As colegas disseram que ela escrevia muito bem. Ela, modesta, disse apenas que gostava muito de escrever. Eu a incentivei a realizar o sonho.

Saí daquele delicioso intervalo do noticiário árido e, já no táxi, fui conferindo no celular as últimas reviravoltas do inquieto quadro político nacional.

Naquela noite fui a Brasília, porque gravaria uma entrevista no dia seguinte, e decidi passar o fim de semana lá. No sábado, Daniel, meu neto de 6 anos, acordou tenso. Era o dia de mudar de faixa no caratê. Fui com ele e a família assistir. Ele, circunspecto e silencioso. O ambiente na academia estava triste. A certa altura, em um canto do lado de fora da escola, professores choravam. Fomos entendendo que algo havia acontecido. As crianças, todas com seus quimonos e faixas de cores diferentes, sentaram-se no chão do salão e os professores, em lágrimas, começaram a falar.

— Os menores não vão entender este momento, mas perdemos nesta manhã o nosso mestre. Nosso sensei. Vamos fazer os exercícios hoje com mais força para ser a abertura das homenagens.

O ambiente ficou insólito. Com lágrimas caindo pelo rosto, os professores comandavam os alunos como se fosse aquela a batalha final. Crianças de várias idades, com semblante grave, repetiam os movimentos da luta, emitindo sons que lembravam o cortar das facas. Daniel ganhou sua faixa. Na saída, os adultos da família conversavam sobre o falecimento. Lembrei que os professores falaram que as crianças não entenderiam. Daniel interrompeu:

— O sensei deles faleceu. O mestre. Por isso eles estavam tristes.

Tinha entendido.

De lá fui para a casa do outro filho, onde acabara de haver o seguinte diálogo:

— Mãe, eu quero usar seus colares — disse Isabel, de 2 anos.

— Por quê?

— Porque a vida é assim.

Devolvia, dessa forma, a frase que já fora dita pela mãe em outras situações, para encerrar discussões.

Dias depois, outra neta, Manuela, de 4 anos, perguntou à mãe:

— Você sabe quem descobriu o Brasil?

— Quem?

— Não foram os portugueses. Foram os índios.

E assim foi. As notícias continuaram loucas. As crianças, lúcidas, nos ensinavam o que é a vida, afinal.

/9 *jul* 2016

58/Nos tempos da notícia

Avião lotado e eu precisando aproveitar a viagem para começar a escrever a coluna do jornal, porque teria o dia cheio de entrevistas e o trabalho de preparação de um evento. Assim que abri meu computador, a passageira do meio esticou o pescoço e começou a ler palavra por palavra o que eu escrevia.

Tenho dificuldade de escrever se alguém está olhando. Em redações é comum, quando há um trabalho feito por várias mãos, alguém escrever com outros olhando por sobre o ombro para pensarem todos juntos. Esse sempre foi meu limite. Naquelas circunstâncias do voo eu nada podia fazer. A mulher era livre para olhar para onde quisesse, e eu não era livre para impedir porque o espaço nesses aviões de hoje é cada vez menor. Tentei me abstrair daquela vigilância e avancei no texto, que não era sobre assunto particularmente atraente. Uma coluna sobre contas públicas. A minha companheira de viagem, contudo, parecia vivamente interessada. Nem disfarçava mais. Avançou o corpo um pouco para a frente e lia vírgula por vírgula.

Passou o serviço de bordo e pedi água.

— Olha só quem nós temos aqui — disse a comissária a seu colega.

— Ah, a jornalista!

E começaram as perguntas sobre a situação atual. Vai melhorar? Quando? Eu dei as explicações. As duas companheiras de poltrona se sentiram estimuladas a puxar conversa.

— Eu acho bonito o jornalismo, mas não entendo nada. Só sei mesmo da minha área — disse a curiosa do meio.

— Qual a sua área? — perguntei, a fim de satisfazer a minha própria curiosidade.

— A saúde, sou enfermeira. Não entendo nada de política, de economia. Quando você fala eu entendo alguma coisa, acho bonito, queria entender mais.

Esse é o tempo da notícia. Mesmo quem confessa pouco entendimento dos fatos é capaz de se debruçar sobre o texto de um jornalista enquanto ele escreve e ficar lendo sem qualquer constrangimento. Retomei o meu trabalho de escrever, depois de responder a algumas das perguntas da enfermeira. E minha nova amiga ficou ainda mais à vontade para acompanhar linha a linha o meu trabalho, até o ponto-final. No resto do voo respondi perguntas sobre o cotidiano da profissão.

No táxi que me levou ao escritório, o motorista foi elogiando o jornalismo.

— Se vocês não contam, não ficamos sabendo de nada. O jornalismo é que nos dá cultura.

Tempo incrível este, porque cada pessoa pode ser um produtor de conteúdo. Frequentemente as redações recebem imagens enviadas por cidadãos que nunca foram jornalistas. Na noite de sexta-feira, era possível acompanhar imagens ao vivo da tentativa de golpe na Turquia, enviadas via Facebook Live e Periscope do Twitter por internautas turcos. Mesmo assim, com essa fragmentação de fontes de informação, os jornalistas não foram considerados dispensáveis, pelo contrário.

Vivemos imersos em notícia, num ritmo tão frenético que uma informação nem é processada e entendida e já há outra atraindo as atenções. Ainda naquela noite, entrei no site de um jornal inglês e a manchete era a tragédia de Nice. Cinco minutos depois, entrei novamente no mesmo site e Nice era a segunda notícia, porque a manchete era o caos na Turquia. Assim é o tempo atual. A enfermeira no voo me mostrou que o jornalismo é isto mesmo: temos de trabalhar diante de todos, sem tempo para o recolhimento, ao vivo, palavra por palavra, linha a linha, porque sempre há alguém olhando por sobre nossos ombros. É se acostumar a viver em público.

/16 *jul* 2016

59/Trem diurno para Deodoro

O passado me olhou de longe, quando cheguei para pegar o trem da Central. Era apenas uma sombra. Desviei o olhar. No sacolejo do vagão, fui vivendo a alegria do programa com os amigos naquela manhã, em pleno dia de semana. O tempo era o presente e estávamos a caminho da Vila Militar Marechal Deodoro. Na plataforma da estação, cheia de soldados armados, o passado mandou lembrança. Era assim, mas era diferente e os inimigos hoje são outros.

A Vila é a Vila e sempre se parecerá com ela mesma. Assustei-me apenas quando o passado gritou do meu lado um refrão agressivo. Um grupo de militares passou correndo e cantando. O som do que repetiam em cadência militar soava como um eco de uma vida já vivida.

Ei, você que tá me olhando.
Eu não gosto de você.
Se continuar me olhando.
Vou aí socar você.
Você pensa que é esperto.
Você pensa que é esperto...

Eles passaram mas a cantoria continuou e gravei no meu celular um trecho, que ouvi para ter certeza de que ainda cantam o que cantavam. O passado me olhou de novo, mais frontal e próximo. A conversa com os amigos o afastou. Estávamos indo ver a prova de hipismo das Olimpíadas, só que tínhamos saído tão cedo de casa, com medo de perder a hora, que chegamos muito antes ao Centro Olímpico. Propus andarmos um pouco. Reconhecia o terreno. Precisava andar. A vontade ficou imperiosa. Os mesmos prédios. Os regimentos. Os veículos militares passando. A sede do Comando Militar. Um dia subi aquelas escadarias correndo, atrás de mais carimbos e assinaturas em um documento do qual tinha urgência. Consegui. O expediente fechando e a porta que poderia se abrir, se eu fosse rápida. Se eu perdesse aquele último dia útil antes do recesso de Natal e Ano-Novo, a prisão de Marcelo se prolongaria. Aquela lenta agonia de mais de ano fora tão dolorosa, que um dia a mais parecia intolerável para todos, principalmente para o meu então marido e os amigos, que viviam o inferno da prisão política.

O passado chegou mais perto e quase me tocou, enquanto eu andava. Em silêncio, com os amigos conversando sobre assuntos diversos, fui me afastando, naquela caminhada, rumo a algum ponto do qual fugira nos anos todos em que jamais voltara a Deodoro. Uma amiga me acompanhou e perguntou o que eu estava sentindo. O olhar se dividiu, eu disse. Metade vê o passado; metade, o presente. O celular tocou. Era a CBN e os dias de hoje ocuparam todos os espaços.

— Bom-dia, Milton, bom-dia, ouvintes. Estou na Vila Militar Marechal Deodoro. Vim ver o hipismo das Olimpíadas.

E depois entrei no comentário sobre a renegociação da dívida dos estados, respondendo à pergunta do âncora do programa. Milton Jung terminou dizendo que o assunto, a dívida dos estados, voltaria a ser tema de comentário. Sim, voltaria. Tudo sempre volta, pensei.

O tempo parece uma linha de trem de muitas estações, em que se anda numa e noutra direção, parando nas plataformas já visitadas. Viajava para a frente e para trás, como se não houvesse barreira. Olhava em volta as estações do tempo, todas presentes, e fui tendo a sensação de estar em um trem que reduzia a velocidade, como se tudo estivesse ficando em câmera lenta.

Perguntei a um militar a localização de certo regimento. Ele apontou uma luz bem longe e mandou andar naquela direção.

Andei mais rápido instintivamente. Enquanto o passado se aproximava a cada passo, o presente ia virando a estação que eu deixava para trás. Minha amiga falava algo, porém eu não ouvia. Só via o passado se aproximando, como se fosse uma bolha que começava a me engolir. Velhas lembranças. Eu era a visita, mas via Marcelo definhando sob as pequenas e grandes maldades cometidas contra ele. Quanto mais me aproximava, mais via mentalmente o que um dia vi. Cheguei ao regimento e o olhei de frente. Naquele momento, o passado encobriu tudo. Completou a bolha e me capturou. Não havia mais presente. Quarenta e três anos sumiram. Eu estava de novo em 1973. Minhas mãos tremiam e o ar ficou espesso. Fiquei presa por alguns minutos naquela estação do tempo.

Depois, lentamente, fiz o caminho de volta até o Centro Olímpico, libertando-me aos poucos da bolha. O presente me olhou confiante e convidativo. O sol brilhava bonito naquela manhã em Deodoro.

/13 *ago* 2016

60 / O resto é silêncio

Ouvi o silêncio e o que ele me disse foi devastador. O silêncio é pior do que as palavras duras, porque é possível instalar nele todos os medos. É o nada, e nele os temores desenham fantasias que podem nos aprisionar.
Prefiro palavras, e que elas explicitem o rancor e os ressentimentos, e que façam cobranças, e que sejam implacáveis. O silêncio é pior porque é o terreno do desconhecido, do que se imagina e do que se teme.
Tente ficar em silêncio por mais tempo que o descanso exige e veja que ele crescerá sobre você. Imagine o que é ser posto diante do silêncio: você e ele e nada mais. Os minutos passam como se fossem horas. As horas imitam os dias. O tempo se alonga, aprisiona e oprime.
Ele pode ser o som da calma, da paz e do repouso. Mas pense no silêncio da pergunta sem resposta, do carinho não correspondido, do apelo sem clemência, da ofensa deliberada, da correspondência que não chega. Pense no silêncio como o avesso do diálogo, como um grande e vasto espelho no qual você vê suas impossibilidades e seus erros. E a espera sem data.
Há silêncios libertadores. Por exemplo, ao fim de uma grande tensão, quando, em ambiente acolhedor, você entrega seus ouvidos ao sossego. Há silêncios que aprisionam, quando, em ambiente hostil, você tenta inutilmente buscar os sons que informem e situem. Bom é o silêncio que acolhe, acaricia e pacifica, porém tantas vezes é preciso lidar com aquele que nega, inquieta, rejeita.

A noite apagou todos os sons, fez dormir as criaturas, acalmou o mundo, no entanto você, inquieto, acorda insone e tem como companhia para os ouvidos o nada. Vasculha o espaço em busca de algo e não há o que o socorra. É do que falo e o que temo: o nada áspero, o nada negativo, o nada nada. Fuja desse silêncio, porque ele desengana os apaixonados, atormenta os inseguros, adoece os aflitos.

Há o bom silêncio, como na manhã de um dia em que o sol já iluminou a paisagem verde, você abre a janela sobre o vale, confere os telhados terrosos e descansa os olhos sobre a amplitude. Talvez algum pássaro emita um som, confirmando a paz que acaricia. O mesmo nada abstrato pode ferir ou enternecer. Pode ser o descanso ou o desassossego. Eu escolheria para oferecer aos amigos que tenho o melhor dos silêncios, o da esperança da proteção contra os ruídos de um tempo sem trégua. E assim, juntos, ficaríamos em silêncio sereno, à espera do recomeço.

/27 *ago* 2016

61/Dias espessos

Acordei neste sábado como se parte de mim tivesse ficado presa aos dias anteriores. Como se, por alguma mutação da matéria, a velocidade da viagem no tempo fosse diferente para cada pedaço do meu corpo. Na semana, a intensidade dos eventos foi tal que os dias estavam sempre adiante de mim. A quarta-feira começava e eu ainda estava na terça, tentava entender a quarta e já era quinta. Pegava o tempo com a mão e ele escorria pelos dedos. Nada o detinha, fugaz e enganoso.

Na vertigem me perco e desentendo a vida. Passado e presente se fundiram em certo momento da semana. Fui levada a revisitar fatos remotos e as emoções se embolaram. Foi um acaso esse reencontro, mas ocorreu exatamente um dia depois que o presente havia exigido de mim atenção máxima. Era conduzida nesse retorno a dias longínquos, sem sequer compreender os acontecimentos da véspera.

Foi quando o futuro apareceu com a mesma intensidade dos outros tempos e quis também ser previsto e descortinado. Como pedir isso de quem estava perdida no presente e emaranhada no passado? O tempo montou uma armadilha em três dimensões e tive de trafegar insone por todas as vidas vividas e por viver, as que poderiam ter sido, as que já se negam antes de ser, as que perdi e as que vislumbro no nevoeiro que me cerca. O futuro pode ser bom, concluí. Cheguei a vê-lo da forma que sonhei. Foi uma visão rápida e vaga, nada mais, porém suficiente para ter alguma esperança. Para esperá-lo com calma, contudo, será incontornável curar fraturas recentes e entender marcas mais antigas.

Com esse sentimento partido, amanheci neste sábado precisando recolher as partes de mim que ficaram presas a outras eras. Abri os olhos sabendo que teria de acalmar águas revoltas, escapar de um redemoinho, fechar as janelas e conter a forte ventania que tirara tudo do lugar.

A semana fora espessa, compacta, tornando difícil passar pelos dias normalmente. Tentava vencer o tempo e era vencida. Tentava conter as horas e elas escapavam. Extenuada, aguardava a noite, que se encolhia amedrontada e tensa. O novo dia começava antes que a véspera tivesse abandonado a cena. Dessa forma vivi esses estranhos dias superpostos, com a sensação de que era preciso procurar por algo perdido em alguma dobra do tempo. E, mesmo que me desdobrasse, chegaria tarde, porque seria sempre tarde demais.

O sábado pode ser de descanso. Merecido. Mas é difícil silenciar os ruídos que ainda ecoam por todos os lados, como naqueles lugares em que a acústica nos devolve o som já emitido. A vida fica sendo côncava. O que foi, volta, o que é, escorre para longe.

O sábado permite entender as emoções, organizá-las para serem arquivadas, limpar a confusão que ficou do vendaval que passou por aqui. Tentarei arrumar a desordem e separar o que ficou misturado. Antes precisarei de um tempo no absoluto nada.

Para que o sol, que anda tímido e sumido, deite sobre a paisagem seus esclarecimentos, é preciso que a semana aceite, resignada, o seu fim, que silencie o ronco de ruidosos acontecimentos, que seja informada que agora é parte do passado, porque a vida tem de fluir. Só assim poderei recolher, neste sábado, as partes esparsas de mim.

/3 *set* 2016

62/Onde temos errado

O sol faísca em Brasília logo cedo, exagerado, cegando quem olha pela janela. É assim a cidade. A claridade explode, quando a noite acaba, em um nível além do que os olhos suportam. Antes das sete já é necessário sair com óculos escuros. O ar em setembro é pesado pela falta de umidade. A cidade é linda, as flores são deslumbrantes nesta época do ano, mas eu sinto como se o país estivesse caminhando em direção ao futuro sem pensar nele. Como visitante, percebo que os moradores não sentem o que me parece evidente: as estiagens são cada vez mais extremas na cidade.

A capital precisaria de um plano de mitigação dos efeitos das secas, proteção cuidadosa de cada olho d'água, mais plantio de árvores, mais estudos dedicados sobre o que fazer com esse avanço da aridez. Na arquitetura, bonita em tantos pontos, as árvores foram banidas desde o começo. Primeiro se fez terra arrasada, depois veio o concreto e assumiu várias formas. Foi assim o passado. O que será o futuro da cidade onde meus netos crescem, se todos não perceberem que a cada dia o seco fica mais concreto?

Hoje acordei com o desconforto de concluir que o Brasil não olha o seu futuro. Caminha distraído e desavisado. Não se prepara para mudanças e exigências. Os dados da educação chamaram a atenção da imprensa por um tempo na quinta-feira, ao serem divulgados, e logo em seguida sumiram da vista. E eles são espantosos. Quando olharmos no futuro os jornais do dia 9 de setembro de 2016, não vamos entender por que o destaque não foi para a informação, gravíssima, de que há quatro anos o Brasil está estagnado na educação e que, em algumas disciplinas, até regrediu.

Em Matemática, voltou alguns anos. Como se pode ir para este futuro em que o clima ficará mais hostil, as mentes serão mais exigidas, ignorando as mudanças do tempo?

Gosto de ver crianças indo estudar. Alunos uniformizados entrando numa escola pública me dão a sensação física de conforto. Não quero, nesse momento, que me contem que a qualidade da educação brasileira é ruim, prefiro ficar com a esperança de que nas horas seguintes elas vão aprender algo de que talvez não se esqueçam mais.

Fecho os olhos e penso nos meus professores dos primeiros anos escolares. Foi mágico perceber que as letras formavam palavras e que eu podia entender o que diziam. A primeira professora tinha um sorriso aconchegante e fazia tudo parecer lúdico. Uma vez um aluno, cansado do estudo do dia, perguntou à dona Naná se a gente podia afastar as carteiras e simplesmente brincar de roda. Ela entrou na roda e rodamos, rodamos. Cantamos, brincamos, por um bom tempo, como se não fosse sala de aula. A diretora veio ver a razão da algazarra e a dona Naná disse:

— As crianças hoje quiseram brincar.

Talvez eu tenha aprendido nesse dia mais do que ainda hoje sou capaz de entender. Ficou o gosto do ensino misturado a brincadeira e prazer que tive ao longo da vida. Torço, quando vejo crianças pequenas, para que em seu caminho haja uma dona Naná disposta a rodar tudo o que está escrito e, se um aluno propuser brincadeiras, que ela afaste as carteiras e faça a vontade dele, para espanto da diretora.

Essa minha volta no tempo só aumentou meu desconforto neste sábado de sol faiscante, ar seco, em que tento aceitar a informação de que recuamos nos dados da educação e em que percebo que o fato é apenas uma notícia a mais sob os olhos displicentes do Brasil. Insensato Brasil. Que pensa que a natureza que recebeu por herança será para sempre e que poderemos cantar que nossos bosques têm mais vida. A vida que se perde um pouco a cada dia.

Estava eu escrevendo esta crônica de sábado, bem pessimista, principalmente com a desatenção do Brasil diante das batalhas realmente fundamentais que estamos perdendo; estava eu nesse desconforto com a educação empacada, a mudança climática avançando sobre um país desatento, tornando árida a capital da República, quando meu neto chegou com seu sorriso e me fez uma proposta:

— Podemos ver os livros agora?

Ele já tinha empilhado na sala todos os livros que eu dera de presente ao chegar para o fim de semana.

— A brincadeira vai ser assim, vovó: você lê uma página e eu leio outra.

E fui brincar de livro com meu neto de 6 anos, acalmando as aflições que me acometeram nesta manhã em que vi, com claridade extrema, os pontos nos quais temos errado mais do que seria aceitável.

/10 *set* 2016

63 / A sorte do encontro

Lerei você enquanto atravesso o oceano e nem verei as águas que poderão me tragar na travessia. Estarei com suas palavras, que vão me contar o que nem imagino. A vida vai cessar as interrupções e eu voltarei no tempo, sem interconexões planetárias, para ouvir apenas a história. Lerei. Lerei por horas a fio e não chegarei ao final porque, como um cavalo que refuga quando pressente o perigo, vou parar antes do fim para ficarmos suspensos no ar. Você e eu. Nós.

Lerei como nos velhos tempos em que o mundo tinha a delicadeza de interromper qualquer movimento, de suspender todos os ruídos e de congelar as horas para deixar o livro e seu leitor postos em sossego. Depois do oceano haverá outro e outro. Serão sete, os mares. Não lerei como hoje, quando vejo o escorregão, a palavra inexata, as inconstâncias, as contradições, o ponto e a vírgula imperfeitos, as dissonâncias. Entrarei no livro como quem abre uma porta para uma enorme morada, há muito esperada, e atravessa corredores, descobre cantos e recantos, corre atrás das sombras, esconde-se nos umbrais, debruça-se sobre janelas. Depois, vencidos os segredos, eu me sentarei na sala, esperando o anoitecer que vai nos guardar dos curiosos.

Sei que, no fim, entenderei o que não sabia e repassarei mentalmente o gosto do mundo novo, visto e intuído. Seguiremos juntos. Agradecerei a sorte do encontro, porque sem ele seria menos do que posso ser. Os outros que nada viram serão os outros. Olharei para eles a distância, feliz por não estar entre eles. Mas isso será depois, porque a verdade eu a encontrarei enquanto faço a travessia. E é nesse meio do caminho que quero estar nas próximas horas e nos próximos dias.

Lerei você enquanto cruzo de trem as montanhas, os vales, as pontes e os rios. De vez em quando, olharei para fora e o campo verde, parado no tempo, me fará pensar somente sobre as novas descobertas. O trem, com seu sacolejo leve e sua sonoridade calma, vai me embalar enquanto andarmos juntos em alguma parte do mundo, muito longe daqui. E então olharei para mim a distância, como pessoa outra, e essas angústias que me consomem se apagarão lentamente.

Caminharei atrás de você na sociedade dos escritores que aqui sempre estiveram, porque ninguém os deixaria partir. Farei pessoalmente buscas na biblioteca dos livros esquecidos, certa de que sua existência tem apenas a finalidade de me encontrar. Seremos aliados na busca da sobrevivência. E nos agarraremos um ao outro para não sermos tragados pelo silêncio.

Quando nos encontrarmos não terei idade. Serei um ser pelo qual o tempo passa como se ficasse, porque será o mesmo o sentimento que trago de outros encontros, desde o primeiro. Serei curiosa como uma criança, apaixonada como um jovem, serena como um velho. A marca dos anos que trago no rosto e na vida deixará de fazer sentido. Seremos nós e nossas circunstâncias. Imagens gêmeas num espelho.

Talvez chova suavemente enquanto atravessamos terras e oceanos, e isso vai aumentar o aconchego. Talvez alguém me traga um copo de vinho. Olharei em silêncio, agradecida. Talvez alguém feche a janela para espantar o vento mais forte. Perceberei que o frio chegou, sem que eu o houvesse sentido. Talvez alguém acenda a luz, e notarei que escureceu e que o dia é quase findo. Esquecerei as dores que carrego, as dúvidas que me dividem, as horas fatais, as tarefas irrecorríveis. Seremos por algum tempo companheiros inseparáveis e, depois, onde quer que você esteja, de certa forma estará comigo, porque saberei de que se compõe a sua natureza. Haverá um momento em que terei saudades. O reencontro será suficiente para refazer o elo que nos uniu, quando atravessávamos o oceano, sem medo das águas.

/24 *set* 2016

64 / *E la nave va*

Caí de férias. A gente sempre diz "saí" de férias, mas eu, desta vez, sinto como se tivesse despencado em outra realidade, sem atinar onde estou. Como Alice, não entendi ainda que mundo é este nem que tamanho tenho. Trabalhei tanto nos últimos meses, especialmente na última semana, que não pensei no assunto. Acordei neste sábado confusa sobre o que é exatamente estar de férias.

Meu sono soube da mudança. Foi longo e profundo. Descansado. Sonhei que escrevia uma história. O texto pousava sem pressa, sem *deadline*, desenhando as palavras e fluindo sem destino. Acordei devagar, olhei para os lados e me perguntei: e agora? Permaneço com a dúvida, meio anestesiada. Tenho diante de mim um oceano que parece imenso, de três semanas, sem a rotina estafante com que fui preenchendo os últimos tempos.

Tem sido assim a vida atual. Os dias inteiros são tomados por tarefas urgentes, inadiáveis, que se empilham e disputam os minutos escassos. Minha secretária avisou na segunda-feira:

— Sua semana não cabe nesta semana.

Quase não coube. Espremendo, deu. Fiz tudo o que estava listado, encurtei algumas noites e fiquei com a sensação de ter sido vivida pelos dias. Essa voz passiva na própria vida é o que assusta. O mundo contemporâneo nos coloca diante de tarefas excessivas que apagam os dias e os transformam em uma corrida de obstáculos, fazendo-nos desejar a hora do fim dos compromissos, inconscientes do fato de que é o tempo que se esvai a cada fim de ciclo. "Queria que já fosse sexta à noite", costumamos pensar, ao nos depararmos com uma semana cheia de espinhos, mas o caminho até lá é a vida passando. Deveria ser desfrutado a cada momento e é o estorvo do qual queremos nos afastar.

O nada a fazer, quando aparece, é culpado e angustiado. Sei que terei de arrumar as malas e embarcar. Amanhã vai se aprofundar a sensação de nova realidade. E eu imaginarei o que fazer nos minutos dos dias. Construirei uma rotina sem rotina. Inventada. Vou ler alguns livros que me esperaram por tempo demais, tentarei esvaziar minha mente da concretude da vida e me afastarei dos temas polêmicos. Direi que não tenho opinião formada. E não serei cobrada por isso.

Talvez entre em um cinema no meio da tarde, porque isso sempre me pareceu o atestado da falta de obrigações. Certa vez, trabalhando em um emprego árido e infeliz, decidi fazer a suprema transgressão. Saí da mesa de trabalho, avisei que ia "ali". Matei o trabalho e fui ao cinema. *E la nave va*. Embarquei no navio felliniano que enfrentaria uma viagem surpreendente. Como não sê-lo com Fellini? Saí do cinema com a sensação de vingança. Poderia ter continuado a viagem. Poderia ter dito *e la nave va* e saído atrás de outros portos e socorrido náufragos de guerras irmãs da minha. No entanto, voltei para a redação, ouvi o chefe e o obedeci. Foi meu erro. Aquele emprego não tinha futuro. Meses depois saí dele sem confiança em mim, sem prazer pelo trabalho, querendo me refugiar em algum navio, mas todos já tinham partido.

Vou ao cinema de tarde. Decidido. Um filme qualquer, como o daquela tarde da transgressão. Talvez reveja *A rosa púrpura do Cairo*, só para entrar e sair da tela com a fusão das realidades. Ouvirei música. Já comprei as entradas dos concertos. Andarei pelas ruas conhecidas de Nova York e depois pelas ruas desconhecidas de Nova Orleans. E, ao retornar, ainda terei férias. Levo na bagagem sonhos. Muitos. A confissão que faço nesta crônica é a de que levo também algum trabalho. Não me repreenda. Será trabalho para fazer a qualquer hora, quando der na telha, para saborear melhor a volta ao nada a fazer. Será como uma âncora desse navio. Viajarei sem rumo, todavia nos portos, nas ilhas, nos istmos e nas penínsulas jogarei as âncoras. Uma delas, a deste espaço semanal. Aqui sempre foi o desfrute do puro prazer de escrever.

/15 *out* 2016

65 / Fragmentos de viagem

Mesmo para uma cidade barulhenta, as sirenes do Corpo de Bombeiros estavam tão estridentes que as pessoas, com suas abstrações, pararam de falar em seus celulares para olhar o que estava acontecendo. Os carros vermelhos enormes se enfileiraram um atrás do outro e deles saíram bombeiros preparados para o contra-ataque, com cilindros nas costas e máscaras de gás. Eram 15h39 da sexta-feira e estávamos na 5ª Avenida com a 35. Como minutos depois nada parecia estar acontecendo, as pessoas voltaram a seus celulares, não sem antes usá-los para tirar fotos do evento.

Nova York parece qualquer grande cidade. As pessoas passam falando com alguém que não está ao seu lado, mas é como se estivesse. Andam dentro de bolhas individuais. Elas riem, ficam bravas, espantam-se andando sozinhas e apressadas pelas ruas, com seus bluetooth nas orelhas e a atenção muito longe dali. Um minuto numa esquina de Manhattan e eu fui colecionando fragmentos.

— Você sabe por que... — disse um homem com terno que passava.

— Onde está você? — perguntou uma mulher.

— Eu realmente não sei... — falou uma jovem que parecia estar se divertindo com a conversa.

Uma pessoa que tenha morrido antes desse último salto da tecnologia da comunicação, se pudesse voltar por um minuto, o que pensaria vendo essas cenas urbanas de pessoas que andam sozinhas falando? O diálogo com a pessoa ao lado vai se tornando mais raro e, com todo o avanço na vida que a telefonia celular representa, nada substitui o encontro casual e fortuito. Surpreendente.

O motorista do táxi no aeroporto de New Orleans falava inglês com forte sotaque. Por isso, logo no começo da conversa, perguntei de onde ele era.

— Da África.

— África do Sul?

— África. Eritreia, que já foi parte da Etiópia.

— Ah, nós temos uma amiga que nasceu na Eritreia. Chama-se Marina Colasanti, é escritora.

— Ela é de onde? A origem da família.

— A família era italiana e na Segunda Guerra foi para o norte da Etiópia, hoje Eritreia.

— Claro. Há muitos italianos na Eritreia. Eu me sinto italiano — disse o motorista, negro, esguio, magro.

— Italiano? Por quê?

— Todos gostamos da Itália na Eritreia, tudo de bom que tem lá foi construído pelos italianos. Muitos acham que somos o mesmo país.

— Você fala italiano?

— Não. Meus avós falam muito bem.

Descemos em New Orleans achando que lá era o lugar de encontrar mais a população local do que nos locais que são alvo de imigrantes. Esta cidade é terra da mistura, do creole, do cajun. A Louisiana foi da Espanha e depois da França, que a vendeu em 1803 para os Estados Unidos por US$ 15 milhões. A cultura francesa permaneceu forte em mais do que apenas nomes de ruas como French Quarter ou French Market. Aliás, placas antigas mostram a fusão entre Espanha e França em terras americanas. É Calle Bourbon, Calle Dauphine. Os negros, levados como escravos para as plantations dos brancos americanos, moldaram a cultura musical da cidade. A paisagem humana é a da miscigenação. A música — o jazz, o dixie-jazz — está em toda parte, a qualquer hora. A culinária, centrada nos frutos do mar, é pura fusão da cozinha francesa com o tempero forte e os ingredientes da tradição africana.

— Por que você saiu da Eritreia e veio parar em New Orleans?

O motorista contou que estava há quatro anos nos Estados Unidos. Antes morava em Houston, no Texas. Não gostou da cidade.

— Muito grande, por isso vim para cá há dois anos. Queria uma cidade menor.

Viera, portanto, muito depois do Katrina, sem memória do grande furacão que devastara a cidade. Contou de outra turbulência, em sua terra natal.

— O presidente quer transformar o país numa ditadura comunista.
— Comunista? A esta altura?
— O comunismo não funciona — sentenciou nosso motorista.

Ao saber que éramos do Brasil, disse que tinha uma lembrança do país:

— Sister Sandra. Ela foi minha professora quando eu era criança. Me ensinou muita coisa. Gostaria de encontrá-la. Ela falava a língua local, da minha comunidade.

— E que língua?
— Tigrínia. Sister Sandra foi importante na minha vida.

Assim fico sabendo que uma brasileira, provavelmente missionária católica, falando tigrínia, educou e marcou a vida de um jovem eritreu, que mora hoje em New Orleans e se sente, na verdade, italiano.

Já na volta para o aeroporto, dias depois, o motorista era um genuíno morador local. Disse que ele, seus filhos, seus pais e avós haviam nascido ali, a cinco ruas do Super Dome. O estádio parece grande demais para estar plantado bem no meio da cidade, como se fosse um disco voador gigante que tivesse caído sobre as ruas. O motorista tinha orgulho daquela construção desproporcional.

Lembrei que ali haviam ficado os desabrigados do furacão:

— Eram 30 mil pessoas aí dentro, sem água, sem comida, sem roupa para trocar. Pode imaginar?

Conversamos sobre o Katrina com ele mostrando áreas já novas, reconstruídas.

Voltamos a Nova York, onde os taxistas são quase todos de algum país distante. O último usava um turbante hindu. Porém, não é possível falar com eles. Com o vidro que separa passageiro e motorista, ouvimos apenas fragmentos de conversa em alguma língua.

O que parou Nova York na tarde da sexta foi talvez mais uma denúncia de bomba em algum lugar. Passamos de volta na esquina, logo depois, e tudo parecia normal. As pessoas estavam novamente em suas bolhas celulares.

/29 *out* 2016

66 / A salada digital

Olhei para o meu prato de salada, estava lindo, mas antes peguei o celular, fotografei e tuitei:
"Não há nada que eu goste mais do que uma salada."
Parece exagero, e era. Antes de acabar o último garfo de rúcula, tinha 17 retuítes, 189 likes e imediatos comentários. Aqui vão alguns:
"Nossa!"
"Olha, que sorte essa sua. Deve ter uma meia dúzia assim no mundo."
"Adoro. Essa é a minha comida preferida."
"Amei a salada e fiquei de olho na louça."
"Segundo minhas amigas Fran e Val só faltou um bife."
"Já falou isso para o seu analista?"
"Ok, mas almoça também, né?"
"Ah, tá."
"Minha verdura favorita é carne."
"Ahã. Legal."
"No mínimo não experimentou picanha na brasa."
"Por favor, força não, salada só como pra minha mulher parar de brigar, carne é bom que dói."
"Só 'amo' quando quero emagrecer."
"Que inveja."
"Antes ou depois da feijoada?"
"Essa está linda, suculenta. rsrsrs."
"Bom apetite, a picanha aqui tá uma delícia."
"Deve ser algo bem divertido e diferente. Comparável a dançar com a irmã no baile."

Espirituosos os tuiteiros. Eu me divertia enquanto ia para o segundo prato, que ninguém é de ferro. A questão é por que estou aqui falando disso. É que, nestes tempos de polarização, a mídia social tem mais briga que diversão. A conversa da salada tirou o estresse de uma timeline que anda para lá de tensa. É uma palavra fora do lugar e o mundo cai na sua cabeça. Uma vez fechei a janelinha da interação quando chegou a 600 esculhambadas. Falaria "calma, gente", repetindo o Ancelmo Gois, se tivesse certeza de que esse simples pedido não dispararia outra enxurrada de frases fulminantes.

Qualquer coisinha é motivo. A jornalista Catia Seabra postou: "Já viu site de compra de passagem recomendar que se vá à loja física? Aconteceu comigo." Dei um retuíte e comentei que comprar passagem aérea on-line no Brasil virou um pesadelo. Um minuto depois veio o petardo: "O Brasil está virando um pesadelo graças a vocês." Fiquei meio aérea porque não vi conexão alguma entre uma coisa e outra. Esse aí viajou ponto com. Mas é assim. Para o bem ou para o mal, sempre tem alguém engatilhado para comentar qualquer coisa imediatamente.

É preocupante a parte sombria da internet — pessoas que se escondem atrás de um perfil falso para praticar crimes, ofender, ameaçar e assediar. E isso fica no departamento de crimes digitais. Eles cometeriam essas ofensas e ameaças se não contassem com o manto protetor de uma comunicação a distância? Que estrago emocional isso causa em quem é vítima? São questões para serem estudadas pelos especialistas. Há muita coisa inquietante e assustadora nesse tempo de conexão digital.

Gosto deste mundo todo interligado, apesar de tudo. Reencontrei amigos que não vi por décadas, fortaleci amizades que haviam esfriado. Refleti melhor sobre questões diante das quais eu passava batido. Compartilhei eventos e sentimentos. Fiz novos amigos. Aprecio este mundo nervoso e rápido e a sensação de que sempre há gente acordada em algum lugar. Não esperava a enxurrada de reações diante da minha salada. Elas me deram algo simples e bom: boas risadas. Por isso é o seguinte: quando a timeline fica chata, fecho a janela do mundo digital. Quando posso, me divirto.

/19 *nov* 2016

67 / O caderno japonês

Ela chegou chorando e disse ao escritor que ele lera sua alma. Entregou a ele um pequeno embrulho, pegou seu autógrafo e foi embora com sua tristeza. A fila era grande, o tempo escasso para cada um, o escritor apenas a olhou por alguns segundos. E carregou para sempre a lembrança do rosto fino, dos olhos orientais, dos longos cabelos negros. E daquela tristeza calma e doce.

No fim da noite na livraria, ele abriu o embrulho. Era um pequeno caderno de notas, tendo na capa um desenho japonês, misterioso e inquietante. Dentro, um bilhete curto: "No meio da solidão que vivi, quando morei no Japão, li seu último livro. E senti como se você estivesse escrevendo para mim. Obrigada. Trouxe de lá este caderno para você. A capa foi pintada à mão por velhos que tentam resgatar antigas delicadezas perdidas." Folheou o caderno todo branco sem qualquer anotação. Nenhum nome, nenhum número.

Durante noites, andou insone pelo apartamento pensando naquela rápida aparição. Ainda via sua palidez e os cabelos muito lisos, muito negros. Ainda a via chorando por um motivo que não entendeu. "Você leu minha alma. Obrigada." Tentou pensar o que poderia ter escrito que a refletira assim tão intensamente. Releu seu último livro à procura de alguma pista daquela leitora e só viu os defeitos da obra. Achou seus personagens mal construídos e os diálogos, forçados. Quis perguntar a ela como ele poderia ter entendido sua alma em texto tão imperfeito.

Começou a trabalhar no novo livro com atraso. Sentou-se à mesa, diante da vista radicalmente urbana de São Paulo. Gostava de olhar a cidade enquanto escrevia. Agreste e dominada. Quando chegara, anos atrás, era um rosto anônimo entre tantos, com sonhos e espanto. A cidade o engoliu naqueles primeiros tempos. Ainda trazia as marcas da solidão que arrastou diante de 11 milhões de habitantes. Ele a enfrentou à sua maneira e ali estava, vitorioso.

Olhou a tela limpa do computador. Havia preparado todo o esqueleto do livro, como sempre fizera. Os personagens principais e os secundários, montando um painel social. O esboço da trama. Os pontos de tensão bem distribuídos a fim de manter a atenção do leitor. O desfecho. Estudou as pesquisas que a editora mandara com os contextos para desenvolver o enredo sem contradições. Com tudo planejado, começou a redigir. E parou. Nenhuma palavra era suficiente. Ele escrevia e apagava a primeira linha. E assim foi no primeiro dia. E nos outros. O analista o ouviu e tentou sinceramente espantar o bloqueio. Mas a tela do computador continuava limpa no incessante trabalho de digitar e apagar.

O que o assombrava era a delicada relação entre escritor e leitor. Concluiu que não a merecia. Seus livros tão matematicamente programados, calculados para caber na receita de sucesso que o consagrara. Eram milhões os leitores, para desespero dos críticos, sempre implacáveis. Não era a voz dos críticos que ele ouvia em sua paralisia criativa, e sim a frase breve daquela leitora triste. Como ele poderia ter lido sua alma com livros pré-formatados? Sentiu-se um engano, um embuste. Quisera o sucesso e o conquistara. A que preço? Quanto de sua alma fora apagada naquela busca das listas de mais vendidos?

Voltou ao mimo que ganhara da leitora, no curto encontro na noite do lançamento. Olhou por horas a delicada tessitura do desenho bordado com pena fina e tinta nanquim. Pensou na paciência e no talento daquelas mãos que buscavam o passado de delicadezas que se perdera no Japão e em todo o mundo. Pegou uma velha caneta-tinteiro, presente de uma tia que cultivara nele o sonho de ser escritor. E começou a escrever sem pressa. Ignorou os e-mails da editora perguntando se poderia adiantar os primeiros capítulos para a revisão. Desligou o celular diante da insistência.

Escreveu sem pressa página por página, com letra miúda e precisa, a história não prevista. Esqueceu tudo o que pensara antes. Ignorou as pesquisas enviadas pela equipe da editora. Compôs uma trama não imaginada, que se impunha, poderosa e anárquica, a cada página. Ela se passava em algum ponto remoto entre o Ocidente e o Oriente, onde o planeta buscava o permanente. O fio narrativo o levou e ele, obediente, apenas seguiu. Comprou outros cadernos e continuou escrevendo à mão até o fim.

Antes de enviar os originais da história inesperada à editora, anotou: "A você, que me deu o caderno japonês."

/26 *nov* 2016

68 / A alegria da véspera

— Vovó, vou te pedir um favor: não desfaça a decoração de Natal até eu chegar, em janeiro.

Essa é a minha neta mais velha, Mariana, 10. Ela e o irmão, Daniel, 6, virão passar comigo uma semana depois do Ano-Novo. Eu fui a Brasília vê-los, dias atrás, para comprar os presentes e me despedir, porque não passarei o Natal com eles. Só que fui em meio ao trabalho. Estava me dividindo entre as apurações da tumultuada conjuntura brasileira e a atenção ao Daniel quando o celular tocou:

— Como vai, governador?

— É o Pezão? — perguntou o Daniel em voz alta.

Fiz um sinal de silêncio e comecei a anotar a conversa. Ouvi o que a autoridade me dizia sobre a renegociação da dívida dos estados e desliguei, voltando ao jogo de inventar histórias a partir de figuras em uma espécie de baralho.

— Acho o nome desse governador muito engraçado, ainda mais porque parece que ele tem mesmo um pé bem grande — disse Daniel.

Mariana interrompeu uma conversa minha com o pai dela, vindo direto da TV, que estava ligada na GloboNews.

— Vovó, o Rio está mal, hein?

— Por quê?

— Ouvi ali que ele está com uma dívida de 15 bilhões, três vezes mais que o Rio Grande do Sul. O que houve com ele? E o que é ajuste fiscal?

Passei a explicar a Mariana o que acontece se um estado ou um país gastam mais do que recebem de impostos. Depois, quando fui comprar para ela umas roupas, ela optou firmemente pela austeridade. A cada peça que eu oferecia ela dizia:

— Não, não, vovó. Está caro demais. Não precisa.

Foi difícil realizar o programado e dar a ela umas roupas novas como presente de Natal. Tudo ela recusava. Precisei avisar que estava dentro do meu orçamento aquela compra.

Nessa ida a Brasília em que fiquei uns dias com Mariana e Daniel, voltei com as outras duas netas, Manuela, de 5 anos, e Isabel, de 3, que ficariam um pouco na minha casa antes de irem para Vitória, onde passarão o Natal com a avó materna.

— Vovó, o que é nora? — perguntou Manuela.

— É a pessoa que casa com o filho da gente.

Eu estava explicando ao funcionário da companhia aérea, no portão, que minha nora estava chegando e por isso eu ainda não entraria no avião com as meninas. Assim, a fila poderia continuar andando.

— Olha lá a nora da vovó chegando — disse Manuela apontando a própria mãe que chegava correndo para o portão de embarque.

— Oi, norinha — disse a pequena Isabel, cumprimentando a mãe.

Entramos no avião preocupadas. Apesar de termos marcado com antecedência os assentos, eles não estavam próximos. E elas são pequenas demais para ficarem sozinhas. Uma pessoa trocou de lugar comigo e fiquei perto da Manuela, separada pelo corredor. O problema era a Isabel, que ficaria sozinha lá atrás. Como estava marcada em um corredor, a gente achou que seria fácil convencer a trocar de cadeira a pessoa que se sentaria no meio, ao lado da minha nora. Só que não.

— A senhora poderia trocar? Minha filha de 3 anos está num corredor mais atrás, mas preferia que ela estivesse comigo aqui ao lado. Pode ser? — perguntou minha nora.

— Não.

Eu interferi, achando que a mulher não tinha entendido:

— A senhora tem certeza? Lá ficará no corredor, com mais conforto. É que a menina só tem 3 anos e a gente não conseguiu colocá-la ao lado da mãe. Pode trocar?

— Não — respondeu a mulher, já com cara enfezada.

Felizmente, o espírito natalino que faltou à "senhora não" sobrava nos que ouviram a conversa e vários mudaram de lugar de tal forma que ficamos todas juntas. As meninas retribuíram ficando quietinhas: Isabel dormiu e Manuela desenhou durante todo o voo.

Ela diz que quer ser pintora. Por isso, no dia em que perguntei que livros queria que eu lesse da biblioteca infantil que tenho em casa, pegou duas biografias para crianças.

— Van Gogh e Frida — disse ela, que ainda não sabe ler, mas reconheceu os artistas pelas ilustrações.

Daniel tem dito, desde bem pequeno, que quer ser escritor. Dizia que queria aprender a ler logo para escrever os livros. Aos 5 aprendeu a ler. Um dia ele me disse:

— Já li meu primeiro livro, este aqui.

— Vamos tirar uma foto de você com o primeiro livro?

— Nada disso, ligue o celular, vamos fazer um vídeo — declarou Daniel, e foi olhando para o celular com cara de youtuber.

— Este foi o primeiro livro que eu li. É *Tatu Bola*, de Ana Maria Machado. É uma das autoras que eu mais gosto. As escritoras que eu mais gosto são Ana Maria Machado, Ruth Rocha e minha avó, Míriam Leitão, porque elas escrevem histórias infantis de crianças muito boas — falou Daniel assim direto, como se tivesse treinado.

Bom, eu gravei tudo e fiquei feliz por ter sido incluída nessa galeria das grandes escritoras infantis. Pelo menos na "Lista Daniel".

Nos últimos dias fiquei com Manuela e Isabel, antes da viagem delas para Vitória.

— Vovó, me conte uma história — pediu a menor.

— Claro, Isabel, conto sim: Era uma vez...

— ...uma cachorrinha menina... — inventou Isabel.

— E o que aconteceu com ela? — perguntei.

— Não sei. Você é que está contando a história.

E foi assim que me diverti nos últimos dias na convivência com a minha animada trupe dos quatro. Hoje estou na casa de um irmão que tem lutado bravamente contra uma dura enfermidade. Com ele passarei a noite de Natal. E este já se pode dizer que foi um Feliz Natal.

/24 *dez* 2016

69 / O elogio da dúvida

A dúvida é mais permanente que a certeza. É ela que, misteriosa, preenche e fascina. Por ela a humanidade avançou cruzando fronteiras, continentes, impossibilidades. O cientista esteve mais completo enquanto duvidou. Foi com ela que se levantou a cada manhã para voltar às pesquisas e com ela nem viu passar as horas. O filósofo com a dúvida construiu seu castelo. O escritor, com seus fios, teceu a trama que prendeu o leitor. A certeza é apenas o final da equação, da obra, do experimento. É o fim da história.

Capitu traiu? A resposta que nunca teremos vai dividir para sempre os que a acusam e os que desprezam Bentinho. Essa divisão faz parte da magia da obra. O silêncio dela e a amargura dele compõem a dúvida deixada pelo escritor. O livro seria uma grande obra mesmo se houvesse a certeza final. Legando ao leitor a pergunta sem resposta, ficou ainda maior. Permaneceu.

Diadorim amou Riobaldo na dimensão em que foi amado? Pelo sertão afora, Riobaldo carregou aquele amor incontido e negado. Diadorim, contudo, sabia que o amor não era impossível no mundo dos jagunços. Visto sempre como a outra pessoa, da qual se fala, nada se sabe dos seus sentimentos. Diadorim é mistério. É feixe de dúvidas. Foi a inspiração da dilacerante paixão do narrador e o fio que percorre todo o livro pelo sertão. Terá amado na mesma vastidão? Por que nunca socorreu Riobaldo em seu padecimento? Dúvida haverá. Ela está em todo lugar, está dentro da gente.

Que nomes teriam os filhos de Fabiano e Sinhá Vitória? Entende-se o sentido de deixar o menino mais velho e o mais novo definidos apenas por seus tamanhos, e chamar de Baleia a cadela que seguia a saga da família. A miséria que descarna, que tange a família retirante, tira também a identidade de cada um. Se o escritor de Palmeira dos Índios fosse dar a eles um nome, como seria? Sonoro como o do pai? Forte como o da mãe? Apenas se sabe da viagem sob o sol e daquele silêncio grande, de perguntas não feitas.

A dúvida acompanha a literatura, instiga a ciência, inspira a arte. É a soberana desentendida que move a história. Foi com ela que Lutero caminhou em direção à porta de Wittenberg. Foi por ela que Leonardo da Vinci transitou da arte para a ciência com inquietação e brilho. Todas as revoluções nasceram das dúvidas. Sem a vontade de saber o que havia além das cavernas, depois das aldeias, dos feudos, das nações, dos oceanos, onde estaríamos? A certeza tem a fama de ser o definitivo, mas a dúvida é o verdadeiro poder.

Nesta era do estranho, do terrível e do inusitado, a dúvida tem sido o consolo. Com ela não nos renderemos ao absurdo. A dúvida será o oásis onde nos abrigaremos e com ela vamos esperar a chuva e o começo de um tempo novo.

/7 jan 2017

70 / Cancel

Nada o fazia parar de falar. Era uma fala desordenada. Repetia uma sequência de números e depois dizia "Cancel". Em seguida, uma frase de sentido desconhecido. Soava como chinês. Parecia em surto. Não reagia conforme o esperado, por maiores que fossem os esforços para fazê-lo corrigir seu comportamento. A solução foi tirá-lo do convívio humano.

Antonio foi até a sala da secretária e ela estava imersa na mesma luta com o seu, que saíra do controle e estava emitindo sons desconexos e ignorando os comandos. Pensou em ligar para um serviço de emergência a fim de consultar sobre aquela estranha atitude, mas, como ele estava desligado, nada pôde fazer. Ficou paralisado sem saber o passo seguinte, como se todo o chão tivesse sumido. Sua maior preocupação era com o filho, com quem se comunicara um pouco antes.

— Pai?
— Sim, Paulo.
— Preciso de ajuda. Está acontecendo uma coisa estranha...
— Paulo, onde você está?

A voz do filho sumira e ele não conseguira mais entrar em contato. Agora, ele, o pai, estava isolado. Não sabia como pedir ajuda. Tentara abrir o carro na garagem, não conseguira. Baixara na semana anterior um novo aplicativo para comandar o veículo no mesmo aparelho que agora tinha de manter off-line. Tentara o velho controle, mas ele fora desativado quando baixara o aplicativo no aparelho.

A secretária, aflita, constatou com ar de espanto:

— Estamos presos.

— Não estamos presos exatamente. Podemos sair a pé e ir até a loja mais próxima para pedir assistência.

— Não, não podemos. O comando do portão da casa também está nos aparelhos.

— Vamos ligá-los de novo. Deve ter sido um defeito momentâneo, dizem que está dando um bug. O Reboot pode fazê-lo funcionar.

Ligou o dele primeiro. As luzes se acenderam e voltou a mesma fala desordenada. Depois disse "Cancel". Um longo silêncio. Em seguida: "Nihao. Duìbuqi. Yi.Èr.Sa.Hao bu hao? Cancel." Silêncio. Os botões pararam de funcionar.

— Travou de novo.

Eles se olharam em susto e desamparo.

— Tenho que encontrar um jeito de sairmos daqui e pedir ajuda para encontrar o meu filho. Ele me disse algo... Não entendi.

Tentou tranquilizar a secretária, que começava a chorar. Dissimulou o próprio medo.

— Calma, é apenas um defeito, uma falha de programação. Vão ter que fazer um recall. Tudo vai se resolver.

Foi até o muro e o escalou. De cima, gritou pela vizinha. Sonia chegou, exibindo um ar perplexo.

— Ainda bem que você está aí, Antonio. Preciso de ajuda. Tudo parou de funcionar aqui em casa.

Ela trazia na mão um aparelho. E ele repetia sem parar: "Shenme. Huítóu Jiàn. Cancel."

/21 *jan* 2017

71/Um dia em Vitória

— Senhores passageiros, vamos pousar em Vitória — disse a tripulante com voz de uma suavidade quase excessiva.

Olhei pela janela ao meu lado, vi o verde, a harmoniosa alternância de planícies e penedos que conheço bem, e tive a sensação de nunca ter saído dali. A cidade, por algum mistério, permanece esculpida na minha memória. Ao mesmo tempo, ela estava distante de mim naquele momento. Esse perto e longe me acompanhou o dia inteiro da visita à terra onde vivi intensamente alguns anos da minha juventude.

Minutos depois outro tripulante anunciou, como se quisesse persuadir os poucos viajantes a desembarcar na cidade:

— Senhores passageiros, pousamos na bela ilha de Vitória.

Ela é bela. Sempre foi. Era quinta-feira e havia pouca gente nas ruas. Parecia um feriado de cidade sem praia, uma folga esticada. Avenidas sem sinal de engarrafamento permitiram ao carro vencer rapidamente as distâncias. Atravessei Camburi vendo apenas umas três famílias numa das pontas da praia. E cheguei mais cedo ao local em que ia gravar uma entrevista.

Passei o dia como se lá não estivesse. Fiz o que sempre faço, mas estava tudo um pouco estranho. Comi um peixe como só os capixabas sabem fazer. Admirei o mar. Olhei para cima para reencontrar uma velha beleza conhecida. Depositado na crista do morro, branco e lindo, como um adorno improvável, o Convento da Penha sempre me pareceu um presente imerecido que pode voar a qualquer momento e desistir de nós.

Havia visto o *Wall Street Journal* um pouco antes de embarcar. A foto maior, na primeira página, era de militares nas ruas de Vitória. A cidade era assunto internacional. A calma nas ruas era aparente, a tensão se via em pequenos detalhes, como nos gestos e olhares das pessoas que foram me apanhar no aeroporto.

Não revi amigos, não visitei parentes. Fiquei mais tempo em redação, em gravação, em conversas sobre a crise instalada no estado nos últimos dias. Fiquei estrangeira na terra conhecida. Ao mesmo tempo, é familiar esse sentimento que mistura Vitória, tropas nas ruas, tensão no ar e a beleza envolvente, como um adágio. Uma cidade de extremos, de verdades superpostas, de falsa simplicidade. Só acha que entendeu Vitória quem não a conhece. São todas reais as várias verdades de Vitória. Ela é pequena, profunda, surpreendente, tensa, perigosa e bonita.

Na volta para casa, conheci no aeroporto uma capixaba que aguardava um voo para o Maranhão. Achava que lá estaria mais segura.

— Volto quando tudo acalmar. Aqui, de dia não saio de casa, de noite não consigo dormir.

O medo esteve presente na cidade nos últimos dias. Mas esse eu conheço bem de outros tempos e realidades. Os sentimentos todos se misturaram naquelas horas em que atravessei ruas silenciosas e acuadas. O dia estava nublado, várias vezes tentei achar o sol e ele se escondia atrás das nuvens como se não quisesse iluminar o que se passava em terra. Quando subia as escadas do avião, já de volta, olhei de novo para o céu. A lua era apenas um borrão entre nuvens viajantes. Deixei Vitória levando comigo apenas a mochila com que desembarcara horas antes e a saudade que nunca me deixou.

/11 *fev* 2017

72 / Pêndulo da vida

Há dias em que a vida nos faz oscilar entre sentimentos opostos, e a sensação é de ter que se dividir ao meio. Não negar a alegria, vivê-la, saboreando os minutos; e reconhecer a tristeza quando ela chega a bordo de um fato inesperado e irrecorrível. Há dias de se celebrar a vida e chorar a morte. De dividir as horas, distribuindo suas verdades entre eventos contrários.

A alegria programada com antecedência nos cerca da certeza de vitória. A tristeza invade o momento, urgente, forte, e nos derrota. Ficamos como em um pêndulo, meio tristes, meio alegres, como duas pessoas em uma, como se no corpo houvesse uma fissura, um sulco de erosão, uma fronteira entre duas geografias. Luz e sombras.

A alegria é exigente. Ela quer de você a entrega, o esforço da comemoração, o compartilhamento e os abraços. Ela reúne amigos de várias épocas que querem dizer, naquele instante da conquista, que sempre estiveram ao seu lado, mesmo quando partiram, e que preservam lembranças comuns e afetos permanentes. A tristeza impõe a reflexão e o alheamento. Ela quer de você que tudo pare por um tempo para que você possa atravessá-la em paz. Silencia os fatos nervosos da vida e carrega o desejo do recolhimento e da espera.

A notícia ruim chega, às vezes como uma chuva repentina e indesejada em um dia de sol. Permanecem presentes sol e chuva. Duas realidades inteiras. Não é possível escolher os elementos. Há tristezas que trazem de volta o passado como se ele fosse atemporal, e vive-se o reencontro com afetos que permaneceram intactos, por mais que o tempo tenha passado. Há alegrias que também trazem o passado como lembrança de superação, como colheita de velhos plantios e esperas.

    Quando há esse conflito da vida — colisão entre a tristeza e a alegria —, é preciso se entregar a cada uma das sensações e conciliar o inconciliável. Não transportar um sentimento para o outro. Não negar a tristeza nem revogar a alegria. Aceitar o balanço do pêndulo. Há tempo de chorar e tempo de rir. Tudo é verdade. São as suas verdades. A tristeza exige, a alegria acolhe. As horas do dia podem ser divididas de modo a que um sentimento domine e o outro se encolha, mas é preciso evitar que um soterre o outro. A vida é vertigem que testa limites. Por ironia ou acaso ela arma enredos que se negam e se entrecruzam e devem ser encenados no mesmo palco e na mesma hora. Não há roteiro que nos ajude a atravessar momentos tão partidos, exceto aceitar a intensidade da vida. A vida assim, como ela é. Pendular.

/18 *fev* 2017

73 / Os olhos que iluminaram a noite

Ela chegou linda, risonha e com o olhar vazio. Quis logo apresentar quem a guiava na sua escuridão:

— Esta é Lu. Eu a convenci a me trazer.

Havia chovido muito. Do vigésimo andar do prédio em que eu estava hospedada vira anoitecer sobre São Paulo, repentinamente, no meio da tarde, e despencar uma chuva de granizo. Os trovões ecoaram sobre a cidade. Desisti de ir ao cabeleireiro, retoquei o batom e saí mais cedo do hotel com medo de não chegar ao lançamento do meu próprio livro. Eu não poderia faltar, afinal de contas, porém achei que todos faltariam. Um temor recorrente que assombra autores em noites de autógrafo. Naquele dia era um cenário possível, dado o caos que a cidade virou depois da tempestade. Foi difícil achar táxi, foi irritante vencer o trânsito. A livraria encheu e eu ainda duvidava. Era meio de semana, quarta-feira antes do Carnaval.

As duas juntas, ao se aproximarem da mesa de autógrafos, formavam um contraste forte. Lara era jovem, alta, magra e loura. Lu era baixa, vários anos mais velha, e negra. Tinham em comum uma simpatia contagiante. Vieram andando pela livraria ao meu encontro, Lara se escorando em Lu, conversando e rindo como amigas de antiga intimidade. Traziam três exemplares do *A verdade é teimosa*. Um para cada uma delas e outro para a mãe de Lara.

Conversamos sobre os meus livros. Lara disse "eu li esse" ao se referir ao romance *Tempos extremos*. Lembrou-se de outros. Seus olhos indicavam uma cegueira antiga, talvez congênita. Sua maneira de falar era de uma alegria natural e relaxante, como se quisesse pôr o interlocutor à vontade. Escrevi na dedicatória, que li para ela, que desejava que sua alegria fosse também teimosa. Lara abriu ainda mais o sorriso e jogou os longos cabelos louros para trás num gesto gracioso.

Lançamentos de livros são algo pelo qual tenho sentimentos contrastantes. A alegria do encontro com velhos amigos e com leitores que não conheço. O medo de não comparecer ninguém. Ou o medo oposto, de incomodar os amigos que vão e esperam na fila. O dilema entre dar mais atenção a quem decidiu sair de casa e ir a uma livraria para me encontrar e atender todos a tempo, para que ninguém tenha de esperar.

Aquele momento mágico em que a moça bonita e alta apareceu na livraria para comprar um livro que seus olhos não leriam me paralisou e me fez pensar sobre os valores todos da vida. Suas mãos apalparam a mesa para encontrar os exemplares que havia depositado lá e me entregou um.

— Para quem é este?

— Para Lu. Lu é pessoa de bom coração — disse Lara.

Eu pensei no coração das duas e me alegrei por elas estarem ali. Elas me levaram leveza e doçura. O dia fora pesado, por motivos outros que não os livros e o jornalismo. Dia que cobrou de mim passar por sentimentos fortes e ter paciência diante das lutas da vida. Quis alongar a conversa, mas a própria Lara lembrou que precisavam ir porque a fila estava grande. Quando saí da livraria, ainda pensava em Lu e Lara e no privilégio que é o inesperado numa noite de autógrafos. No dia seguinte continuava pensando nelas e no bem que me fizeram. As duas iluminaram a noite, que havia começado entre dúvidas, trovoadas e granizos. Aprendi naquele encontro alguma coisa além do que consigo ver.

/*25 fev* 2017

74 / A saída impossível

O beija-flor entrou em casa. Isso aconteceu outras vezes na reserva e eu apenas abro as janelas e o deixo voar para fora. Esse resolveu tentar uma saída impossível pelo vidro fixo que fica acima da janela da mesa de trabalho. Tentamos indicar o caminho certo, fui escrever em outro canto para sair de perto da janela, porém nada ajudava. Ele continuava batendo a cabeça no mesmo vidro, ignorando todas as inúmeras possibilidades de ir embora.

Há tempos não vínhamos à reserva. Muito trabalho nos prendendo na cidade, várias viagens. Ao chegar, tomei um susto. A mata que plantamos durante anos havia crescido tanto, que quase não dava para ver a diferença entre ela e o remanescente original. O verde em torno da casa está mais bonito que nunca. Chiquinha voltou a trabalhar conosco. Ela e o marido, Sebastião. Eles tinham ido embora para socorrer um filho que entrara em um descaminho. Tudo resolvido com o rapaz, quiseram voltar.

Cheguei na quinta de noite e, na sexta, logo depois do comentário da CBN, fui caminhar com Chiquinha para ver o bosque, as hortas que ela espalhou em algumas áreas, as orquídeas que implantou nas árvores, as novas mudas que está produzindo. Estava de volta ao trabalho, quando vi que o beija-flor vivia sua prisão bem perto da liberdade.

— Desce um pouco, rapaz, que a janela está aberta — repetia Sérgio.

Indiferente à comunicação humana, o passarinho batia a cabeça no vidro perigosamente. Virou o centro das nossas atenções. Chegaram Giovana e Silvânia e ficamos os quatro tentando, por todos os meios possíveis, fazê-lo entender que havia muitas portas, muitas saídas, mas naquele vidro específico pelo qual ele insistia em passar não havia a menor chance.

Eu olhava angustiada o beija-flor. Até quando ele resistiria? Lembrei-me das vezes em que tentei saídas impossíveis, achando que poderia atravessar portas trancadas. Seria simples, vejo agora, recuar um pouco, buscar novo ângulo e tentar outra direção para atingir o objetivo. Faltava ao passarinho, faltou a mim, ver o ambiente inteiro, o contexto completo, para encontrar a melhor alternativa para o que buscava. Ele ficava fixado naquele ponto. Depois dava uma volta pela sala e retornava ao mesmo lugar. É da natureza de pássaros e de pessoas jogar-se às vezes contra um obstáculo intransponível, indiferentes ao fato de que existem várias formas de se chegar ao alvo. Ele era persistente, o beija-flor, só que estava equivocado. E esse erro poderia ser fatal.

O pé-direito da casa é alto. Impossível alcançá-lo para direcioná-lo, compulsoriamente, para o lugar que seria melhor para ele. Incapaz de resolver o problema, tentei trabalhar. Mas aquele contínuo bater de asas, o confronto com o vidro, a aflição do passarinho me tiravam a concentração.

— Vou trocar esses vidros fixos transparentes por coloridos. Assim nenhum pássaro vai se enganar mais — decidiu Sérgio.

Isso resolvia o problema dos futuros passarinhos que entrassem descuidados em nossa casa. E aquele? O que fazer com o beija-flor preso?

Nada a fazer, mergulhei no texto que escrevia e o Sérgio afundou ainda mais na sua leitura. Giovana e Silvânia também voltaram ao trabalho. O pássaro ficou sozinho com o seu erro.

Um tempo depois, Sérgio fez um sinal para que eu ficasse parada e apontou para um canto. Era o beija-flor. Caído. Sérgio jogou um pano sobre ele e o pegou delicadamente. Ele fincou suas unhas no tecido, informando, assim, estar vivo. Eu o tirei de lá com jeitinho. Fui para a porta da casa, sentei-me nos degraus com ele na mão. Vivo e fraco. Jogamos um pouco de água sobre a cabeça dele e depois perto do bico. Dentro das minhas mãos ele começou a se mexer e engoliu um pouco de água. Era gostoso o contato com ele, quase um carinho. Com cuidado fui até um arbusto e o depositei no chão. Ele ficou um tempo quieto. Eu me afastei, desgostosa, achando que o pequeno estava condenado. Fora longo o tempo das tentativas fracassadas, demais as cabeçadas no vidro, cansativo o inútil bater de asas. Sérgio ficou vigiando e depois veio me contar:

— Ele já ganhou o mundo.

E assim foi a manhã da sexta. Na minha cabeça ficou a música:

Não se admire se um dia
Um beija-flor invadir
A porta da sua casa
Te der um beijo e partir.

Agora a tarefa é encontrar a melhor forma de que o belo, leve e alado visitante possa apenas me entregar o beijo e partir pelas portas e janelas abertas da casa que plantei em frente ao verde da Mata Atlântica.

/4 *mar* 2017

75/Fantasmas inativos

— Eu cometi crime de formação de quadrilha — disse o taxista.

Estou acostumada com o inesperado, mas a frase do motorista para iniciar a conversa me surpreendeu. Aconteceu hoje, neste sábado, 11, assim que desembarquei no Rio.

— Quando?

— Foi há muitos anos. Eu era jovem. Nem sabia que era formação de quadrilha, só fiquei sabendo agora ouvindo vocês, jornalistas, falarem no rádio.

Perguntei como e onde foi o crime e ele passou a narrar uma fraude montada por ele e dois comparsas contra uma empresa privada de construção que nem existe mais.

— Era grande, ganhava todas as concorrências no Rio, tanto de construção quanto de pintura de prédios.

Ele era o subchefe de Pessoal. Tinha chegado do Rio Grande do Norte e conseguira o emprego. Logo que começou a trabalhar, notou que havia algo errado com a lista de pessoal.

— Havia funcionários fantasmas e descobri isso. O chefe da Estatística e outro funcionário graduado me disseram que eu podia participar do esquema ou então sair da empresa. Tinha, vamos dizer, uns 20 fantasmas, aí eles criaram uns dez fantasmas para mim.

— E os salários desses falsos funcionários iam para onde?

— Para o meu bolso. E para o deles. O meu chefe assinava tudo sem saber. Por isso acho que o Lula é inocente, deram para ele assinar, como eu fiz com o meu chefe.

— Durou muito tempo?

— Durou alguns anos.

— E como acabou?

— Acabou bem, né? Estou aqui, nessa idade, e ninguém jamais descobriu. Hoje o crime já prescreveu, acho. Espero.

— Mas em que ano começou?

— Foi no início do FGTS.

— Bom, então foi no começo do governo militar.

— Quando descobri o esquema, era muito falho. Tinha lá apenas a folha de ponto. Decidi regularizar todos os fantasmas, contratando todo mundo, e montei um esquema em que o fantasma ficava na empresa por nove meses e depois pedia as contas. Recebia todos os direitos. Quer dizer, nós, né? Treze meses depois voltava.

O motorista me disse seu nome e informou que tinha 78 anos. Tremia ligeiramente, como se estivesse com um início de Mal de Parkinson, mas dirigia com segurança. Continuou contando sua história como se precisasse falar.

— Ganhei muito dinheiro. Morava na Ataulfo de Paiva, no Leblon, onde hoje não posso nem sonhar em morar. Gastava tudo em festas, boates. Me diziam para aproveitar e comprar um táxi. Era muito novo e jogava dinheiro fora. Só não tinha vícios, isso não.

Perguntei novamente como terminou aquela história e ele contou outra de desvio de dinheiro na empresa. O encarregado, homem de confiança do patrão, costumava fazer favor aos amigos com recursos da empresa. Se um pedia uma pequena obra, uma pintura em algum apartamento, ele mandava fazer e não cobrava nada.

— Até eu fiz umas graças com algumas pessoas que me pediram favor. Um dia, o encarregado arranjou uma namorada que tinha uma casa aqui na Zona Sul. Ele mandou pintar a casa dela. Tudo deu errado.

A empresa era dona de um pigmento especial trazido da Itália que só ela possuía. O patrão passou em frente, reconheceu a tinta, não encontrou o registro da obra e investigou. Descobriu o responsável e o demitiu.

— Fiquei com medo. Pensei assim: se ele foi descoberto, posso ser também. Fui acabando com aquilo. Fui dando baixa nos fantasmas. Até me ameaçaram de morte, mas eu não quis mais saber daquilo e um dia saí da empresa. Você pensa que fui inteligente? Não, foi por medo mesmo.

O motorista continuou contando detalhes do crime do qual participara. Chegamos ao destino. Ele saiu do carro para tirar a bagagem do porta-malas e me disse que o pior eu não sabia:

— Agora tenho uma fortuna no Fundo de Garantia e não posso tirar. Eu não, os meus fantasmas. Foram muitos os que entraram e saíram da empresa. A empresa recolheu o FGTS para todos porque fiz tudo certinho. Agora o dinheiro está lá e não posso tirar. Esses bancos ficam com muito dinheiro. O que vai acontecer com o dinheiro dos meus fantasmas? Vai ficar lá com a Caixa — lamentou, inconformado, entrando em seu carro.

/11 *mar* 2017

76 / A invasão do sábado

A vida anda repleta e a sensação é de que, por mais que corra, não chego. O dia transborda e avança sobre o dia seguinte, comprimindo a noite. Foi uma semana de noites resumidas e de horas de trabalho extensas. No fim da sexta-feira havia trabalho sobre a mesa, mas o sono me espreitou, exigente e impositivo. Percebi, pela maneira como se aproximou, que ele cobraria o tempo que eu lhe roubara nas noites anteriores.

Eu me rendi antes de terminar as tarefas e pedi um prolongamento do prazo para a manhã seguinte. Foi assim que o sábado chegou e eu, ainda ocupada com o trabalho da semana, adiei a crônica. Gosto das manhãs calmas de sábado, quando me estico como um gato no sofá da sala, sorvo um café quente sem pressa, olho curiosa para o tempo, solto a mente e a mando buscar o tema para a conversa lenta que quero ter com os eventuais leitores destas crônicas.

Amanheceu chuvoso, o que me deu mais vontade de escrever sobre um fato qualquer da vida, sem relação com os temas do jornalismo diário. Um diálogo sobre alguma coisa que me ocorresse. Tem sido assim nas manhãs de sábado desde que comecei a escrever aqui neste blog. Sem pressa, livre, meu pensamento voa e pousa onde quer, e eu o sigo obediente, costurando com palavras os fatos da vida. Quaisquer. Hoje, no entanto, minha mente insiste em lembrar diálogos de certa forma ligados ao noticiário.

A moça alta, de olhos azuis e cabelos pretos, longos e ondulados, conversava comigo na coxia de um teatro em Blumenau. Eu aguardava o momento de entrar no palco e fazer uma palestra.

A moça era assessora de imprensa da entidade que me chamara, e aquele era o segundo emprego dela.

— Fui soldado.

— Soldado?

— Fui soldado da Polícia Militar por sete anos. Dei baixa e fiz jornalismo.

— Gosta mais de quê?

— De jornalismo, mas sou uma pessoa diferente. No último aniversário meu marido me deu uma arma de presente e fomos para um lugar de tiro. Adorei.

— Que arma?

— Já tive uma ponto 41, uma 38...

Imaginei que arma poderia ter sido o presente do marido. Maior e mais poderosa do que as duas que ela já tivera?

— O que faz seu marido?

— É da polícia, mas já vai se aposentar. Aos 45 anos ele pode se aposentar, e eu já disse que ele invente algo para fazer. Imagina? Ele em casa fazendo nada?

Fui chamada ao palco antes do que previra. Naquele dia ocorrera manifestação nas ruas de quase todas as capitais do país contra a Reforma da Previdência. Quando a palestra chegou a esse tema, fui ainda mais eloquente na crítica às aposentadorias precoces. Tinha comigo a arma dada pela amiga da coxia: um marido que se aposentaria aos 45 anos.

Uma semana antes eu pegara um avião para fazer o lançamento do meu novo livro em Curitiba. Eu me sentei na primeira fila e foi inevitável ouvir a conversa que a aeromoça manteve durante quase todo o tempo do voo com uma passageira também na primeira fila. A moça havia trabalhado na mesma companhia aérea, porém fora demitida. Tinha mágoas. E se separara do marido, sem mágoas.

— Foi um bom casamento, eu já disse a ele que a gente poderia escrever um livro juntos com as aventuras. Nos falamos sempre. Ontem mesmo ficamos conversando até tarde. Quando venho ao Rio fico na casa da mãe dele.

— Há quanto tempo vocês estão separados?

— Dois anos e meio.
— Está namorando?
— Estou.

E contou aventuras que viveu com o novo namorado em uma viagem ao Cerrado. A sensação que passava é de que preferia falar do ex-marido. Só que isso não vem ao caso, é apenas bisbilhotice minha. Não que fique por aí ouvindo conversa alheia, mas aquele diálogo foi travado muito próximo de mim. Ouvi.

— O que ele faz?
— Ele é aposentado. Quer dizer, falando assim, você pode ficar com outra impressão. Ele tem 48 anos. Era da Aeronáutica. Sabe como é, eles se aposentam cedo. Agora quer comprar uma fazenda em Mato Grosso.

Eu gostaria de escrever sobre o aconchego desta chuva que chegou prenunciando o outono e fechando o abrasador verão que tivemos. Talvez falasse das orquídeas que pedi que amarrassem nas árvores aqui de casa e estão florindo, ou das taiobas que cresceram na minha horta, bem ao lado dos pés de alface, colorindo com dois tons de verde o meu quintal e, em breve, o meu prato. Porém os temas do jornalismo deram para invadir as manhãs de sábado. Resistirei. Não vou falar de Reforma da Previdência. Não tem cabimento. Seria muito sem noção da minha parte. Tentarei, na próxima semana, fazer uma crônica leve sobre algo que não esteja pesando nas nossas semanas repletas e tensas.

/18 *mar* 2017

77 / A natureza do livro

O livro chegou da editora. Lindo, novo, inédito. Ainda não está nas livrarias, mas dá ao escritor a visão da estrada toda palmilhada, passo a passo. É longa, às vezes penosa, emocionante, a caminhada que cada autor tem de cumprir até o dia em que aparece pronto, impresso. Quantas vezes ele duvidou que conquistaria o ponto-final. Houve dias em que, esquecido num arquivo deixado na memória do computador, ou depositado na nuvem, o livro pareceu um ser estranho, incompleto e dissonante. Um estorvo assombrando os dias de sol.

Quem escreve passa por isso. Pela espera de ter a obra impressa, como se não houvesse os tempos digitais e fosse necessária a prova material de sua existência. Antes disso, o texto é visto pronto quando a editora envia o arquivo digital da segunda prova, revista e editada, para aprovação do autor, já até com a imagem da capa. Não é suficiente. Quando ele surge, objeto do mundo real, parece pura mágica. É a hora em que o escritor se lembra do tempo em que tudo era apenas uma ideia, abstrata — como são as ideias —, incompleta e vaga. Ou quando era uma linha escrita numa tela em branco. Ou quando pareceu desengonçado numa releitura, e veio a vontade de abandonar tudo ou reescrever do início. Áspero é o dia em que o texto volta marcado pela revisão e é preciso aceitar ou rejeitar cada mudança proposta. Aquelas cores que indicam as dúvidas do revisor dão a certeza da imperfeição e, muitas vezes, a sensação de não ter sido compreendido. A releitura é, então, pedregosa e sem alegria. Testa a resiliência do escritor.

O fetiche do livro físico na mão, na era das avassaladoras mudanças tecnológicas, é ainda um mistério para mim. Já vivi esse instante de sua chegada impresso, já vi os que amo viverem a mesma emoção. O ato de escrever tem estado no centro da minha vida familiar nos últimos anos. E o que aprendi é que ele revolve emoções e nos põe numa oscilação de humores, da mais inaugural das linhas até segurá-lo e dedicá-lo a um leitor numa livraria. É uma história não linear, intensa e misteriosa.

Quem escreve tem tempo para se arrepender durante o processo, porque ele é longo demais. Alguns não se recobram dessa sensação de que o melhor é desistir, outros retomam, teimosos, depois de um período de decantação. Há a fase em que os dedos voam inspirados no teclado como se este fosse o de um piano e as palavras, a música sendo composta. Dias de certeza. Há também a fase do estancamento, da paralisia em um ponto que parece intransponível. Dias de solidão. Há sentimentos diversos e opostos, até aquela tarde em que a campainha toca e avisam que é da editora.

Dizem que esse mundo vai acabar. Que, mais cedo ou mais tarde, não haverá livros físicos. Todos esses sentimentos seriam traços de um tempo antigo, ao qual os mais velhos estão presos por nostalgia. Dizem que haverá um mundo sem bibliotecas físicas. As visitas por corredores, estantes e lombadas serão uma realidade virtual na qual cada um poderá entrar a qualquer instante, mesmo sentado na poltrona de sua casa. Dizem tantas coisas sobre o inevitável que se aproxima...

Nesse mundo novo a campainha não tocará, o livro não chegará da editora num certo dia à tarde. O autor nada segurará em suas mãos. O mundo físico será uma abstração. Então o livro encontrará outro caminho de encantamento e sedução, porque essa é a sua natureza.

/25 *mar* 2017

78/O futuro das águas

O avião pousou quando a chuva começou, mas no voo fui informada de sua proximidade pela turbulência que me impediu de continuar escrevendo. Fechei o computador e pensei que aquele vento sul que soprava sobre o Espírito Santo poderia estragar o fim de semana à beira-mar.

O piloto comentou com a tripulante, já em terra:

— Chegamos junto com a chuva.

Já na pousada em que estou passando o fim de semana com algumas pessoas da família, fui para a varanda acabar de escrever a coluna do jornal. O barulho forte das águas se misturava. Eu não sabia se o som era o mar quebrando as ondas na areia, ou se era a chuva que despencava forte.

Na hora do jantar, minha neta de 3 anos, indiferente à abundância que caía sobre a terra, decretou em conversa com o avô:

— A água dos rios está acabando.

— Por quê, Isabel?

— Porque os homens usaram água demais e cortaram as árvores e os rios estão secando.

Seu rosto, grave e reflexivo diante da frase adulta que acabara de dizer, me deu esperança no futuro. Quem sabe as próximas gerações saberão o que fazer diante dos descuidos de todos nós? O interessante era a capacidade de pensar sobre a escassez em plena abundância em idade tão tenra. A conversa que iniciou aquele diálogo era sobre o prazer das águas, mas ela se lembrou do risco.

— Meu avô Marcelo disse que vai me ensinar a pescar siri-branco.
— Ele sabe tudo sobre isso, porque nasceu perto da praia e sempre brincou nas águas do mar.
— E você, vovô Sérgio, nasceu onde?
— Nasci perto de um rio e cresci brincando na beira do rio.

Foi quando ela disse que os rios estavam em perigo e completou falando sobre o risco das águas. Isabel continuou ensinando:

— Precisamos plantar árvores para aumentar as chuvas e ter mais águas nos rios.

Contei que havíamos plantado muitas árvores na fazenda. Ela, porém, não se impressionou. Continuou olhando preocupada para o futuro, como a dizer que aquele plantio não era o bastante.

O que leva uma pessoa tão pequena a saber tudo isso? Destoa do resto, das atitudes dos adultos, da decisão esta semana de suspender medidas de proteção ambiental nos Estados Unidos. Estamos pedindo às crianças que façam mais do que elas poderão fazer, estamos jogando sobre elas mais peso do que é justo que carreguem.

Minha irmã Beth, que estava ao lado, comentou que foi visitar as Cataratas do Iguaçu e tomou um susto por constatar que havia diminuído o volume da água desde a última vez que foi lá. Este é um ano de maior abundância de chuvas, mesmo assim ainda se veem os avisos. Iguaçu é "água grande" em língua indígena. E parece enorme vista perto da queda, quando se está no rio olhando de baixo. Fiz esse passeio certa vez. Fui de barco até pertinho do ponto em que as cataratas encontram as suas irmãs do rio. Encontro dramático e ruidoso. Parecem eternas as águas vistas daquele ângulo.

A sabedoria está em ver a escassez diante da abundância. Tão grande a floresta brasileira, tão enorme o estrago que já fizemos. Tão caudalosos os rios amazônicos, tão magros diante do que já foram. Tão forte a chuva que cai, tão raras as que têm aparecido nos últimos tempos. Isabel sabe disso. Essa geração parece ter nascido sabendo coisas que temos demonstrado desconhecer.

Os olhos de Isabel, lindos e graves, mirando um futuro que será todo dela, e não mais nosso, no qual o risco é estarmos presentes por nossos erros. Os olhos de Isabel encaram as águas caindo e entendem a chuva. Os mais velhos pensam que o tempo pode atrapalhar a praia do dia seguinte na pousada à beira-mar. Isabel pensa no futuro das águas.

/1 *abr* 2017

79 / A vida, o que é?

"A vida é boa, dura e curta." O homem que falou isso, cercado de filhos, tinha 98 anos. Aquele foi um dos últimos encontros de Florival com os sete filhos, entre eles Cármen Lúcia, ministra do Supremo. Definição sábia.

A vida é tão breve que parece rascunho, ensaio, tentativa. É como se o real da vida viesse após essa prévia preparação. Sabe-se mais sobre ela depois que ela passa, quando só então entendemos o fundamental. Se é ensaio, gostaríamos de corrigir alguns momentos, aqueles em que erramos feio ou desafinamos. Faríamos melhor se ela voltasse um pouco, se houvesse uma tecla de retorno. Mas cada dia tem apenas a sua chance. É um texto sem correção, em que não podemos voltar nem para rever o ponto de uma vírgula. Na era pré-computador, as mudanças nos textos ficavam marcadas como cicatrizes, rabiscos enfeiando o papel. Na vida, nem essa correção com marcas podemos fazer.

Quando ela é dura, duvidamos de tudo. Os dias difíceis e tristes são longos demais e nós, os seus prisioneiros. Na verdade, podem ser uma nova chance. Uma amiga passou por uma doença que parecia fatal e lutou até vencer. Postou no Face uma foto dela no hospital em momento de fraqueza, seu irmão ao lado, solidário, e escreveu que ali começava o renascimento.

Lembro-me de uma noite em que chorei pelas horas todas, até o fim da madrugada. No escuro, lamentei minha sorte. Uma demissão injusta e humilhante que me pareceu o fim da carreira. O resultado avesso aos esforços que fizera, o pagamento injusto pelo trabalho insano. Reneguei o passado, duvidei do futuro. E era véspera do começo do melhor tempo. Insone e triste, desperdicei o choro e lamentei à toa, porque aquela queda foi o impulso que me colocou de novo em pé para ir além do que sonhara. Há dores que são dores e só. Permanecem como uma sombra.

Em tempo de alegria às vezes ficamos desatentos ao que temos, porque parece que o tesouro sempre estará lá. Revejo o vídeo de uma noite em que dançava feliz, comemorando um aniversário, anos atrás. A meu lado, na pista de dança, está um irmão que perdi tempos depois. Voltasse eu àquele momento e o abraçaria mais uma vez e falaria do meu amor e da ventura por tê-lo. Mas estou ali dançando, ao lado dele, distraída.

Às vezes a gente opõe partes da vida como se uma roubasse tempo da outra, quando são, de fato, fragmentos de uma só realidade. Ela é assim mesmo, com suas muitas faces, suas alegrias diferentes, suas divisões. Ficamos divididos entre amores e entre deveres. E na divisão perdemos um pouco de cada prazer.

Há travos que ainda amargam, marcas que carregamos, alegrias que vão além do momento e a elas recorremos, saudosos e gratos. Algumas dificuldades nós superamos, enquanto certas inquietações nos assombram em horas de fraqueza. Há tanto na vida. Impossível resumir numa manhã de sábado, principalmente quando se está como estou: assim repleta de gratidão pela vida recebida a cada dia. Procuro palavras de definição, mas me perco na complexidade e na vastidão não ditas. Ela, a vida, é apenas o que o mineiro Florival definiu com exatidão nos seus pensamentos finais. Boa, dura e curta.

/8 *abr* 2017

80 / Sob o sol do Sul

Em dia de tristeza cívica, o sol sumiu e fez frio na cidade, normalmente ensolarada. Peguei um avião e voei para o Sul em direção a mais frio e mais sombras, como se precisasse confirmar que este é o tempo que temos. Do alto, depois da decolagem atrasada pelo nevoeiro, descobri traços do sol e entendi que ele está presente, de certa forma, mas se escondeu nesse dia em respeito ou solidariedade.

Sábados noticiosos dão pouco espaço para se pensar no permanente da vida. Foi uma semana nervosa, tensa, de longa e enervante espera pelo final infeliz. Quando se caminha no nevoeiro, a esperança é estar no rumo traçado. São tantos os eventos confusos, dos quais mal distinguimos os contornos, são tantos os ruídos dissonantes, que a convicção de que caminhamos na direção certa conforta e anima. Desconcertante é registrar um fato que tira de nós essa certeza. E se estivermos indo para o ponto errado? E se estivermos andando em círculos, afundando no chão impreciso e frágil sob os nossos pés? E se na última encruzilhada tivermos entrado na pior estrada? Essa sensação de desconforto tira do sábado a sua natureza de parada para descanso nestas semanas sem trégua que temos vivido.

A razão tem se esforçado para organizar os acontecimentos com alguma lógica e apontar de modo matemático as possibilidades de sucesso. O coração sempre duvidou. É da sua natureza saber de forma difusa e viver sem explicações. Nesta manhã de tristeza cívica, fala o coração. Então entendemos profundamente os motivos para se temer novas escolhas sem razão.

Hoje é dia de sentir apenas, e não de explicar o que explicação não tem. Cada pessoa sabe o ponto no qual seus temores aumentam.

Eu já encontrei o meu, numa circunstância pessoal e não coletiva. Outro dia, em roda de amigos que desfiavam lamentos sobre a vida e o país, perguntei quando haviam se tornado tão desesperançados. Eles mencionaram o acontecimento da véspera. Inesperado e impactante, é verdade, mas apenas um fato infeliz a mais numa sucessão interminável deles. Cada um sabe o momento em que no seu coração a dúvida passa a dominar. Este dia amanheceu assim, próprio para o ceticismo. Poucos sabem o sentido do dia seguinte ou a nova espera à qual dedicar a atenção. É sábado, faz frio, o sol decidiu não trabalhar, as sombras se espalham por boa parte do país e caminhamos sem saber em que direção, afinal, estamos indo.

Recorro a Ana Maria Machado, e ela recomenda que cada um lance mão de seu poeta. Temos em comum o amor por Carlos Drummond de Andrade, e é dele o conselho que ela busca: "Chega um tempo em que a vida é uma ordem. A vida apenas, sem mistificação." Sigo. Ordem do poeta não se discute. A vida como destino. E sem lamentos nem enganos, porque ele assim determinou. É dele também o velho conselho de que caminhemos "de mãos dadas". Juntos, pisando devagar para testar o chão, esticando os olhos para ver pela névoa e viver a vida, apenas.

Há sempre surpresas, contudo. E elas podem ser boas, me avisa o coração em alerta sóbrio. Esperarei por elas.

Ao chegar ao meu destino eram dez da manhã de sábado e eu havia passado quatro horas entre voos e aeroportos, viajando em direção a mais frio e mais sombras porque, radical, eu tentava encontrar o sentido deste dia sem razão. Voamos contra um vento forte, avisou o piloto. E havia sol e um céu azul. Um dia aberto, sem névoa, sem sombra, sem nada. Sob o sol do Sul, frio mas presente, viverei o dia. E eu sei o que o sol pode fazer por mim em dias assim.

/10 *jun* 2017

81 / O submarino amarelo

O choro da criança era forte, urgente, por isso olhei para trás, pela fresta entre as duas cadeiras do avião, deixando de lado por um instante o livro que lia e marcava com vivo interesse.

Com o rosto coberto de lágrimas, o menino de 2 anos apontava o dedo na minha direção. Tomei um susto. "Jesus! O que é desta vez?" O protesto da criança ficou ainda mais alto e aquele dedo na minha direção era uma informação relevante. Inequívoco. Era comigo. Os pais tiravam canetas da bolsa e da mochila, ofereciam ao menino, mas ele balançava a cabeça negativamente com o dedo dirigido a mim. Mesmo sem entender o fato de estar sendo individualizada, perguntei se havia algo que eu pudesse fazer.

— Ele adora amarelo — contou o pai.

Olhei o meu marcador, usado para destacar os trechos mais incisivos do livro que lia, preparando-me para uma entrevista, e entendi. Entreguei a ele, sob os protestos educados dos pais. O menino parou o choro imediatamente. Incentivado pela mãe, agradeceu o mimo.

— Bigado.

Escondi do garoto, que depois soube chamar-se Pedro, o livro que lia. A capa da prova mandada pela editora era amarela, amarela. Achei que mesmo com paixão viva pela cor ele poderia achar indigesto o tema: *Juros, moeda e ortodoxia*. Assim, mesmo sem meu marcador, peguei outra caneta e continuei a ressaltar os trechos mais incisivos do livro.

Pensei no amarelo. Só havia visto um amor assim pela cor em uma amiga que conheci em tempos cinza. Ela sempre tinha algum detalhe da cor com ela e, quando se casou, pintou sua casa inteira de amarelo, o que era quase um protesto político. Algo assim tão vibrante e aberto, em hora de comedimento e de se esconder nas sombras, só podia ser subversivo. A casa ficava perto do mar e, nas minhas lembranças, nos melhores momentos a gente cantava junto:

We all live in a yellow submarine,
yellow submarine, yellow submarine.

Foi assim que o menino que gostava de amarelo me tirou daquela leitura sobre o que a ortodoxia pode fazer com a moeda por meio dos juros. Pensei nos Beatles e em sonhos intensos e curtos. Que acabam antes do previsto. Em susto e tristeza. Voltei à leitura, até que senti um toque no ombro. Era o pai do Pedro me devolvendo o marcador. O menino dormira. O passageiro ao meu lado também lia um livro impresso de forma concentrada, mas tomara o cuidado de manter seu marcador amarelo longe dos olhos da criança.

O menino acordou e voltou a chorar, bem na parte em que o autor mostrava por ipisilones e zês que a política monetária estava errando perigosamente e isso acendia a luz amarela nas contas públicas.

— Aquela, aquela — exigiu Pedro.

Eu senti que de novo era comigo. Virei-me e vi o dedo apontado em minha direção e lágrimas sinceras em seu rosto bonito. Conformada, entreguei a ele o meu marcador.

— Bigado — disse, e parou o choro.

As crianças são um mistério indecifrável. Como Pedro havia visto da poltrona de trás que eu, debruçada sobre um livro, tinha algo de sua cor favorita nas mãos? Por que objeto tão insignificante estancava seu sofrimento, a ponto de passar tempo longo em silêncio brincando com a caneta? Aceitava ficar ali retido, sem poder correr e brincar, enquanto o voo vencia a distância, mas não ter o meu marcador era inaceitável e fato pelo qual deveria derramar lágrimas e protestar alto e forte.

Pensei em tudo aquilo que desejamos de maneira aguda em diversas fases na vida. Nos sonhos individuais e coletivos. Houve um dia inesquecível, 25 de janeiro de 1984, em que entrei no metrô de São Paulo e a única cor de todas as camisas era o amarelo. Foi um susto feliz e cívico. Estávamos todos indo para a mesma Sé, com o mesmo desejo. O amarelo era a cor que nos igualava e, sendo tão unânime no metrô, informava que o comício seria um sucesso. Foi. A Praça virou um mar amarelo de gente e esperança. Até que o sonho foi sepultado em Brasília com muitas lágrimas, enquanto as camisas amarelas eram recolhidas.

Pedro tinha razão. O amarelo era mesmo especial e justificava o choro pungente. Pelo menos até que algo mudasse o ponto de seus interesses, porque o desejo, até dos adultos, é volúvel. Da janela, ele viu algo mais lindo que meu marcador:

— O má, o má.

O marcador foi devolvido sem choro e o azul do mar capturou a paixão do menino. Ah, o azul. Quem pode superar sua força, quando ele vira a linha que marca o fim da terra e o começo do oceano? Também eu deixei o livro e fui admirar pela janela o azul do mar do Rio de Janeiro.

/24 *jun* 2017

82/Não ser e ser, o manifesto paulista

Era São Paulo e o nome do restaurante lembrava os modernistas e o manifesto rebelde da cidade na Semana de 22, Tupi or not Tupi. O "Parabéns para você" começou a ser entoado em tom melancólico na voz bonita e clara de Renato Braz, acompanhado de seu violão e do piano de Breno Ruiz. O silêncio foi tomando conta do ambiente barulhento, preenchido apenas pelas notas da música que deslizava suave naquele diferente "Parabéns para você". Ser e não ser. A vida comemorada estava e não estava presente, por isso as notas eram tocadas assim, como lamento.

Os músicos tinham aberto mão do cachê. Foram tocar, como disseram, por obrigação cívica.

— De Vladimir para Vladimir. De Vladimir Maiakovski para Vladimir Herzog — disse o cantor.

E começou a entoar a música, que pareceria triste não fosse profunda, forte e coerente. O tom remetia ao que a família de Vlado Herzog, seus amigos e seus admiradores fizeram ao longo dos últimos 42 anos: lembrar, nunca esquecer, manter viva a lembrança.

Naquele triste outubro de 1975, houve um instante dramático, dos muitos minutos terríveis daqueles dias, em que os militares exigiram que se enterrasse logo o corpo do jovem jornalista de 38 anos, morto no II Exército. Clarice, sua mulher, impediu, aos gritos. Era preciso esperar dona Zorah, a mãe, ordenou. Zorah viera da Europa, mais de 30 anos antes, fugindo do nazismo para proteger o filho no Brasil, e vivia agora a tragédia do fim impensável. Clarice exigiu que a esperassem para o enterro. Uma menina de 18 anos fotografava tudo. Registrara desde o primeiro momento que fora possível. As imagens do velório e do enterro, interditadas pela censura, Elvira Alegre guardaria em sua câmera que pegara correndo ao sair de casa, após a notícia. Imagens que ficaram para a história e que hoje integram o acervo do Instituto Vladimir Herzog.

Então você pode pensar que a noite da última terça, 27 de junho, foi triste porque o aniversariante não estava presente. Não. Foi uma noite de abraços e ternura. Uma noite bonita e forte, em que se dizia uma vez mais: não aceitamos esta morte.

Ressuscita-me
Quero acabar de viver
O que me cabe.

O poema do poeta russo fora musicado por Caetano. E, ali, cabia tão perfeitamente que parecia ter sido escrito para o evento.

Quanta vida mais caberia a um jovem colhido antes dos 40? Ali, naquela noite, comemorava-se sua vida, que completaria 80 anos, não fosse a máquina de tortura e morte que o capturara.

Ressuscita-me
Quanto mais não seja,
Porque sou poeta
E ansiava o futuro.

Ressuscita-me,
Lutando contra as misérias
Do cotidiano.

O salão do restaurante havia sido enfeitado por singelas bolas coloridas, os amigos se aglomeravam em mesas próximas e se davam abraços longos de reencontro — eu fora do Rio; Matheus, meu filho, de Brasília, atendendo ao convite de Ivo, o filho mais velho de Herzog. Era bom estar naquele aconchego onde se lembrava, com persistência e doçura, a vida cortada antes do fim, a vida símbolo de resistência da família, de São Paulo, do Brasil.

Ressuscita-me por isso.

As razões eram tantas, e sempre serão, para trazer a lembrança de Vladimir Herzog viva. Em um telão as fotos se sucediam. Ele feliz, alegre, com a família, na redação, em Londres, trabalhando na BBC, d. Paulo Evaristo Arns com Clarice, as duas estacas fortes da resistência. Clarice, que avisou: "Não enterrem." E ela estava de novo com a família — filhos, noras, netos —, dizendo mais uma vez que não era para ser esquecido quem fora tirado de forma infame. Não aceitar jamais o inaceitável é a forma mais eloquente de defender valores ameaçados. Os inimigos da democracia sempre vigiaram nas sombras. Ainda se ouvem vozes autoritárias, que têm até elevado o tom nos confusos tempos do Brasil. Por isso era preciso cantar de novo.

Ressuscita-me
para que ninguém mais
tenha que sacrificar-se.

O ser e o não ser se misturavam naquela noite paulista. Vladimir Herzog, presente ainda, apesar de tão longa ausência, era um manifesto a favor da vida. Era isso que se comemorava naquela noite. A vida, a terra, o universo.

Ressuscita-me para que, a partir de hoje,
a partir de hoje,
a família se transforme.
E o pai seja ao menos o universo,
e a mãe seja no mínimo a terra.

O cantor deslizava de uma música a outra, sendo tudo tão perfeitamente harmônico nessa trilha.

Afasta de mim esse cálice, pai,
De vinho tinto de sangue.
Cale-se.

    Chico foi cantado com força no fim da noite pelo salão inteiro. Os cantores se alternavam, no piano e no violão, entre o "cálice", a ser afastado, e a ordem de "calar-se", que não fora jamais aceita. Os Herzog nunca se calaram. A resistência permanece há 42 anos. Porque assim é, assim tem que ser. Assim será. Não aceitar o não ser. Ser. Sempre ser.
    No dia seguinte, a vida retomou seu ritmo apressado, com as mazelas do cotidiano, mas havia um encanto novo no ar. Vlado fora lembrado. Bem lembrado.

/ 1 *jul* 2017

83/A crônica que não fiz

Hoje não escreverei crônica porque estou cansada. Um cansaço tão grande quanto a cidade que se espalha infinita e engole o horizonte. Assim a vi do alto do prédio. O elevador acabava no 32º andar. Depois disso, seria preciso subir dois andares de escada para chegar ao topo. A vista do terraço era suficiente para captar as imagens que precisávamos. A cidade lá embaixo já estava entregue, esparramada e visível. Dali podíamos fazer o que eu havia combinado com a equipe. Mas não. Jornalista nunca se dá por satisfeito. O cinegrafista olhou para o círculo de concreto com uma estreita escada pendurada na lateral, que fica no terraço do prédio, e eu senti o que acabaria tendo que fazer.

Subi. Subimos. Degrau por degrau escalei a pequena escada do círculo de concreto. Ainda não sei se é uma caixa d'água ou uma casa de máquinas. Naquele sobreteto do edifício admirei novamente a cidade. Tão grande São Paulo, bonita, de certo ponto de vista.

Assim a vejo hoje, como a vi um dia, na primeira vez. Hoje, porém, ela não me assusta, apenas não a entendo, como da primeira vez. No fim daquele mar de prédios, vinha a névoa. Entardecia sobre São Paulo e eu a amava, com uma certa forma de amor. O edifício no qual subira para gravar um trecho da reportagem fica na avenida Ipiranga. Ao desembarcarmos no local perguntei a uma passante o nome da rua que cruzávamos.

— Acho que é a São Luís.

Era. A esquina da Ipiranga com a São João era mais acima. Não importa o nome do santo que cruza a avenida, na Ipiranga alguma coisa sempre acontece no coração. É o ponto talvez de encarar a cidade frente a frente. Quando cheguei por aqui eu também nada entendia. Isso faz muito tempo. Agora volto com frequência e decidi não tentar entender, por inútil e cansativo, suas ruas, seus bairros e suas defesas. São muitas, excessivas.

Não, hoje não haverá crônica, porque passei a semana em São Paulo, a cidade é grande demais e isso esgota. Vocês entenderão. Vim domingo e corri todos os dias atrás do que buscava. Cruzei distâncias. Fui de um bairro na periferia à sala de operação em um banco e ainda não sei qual das duas São Paulo posso chamar de realidade.

Se fosse só a cidade... Mas há o país. O que deu no Brasil? Não há dia sem notícia, não há dia morno, não há descanso. A vida parece capturada por um redemoinho. Mal se entende um evento e vem outro. Isso cansa, confunde, entontece.

Olharei São Paulo amanhecendo neste domingo, do alto do prédio em que estou, e investigarei cada ponto. Quando vim pela primeira vez, a cidade me cercou de espantos, descobertas e, sobretudo, sabores.

Num dia de melancolia, fui a uma cantina e me serviram um polpetone com pasta ao pomodoro e basílico. Naquele tempo, comia sem culpa e punição. Bastaram aquele prato, o som da tarantela, e a tristeza fugiu. Uma noite, ao fim de um trabalho sem vitória, fui a um restaurante e me serviram uma salada. Experimentei um sabor inesperado. Perguntei o que era e conheci a rúcula. Certa tarde fria de sábado, em que andava a esmo, entrei numa cafeteria. Serviram-me chá de jasmim com biscoito de gergelim. Assim, São Paulo foi me acariciando o estômago. A cidade tem seus gestos. É preciso estar atento. O carinho da cidade é discreto, mas seduz. E ainda há Adoniran, perfeita tradução de uma de suas muitas partes. O disco ainda era de vinil e eu o ouvi até não mais poder.

Não haverá crônica hoje, porque a visão que tive de São Paulo de cima do círculo de concreto que fica no topo de um prédio na avenida Ipiranga ainda está presa na minha retina. Eu me virei em todas as direções e lá estava a cidade onipresente, incansável, única, invencível. Por isso não escreverei a crônica deste sábado. Não sei descrever tanta concretude. Se conseguisse entender São Paulo, naquela altura, escreveria uma crônica nesta manhã de sábado, quando tudo ainda está escuro e por desvendar.

/15 *jul* 2017

84 / Devo de ir...
o sol não adivinha

Os versos foram aparecendo na mente desde que soube da notícia que a amiga me contou. Breve mensagem no celular. "Sem Melodia." Entendi. Os sons, pedaços de música, ocuparam o pensamento. "O sol não adivinha..." E a vontade de chorar ficou presa no peito. "Tente esquecer em que ano estamos." Era 1972 quando ouvi pela primeira vez "Pérola Negra".

As músicas foram marcando as pessoas da minha geração, que era a dele. Ontem, dia de sua morte prematura, uma amiga e eu, que amamos Melodia desde o primeiro acorde ouvido naqueles anos iniciais, trocamos condolências o dia inteiro. Ela o conheceu de vida vivida e virou amiga. Eu, apenas fã. Pedi que ela me falasse dele, de coisas que não sei. E foi ela, Sandra, quem lembrou que fomos todos marcados por alguma música de Luiz Melodia em algum momento da vida.

"No coração do Brasil." Eu estava na semana passada no coração do Brasil. Ou no seu extremo. Andei o domingo inteiro na área rural de uma cidade pequena, que fica naquela pontinha do Rio Grande do Norte onde o mar faz a curva. Ando atrás de histórias que possam me fazer entender que caminhos podemos ter daqui para a frente.

"Tente esquecer este teu novo engano." Reouço uma música aqui e outra acolá, das quais vou me lembrando neste dia de trabalho sobre fatos destoantes. Num show, ele pediu que todos ali apenas aproveitassem a noite "porque música é tão saudável, tão nutritiva. Por isso música nos seus ouvidos". Foi o que ele nos deu a vida inteira. Melodia começara aquele show com um presente para o público: "Fadas". Nela, os versos vão se sucedendo em beleza pura. Tudo perfeito nessa música.

Devo de ir fadas,
Inseto voa em cego sem direção.
Eu bem te vi, nada.
Ou fada borboleta ou fada canção.
As ilusões fartas.

Ele quebra a frase, como se houvesse um ponto entre "as ilusões" e "fartas". Depois, em outro tom, voa mais alto:

Um toque de sonhar sozinho
Te leva a qualquer direção.
De flauta remo ou moinho.

E fecha com o verso mais lindo, perfeita aliteração: "De passo a passo, passo." Passa não, Luiz do Morro de São Carlos. Fica. Tão novo, Melodia. Tão cedo. O sol nem adivinha a falta que você faz.

A sensação que tenho é que *Fa-Tal*, de Gal, é o começo do mundo. Eu ouvia "Pérola Negra" de furar disco que não me pertencia. Um prazer roubado. No ano seguinte, ouvi a música na voz do próprio autor, Luiz Melodia, e constatei o mistério do talento duplo: sua voz era tão bonita quanto as composições que fazia. Eram anos de se esquecer, aqueles 1972 e 1973. A gente cantou com eles e isso nos fez tão bem. "Tente passar pelo que estou passando."

Nós, desentendidos de tudo, especialmente da vida, precisávamos apenas de que alguém se colocasse ao nosso lado. E a tristeza amaciava no peito, não machucava não, porque eles cantavam. "Tente usar a roupa que eu estou usando." Era, baby, um tempo louco, aquele inicial da vida. "Arranje algum sangue, escreva num pano." O que eram aqueles versos belos e estranhos? Sabíamos pouco. Mas música tínhamos. "Rasgue a camisa, enxugue meu pranto." Confusos no amor. "Baby, te amo, nem sei se te amo." Ele era assim, com letras de puro lirismo, um som único, e uma voz doce, doce, doce. Marcante. Sonoridade e poesia, adivinhando sentimentos coletivos.

"Meu nome é Ébano" veio depois de "Pérola Negra". Sempre com a mesma cor forte. "O couro que me cobre a carne." E tantas outras lindezas.

Ângela Leal, atriz, me ligou um dia, anos atrás.

— Soube que você gosta do Luiz Melodia.

— Amo.

— Então venha ouvi-lo no Teatro Rival.

Fui. Horas ali pertinho. Só ouvindo. Música nos meus ouvidos, adoçando, tornando tudo mais fácil. Não era a primeira vez que o ouvia. Mas naquele dia fiquei devendo a ela, Ângela. Fiquei me lembrando disso, e dele, e das músicas. E tudo o que eu disse no balanço da semana que faço no rádio, às sextas, sobre o que de fato ocupava a minha mente foi que o país continua com seus muitos problemas, agora sem Melodia.

Baby, eu não sei. Não tenho por ofício a crítica musical. Nem sei por que escrevo isto. Talvez devesse falar de coisas que sei. Por que alguém assim vai embora aos 66? Eu não sei. Não entendo de música, sequer entendo a vida que nos tirou Melodia. Agora estamos aqui sozinhos: "O Estácio, eu e você."

/5 *ago* 2017

85/Viver entre dois mundos

Tenho a sensação de viver duas realidades paralelas. Viajo pelo Brasil nos fins de semana, começando às vezes na sexta e esticando até segunda, depois volto para o trabalho diário, nos dias chamados úteis. Nas viagens, encontro o país que é, que sempre foi, que vai se construindo aos poucos por inúmeras iniciativas criadas em rede. No resto do tempo, fico aqui entre crises, falta de dinheiro para os gastos públicos, conflito entre ministros, confusões no Congresso.

Na semana passada, navegando por rios amazônicos, eu me perdia naquela imensidão de água tentando entender o tamanho do nosso patrimônio. Já começou a vazante no Norte, os rios estão baixando e se vê a marca nas árvores do nível da cheia. Mesmo assim, é um continente de água. De uma margem a outra, são quilômetros e quilômetros de largueza, em fundura de dezenas de metros. Brasileiros quase aquáticos se adaptaram a esse vai e vem da margem. No extremo norte do Rio Grande do Norte, falei de vento com moradores. No alto de São Paulo, olhei o mar de prédios. Converso com velhos e com jovens sobre fases da vida, medos e esperanças.

Depois, volto para analisar as crises, para ver um Congresso pensando que, se dermos aos políticos mais dinheiro, que tanto nos custa, eles poderão ser eleitos. Se alterarem as regras do voto, a democracia estará salva. Tudo me parece mais insano do que sempre achei que fosse. Salva-se a democracia se o povo desta imensidão de país voltar a confiar em quem o representa. É simples e difícil.

Atravessei a serra catarinense, para a qual voltarei em breve, admirando as araucárias contra o céu de névoa no amanhecer gelado, depois me aqueci ao sol da Amazônia, ouvi o vento, andei entre árvores e me molhei na chuva, atravessei as estradas boas de São Paulo, ruins no resto do país. Fui de um ponto a outro em poucas semanas ou pedaços de semana. Em minha mente, colo imagens de partes distantes do Brasil como se cada pedaço estivesse próximo do outro. País enorme, diverso e rico. "E nem precisava tanto."

Na quinta, completamos 30 anos sem Drummond, e a CBN estava comemorando a vida e a obra dele com versos declamados por artistas. Eu estava no aeroporto para embarcar para Floripa, mas decidi, antes de falar da nossa mazela de sempre — a crise fiscal —, me dar uma alegria e repetir versos do poeta que habita minha cabeceira desde a adolescência.

Nesta cidade do Rio,
de dois milhões de habitantes,
estou sozinho no quarto,
estou sozinho na América.

Eu, num cantinho do aeroporto, cercada de passantes apressados e ruidosos, buscava um pouco de solidão e silêncio para roubar um minuto do comentário sobre a crise e falar versos.

De dois milhões de habitantes!
E nem precisava tanto...
Precisava de amigo

Havia olhado, dias antes, o mar de rio, o mar de floresta na Amazônia, e pensado: "E nem precisava tanto, para sermos ricos, ricos." Estamos perdendo tesouros, descuidados, mergulhados nesta crise intratável. Nem acabei a poesia, nem cheguei ao ponto-final de Drummond e tive de explicar no rádio o rombo amazônico aberto nas contas públicas que pode nos engolir.

Viver entre mundos paralelos e tentar unir as partes do Brasil tem sido o cotidiano estranho em que vivo, entre reportagens que preparo e os comentários e as colunas que faço diariamente sobre conjuntura. Por isso, abrir espaço nos números áridos e falar uma poesia foi natural e necessário. O que é real, o que é inventado? Tenho me perguntado sem encontrar respostas.

— Se a incelência me der o prazer de voltar, vai encontrar tudo isso meiorado — disse o homem de um dos extremos do país, que constrói sua vida, sua riqueza, educando os netos com a força dos ventos e do trabalho incansável. — Trabaio desde menino, vou trabaiá sempre.

É possível ver o futuro desse tanto trabalho.

Não sei ainda a conclusão de nada do que tenho para contar e tenho medo de ser incapaz de narrar o que vejo de novo, de estimulante e surpreendente. Está tudo sendo construído na minha cabeça e nas imagens captadas pelos meus colegas. São partes de um mosaico, peças de um quebra-cabeça incompleto, verdades partidas. Sei apenas que esses mergulhos semanais nas distâncias do Brasil, esse ir e voltar de realidades distintas, me fazem olhar cada vez com mais espanto as decisões e as declarações dos governantes. Sei hoje, mais do que sabia antes, sobre a estranha insensatez de tudo o que temos atravessado. Mas a história não chegou ao fim, não sei juntar as realidades que correm paralelas neste mesmo país.

Na minha mente desfilam, apartadas, notícias e verdades do Brasil. E eu, inquieta e encantada, apenas vislumbro o que terei que entender para narrar.

/19 *ago* 2017

86 / O louco amor de Maria Pereira

Maria Pereira enlouqueceu de amor. Tudo o que vi dela foi um retrato que Eva me mostrou. Não dava para concluir pela foto antiga se ela era branca, como os Pereira que dominaram aquelas terras, ou negra, como Eva e a maioria dos moradores da região, três horas a sudeste de Porto Alegre, às margens da Lagoa dos Patos. A equipe da televisão e eu estávamos lá para ver como funciona uma política social gaúcha que atravessa vários governos, quando Eva pegou fotos para falar da história do lugar e deu com aquela de Maria Pereira.

— O noivo acabou o noivado perto do casamento e ela então ficou assim, se vestiu de farrapos e ficou vivendo no mato junto com os bichos.

Maria Pereira aparecia mesmo na foto em andrajos, mas era magra e elegante à sua maneira, com um chapéu completando a vestimenta. Estava ao lado de uma casa de taipa, sem porta.

— Meu marido é que fez esta casa para ela. Mas, bah, foi uma dificuldade, ela não queria entrar. A gente não quis que ela morasse entre as cobras.

Que amor devastador foi esse que consumiu o coração de Maria Pereira e a fez largar tudo, o conforto, o lar, as convenções, a civilização? Preferiu a vida entre bichos e trapos como um protesto extremo pelo noivado desfeito. O que teria levado ao desfazimento dos laços entre os noivos?

Aquela foto era o que restara de Maria Pereira e seu romance infeliz. Ela estava em pé, bonita e trágica, na entrada de uma casa sem porta, em imagem escura como certas fotos antigas. Quem tirou aquela fotografia num tempo anterior ao dos celulares? Ela posava, não era um instantâneo que a pegara em um movimento descuidado. Ela olhava para a câmera, que parecia estar a distância, com postura firme e ereta.

Tenho andado pelo Brasil atrás de histórias que nos animem em um eventual recomeço depois desta louca crise que nos consome. O povo, contador de causos, de vez em quando fala de algo lateral e fora do contexto. A história de Maria Pereira não faz parte da reportagem, porque não há nexo lógico entre ela e o que fomos buscar, contudo saí daquela comunidade de São Lourenço do Sul pensando no amor que a devastara eternamente e a fizera andar entre seus vizinhos em trapos e em recusa por toda a vida. Imagino que ela intrigava os adultos e assustava as crianças como os loucos dos pequenos lugares dos tempos antigos. Não parece doida naquela foto, apesar da indumentária. Na porta da sua casa, parada, olhando para o fotógrafo, o que terá pensado Maria Pereira? Em deixar esse recado para o futuro? Ou em enviar uma última e desesperada mensagem de amor ao noivo que a abandonara perto do altar? Carregava esperança de retorno do amado ou tinha certeza do irremediável?

Neste tempo dos amores tênues, curtos e em série, passa-se de um para outro quase sem parada, como se a vida fosse ela também virtual. Nas fotos do Face e do Instagram as pessoas estão apenas entre sorrisos e vitórias. A derrota que quebrou o coração de Maria Pereira não seria relatada nestes tempos digitais. Ela, se hoje vivesse, não postaria junto à foto no seu perfil a frase: "Eu enlouqueci de amor."

Esqueci por minutos a reportagem e fiquei perguntando por Maria Pereira, enquanto os cinegrafistas captavam imagens pelo povoado.

— Ela nunca mais tomou banho — contou Eva, para meu novo espanto.
— Nunca?
— Quando tomou banho ela morreu.
— Onde foi isso?

— Foi no hospital, mas, bah, ela gritava tanto. Deram banho assim mesmo e ela morreu.
— Por quê?
— Não sei.

Saí de lá com esse mistério que aqui compartilho. Tão grande o amor que ela ainda não foi entendida. De Maria Pereira ficou a imagem de uma mulher em farrapos na porta de uma casa de taipa cercada de sombras e dúvidas.

/2 *set* 2017

87 / O medo veio morar ao lado

Os cachorros latem nas casas vizinhas, e esse é o único som que vem das ruas. Os tiros pararam e uma estranha paz se espalha pelos bairros próximos à zona dos conflitos. Pouca gente circula neste horário inaugural do dia, quando as sombras começam a ir embora. Por fim, os cachorros, também eles, param seu barulho. Então os pássaros que moram nas ruas arborizadas entoam cantos como se soubessem que precisamos de música para nos consolar. O som acalma e ilude. Pode-se, assim, olhar com alívio algum ponto da beleza da cidade pela janela. Da minha se vê o Dois Irmãos. Granítico, firme e se oferecendo como defesa.

Ninguém se engana sobre a natureza da paz que se impõe nesta manhã de sábado. É paz armada. Tropas e blindados passaram em frente às casas, aos prédios, aos moradores, e foram cercar o inimigo. Helicópteros sobrevoaram nossos telhados. Tudo apenas confirma o que temos tentado ignorar, a escalada da guerra na cidade que gosta da alcunha de "Maravilhosa", e se exibe ao sol, hedonista, e de uma gente que se reúne aos milhares para ouvir e cantar o rock. Entre aflição e alheamento, entre negação e espanto, entre encantamento e medo, vive-se no Rio de Janeiro.

O medo chegou ontem ao amanhecer, quando os grupos que disputam o domínio do morro escalaram a luta. Até que as tropas começaram seu movimento. As pessoas trancaram suas casas, as ruas ficaram vazias mais cedo, e o meu bairro, a Gávea, ficou sem luz. Estava no Centro e as notícias chegavam estranhas e longínquas, como se ocorressem em outro país. Assim se vive no Rio de Janeiro. Se a pessoa está um pouco distante do ponto do conflito, ainda que por pouco tempo, fica no refúgio como se nada estivesse acontecendo. Há o momento em que temos de voltar para casa e encarar a realidade.

A cidade desmorona à nossa volta. Fisicamente está de pé, mas uma cidade é seu espírito. O do Rio é brincalhão e leve, gosta do prazer e de andar ao sol, circula pelas ruas indiferente às proibições, subverte o estabelecido, lança modas. Tudo isso anda morrendo um pouco a cada dia.

O medo veio morar ao lado. Ele nos cerca e é estrangeiro a nós. Sabemos que está por aí e nos rendemos. A rendição nega a natureza rebelde da cidade que nasceu para ser bela, jovem e livre. O medo é o indesejável da vida, porém é nosso conhecido. Já esteve por aqui. Tempo haverá em que falaremos dele pelas costas. Como se ele fosse a visita incômoda da qual conseguimos nos despedir. Hoje, neste sábado que amanhece prometendo sol, ele está presente. Tenta ser contido pelos portões trancados, por janelas fechadas, por portas de duplo ferrolho, contudo se esgueira pelas frestas e vem roubar a natureza displicente do sábado.

Na noite de sexta as TVs ofereceram a cena de moradores passando em meio às tropas com naturalidade. Eles se recolhiam depois do fim da semana de trabalho e, se as tropas estavam ali, melhor. Com mais segurança chegariam ao refúgio de cada um. Não havia espanto no rosto dos passantes entre soldados e armas. O extraordinário da guerra virara rotina.

O grego Konstantinos Kaváfis ensina que a fuga é impossível. "Irei para outras terras, para outros mares, encontrarei uma cidade melhor que esta", descreve o poeta o sentimento geral. Ele nos conta que o destino é ficar e que qualquer esforço que se faça terminará em fracasso. "A cidade te seguirá", avisa, porque "nas mesmas ruas sem fim errarás, nos mesmos bairros te perderás." E mais: "Onde quer que vás reencontrarás esta cidade." Esta é, diz Kaváfis, a nossa "mínima pátria".

/23 *set* 2017

88 / A reportagem e a crônica

Tenho acordado aos sábados com o Brasil na cabeça e muito o que fazer. Sábado passado estava no Pelourinho, na Bahia, antes disso em São Miguel das Missões, no Rio Grande do Sul. Mas já amanheci à beira de um rio amazônico, ou no extremo norte do Rio Grande do Norte. Na caatinga ou no cerrado. Atravessando o país de ponta a ponta, o trabalho transborda e invade as manhãs de sábado. Quando isso acontece, a crônica se esconde. Ela não gosta de tanta agitação.

Registro isso para explicar as falhas neste espaço e revelar o que acabei de entender. A crônica nasce do nada, de um sentimento, de um detalhe significativo e forte que ficou na cabeça rondando, insistente. Ela nasce da própria vontade, puxando o escritor, que muitas vezes não sabe para onde está indo. Uma ideia pousa e se impõe. Uma frase surge e atrás dela vêm as outras, como se houvesse uma combinação prévia sobre a ordem natural do texto. O ambiente nervoso e determinado do jornalismo não é terra em que brote a conversa suave e profunda da qual a crônica se nutre.

Esse meu trânsito intenso por pontos diferentes do país tem tido um propósito. Estou fazendo uma série de reportagens para traduzir em audiovisual o livro *História do futuro*, que lancei em 2015. Trouxe na bagagem muita coisa para contar. E agora resta a insana tarefa de roteirizar e escolher como apresentar cada história.

Entendi em alguma manhã desses sábados em que levanto com uma pauta a cumprir que o ambiente da crônica tem suas exigências. O jornalismo requer atenção total. A atitude de quem faz uma matéria é de controle de cada parte da história que quer narrar.

O repórter tem uma meta, toma decisões rápidas, tem foco, objetividade. A crônica quer apenas encontrar um atalho que leve ao escondido das coisas, exige que o escritor se renda ao subjetivo, desista do controle da cena inteira para ouvir o canto de um pássaro, notar o olhar perdido de alguém que passa, entender um sentimento indefinível.

Se eu fosse escrever uma crônica nesta manhã que, mais uma vez, o jornalismo invadiu, contaria sobre o tom rosado do rosto de Lulli, que tem um dia de vida. Nasceu na sexta-feira, 13, revogando o medo que pesa em torno dessa data do calendário, enfrentando as superstições e os costumes. Nasceu em casa, porque o ambiente frio de hospital não lhe convinha. Quis ficar entre os seus desde o primeiro instante. Grudou-se à mãe e descansou entre o pai e a irmã, num pijaminha de flanela aconchegante. Lulli é radical e livre. Não aceitou qualquer interferência externa. Quis apenas o pai, a mãe e a pequena Mel por perto para inaugurar seu tempo.

Os profissionais preparados para estarem presentes nos novos partos feitos em casa, cheios de teorias e técnicas, não chegaram a tempo. Lulli escolheu seu tempo e seus direitos. Depois do susto que deu nos mais velhos, dormiu calma e linda com a vida pela frente. Sábado será o primeiro dia inteiro que a menina terá. Dia em que se começa o descanso da semana. Merecido descanso o de Lulli, no seu aconchego, depois de todo o trabalho para nascer da forma escolhida. Se eu tivesse palavras, escreveria uma crônica neste sábado sobre o sono e a calma vitoriosa de Lulli, o rosto rosado e lindo, o encanto da vida que começa e a liberdade das escolhas humanas.

/14 *out* 2017

89 / O presente do tempo

Saudade do que ainda vivo. Eu me dei conta esta semana de que esse sentimento está comigo na vida pessoal e no trabalho. Os dias passam tão rapidamente como aquele pássaro cujas cores não consegui entender. Vi o vermelho, o azul e talvez umas penas verdes. Não sei bem. Entendi que era belo, mas passou voando apressado em direção a algum ponto que minha vista não alcança mais.

Vi a foto dos meus netos no Face. Eles estavam de costas, olhando o mar. Talvez refletissem sobre a grandeza das águas. Talvez descansassem. Estão crescidos, constato. E neste momento presente em que a mais velha começa a atravessar a fronteira para a adolescência, tenho saudade de agora. Deste exato instante em que ora parece menina, ora surpreende por uma fala adulta. "Vovó, acho que sou muito infantil", disse outro dia, vendo-se a si mesma criticamente nessa travessia de um tempo ao outro. "Vamos dividir isto aqui entre nós. Somos bons nisso", propõe meu neto sobre a última bala de uma caixa de doces. Foi neste tempo presente que seu rosto bonito, colorido por um sorriso, fez a proposta da divisão. Já tenho saudades.

As fotos e os vídeos das menores me chegam pelas mensagens da família na viagem de férias que fazem. É agora e já sinto falta da alegria das meninas vivendo um momento com o qual sonharam tanto. Nesta manhã de sábado, escrevo numa das duas mesas grandes que instalamos na varanda com vista para o verde e a pedra. Meu marido, ao lado, escreve também e sinto a alegria de ter o que sempre quis.

Peguei esta semana meu celular e fui olhando as fotos da série de reportagens que ainda estamos fazendo para escolher algumas para a divulgação. O trabalho insano não acabou, mas começou, dias atrás, a ser apresentado ao público. Nessa terra do meio, entre o fim da produção e a edição em andamento, tenho saudades e contei isso no grupo de WhatsApp: "Consigo ter saudades da série que ainda estamos fazendo. Saudade do tempo presente", digitei. Eles sentem o mesmo, disseram.

Penso nas pessoas que conheci nas viagens recentes por todo o Brasil enquanto fazia as reportagens. Cada um dos entrevistados marcantes me disse algo que a câmera não viu. Às vezes na despedida, ou em um sussurro no ouvido em meio a um abraço, ou na hora em que relaxávamos com o fim da reportagem. Guardava essas palavras em algum canto da memória porque eram a mensagem de carinho para além do jornalismo. O tempo presente é um fio tênue que passa diante de nossos olhos, avisando que é breve como o voo daquele pássaro apressado que entrevi nas folhagens da árvore em frente à janela aqui de casa.

Vejo as árvores que me cercam e esta é a paisagem presente, porém dela já sinto falta, como um dia senti saudade andando entre as flores do jardim da casa antiga. Sabia que aquele tempo, meu antigo presente, acabaria um dia. Recentemente meu filho passou em frente à casa velha, em reforma, e pediu para entrar. Tirou fotos do que é agora o nosso passado. A reforma vai ficar bonita, contudo o jardim, aquele no qual andei, morreu em grande parte. Lembrei-me do dia em que, ao amanhecer, passeei por ele sabendo que era efêmero e lindo e por isso o olhei com calma, como se guardasse para o filme que neste instante revejo na memória: as flores vermelhas das alpinas em contraste com as folhas muito verdes, a um canto o bambu fino, no meio uma laranjeira que não dava laranjas, mas carregava uma coleção de bromélias e tinha ninhos de pássaros em seu tronco e seus galhos. Eu amei o jardim naquele presente e tive saudades com ele diante dos olhos. Hoje é passado, só a minha memória o guarda.

Sei da alegria de viver o que vivo, por isso queria parar o tempo um pouco e andar pelo presente, como naquela manhã em que, depois da chuva, o sol brilhava no jardim molhado. Se as horas parassem agora, guardaria cada detalhe do que me cerca e repetiria Drummond: "O tempo é a minha matéria, o tempo presente, a vida presente."

/21 *out* 2017

90/Histórias incontáveis

— Hoje é feriado em Olinda, por isso o trânsito está tranquilo — disse a motorista do carro que me levava na última sexta-feira, 10.

Eu não estava exatamente atrasada, mas tenho um medo atávico de chegar depois do horário marcado para qualquer encontro. Culpa do meu pai, pernambucano e calvinista, que tinha uma visão exata de horário e achava que um minuto a mais seria deselegância. A motorista, Sofia, muito simpática, percebeu a inquietação e me disse que chegaríamos antes, graças às ruas vazias da cidade.

— Feriado de quê?
— O primeiro grito da República.
— Foi dado aqui?
— Sim, em 1710. E temos muito orgulho disso porque foi antes da Inconfidência Mineira.
— Bem antes. E quem deu o grito? — perguntei, confessando a minha ignorância.
— Bernardo Vieira de Mello.

Naquela tarde, no Mercado da Ribeira, houve uma manifestação em que autoridades urbanas e cidadãos olindenses cantaram o hino de Olinda, acompanhando a Orquestra Beberibe, em homenagem ao conterrâneo que precocemente pediu pela República. É dessa época a Guerra dos Mascates.

A diversidade do Brasil é maior e mais cheia de detalhes do que nos damos conta. Já me deparei outras vezes com feriados locais lembrando eventos em geral desconhecidos do restante do país.

Aquele grito de Olinda foi um entre os vários episódios no estado, como a Revolta Pernambucana de 1817.

Este ano fui três vezes a Pernambuco por compromissos profissionais diferentes. Quando disse isso a uma empresária, para mostrar que era alta a minha frequência por lá, ela respondeu:

— Só três vezes? Aqui é longe, né? Difícil vir.

Pernambucanos têm esse orgulho da terra e a certeza de que devem ser mais visitados e entendidos. No Ginásio Pernambucano, onde passei um dia gravando conversas com alunos e professores dentro e fora das salas de aula, o que vi é que a história local, sua revolta emancipacionista em 1817, é parte do pertencimento. A própria existência do colégio se mistura a esse sonho, porque ele foi fundado por decisão provincial, logo após as revoltas, e é o primeiro curso de ensino médio público do Brasil.

Cada estado carrega sua história e, também, a sensação de que seus marcos e eventos não são entendidos em todos os pontos do país. Um jovem paraense, entrevistado por mim, num encontro sobre educação ficara sabendo naquele dia que no resto do Brasil não há a disciplina Estudos Amazônicos, ensinada no Pará.

E assim caminhamos, com nosso desconhecimento sobre nós. Nos dias que passei em São Miguel das Missões, no Rio Grande do Sul, ouvia os relatos sobre a aliança entre os exércitos de Espanha e Portugal contra os Sete Povos e a resistência dos guaranis nas guerras guaraníticas, comandada pelo líder indígena Sepé Tiaraju, como se fossem fatos recentes e não ocorridos na década de 1750.

É comum ouvir que o Brasil não tem história, nem viveu conflitos e por isso carrega esses defeitos da conciliação excessiva, da aceitação do inaceitável. Fiquei com a impressão este ano de que o país, na verdade, é uma coleção de gritos, revoltas e revoluções locais. E que cada pedaço de nós conhece uma parte desse mosaico de rebeliões com as quais construímos nosso caminho. Rubens Valente, jornalista e escritor, dispôs-se a estudar as agressões da ditadura militar contra povos indígenas. Reuniu uma soma impressionante de fatos em livro, e desde que o publicou já foi procurado por líderes de duas etnias reclamando que seus casos não foram narrados.

Olhando o Capibaribe e suas águas, que ficaram na memória do meu pai para sempre, pensei nas histórias fracionadas da história do Brasil. Um patrimônio mais rico do que percebemos.

/11 *nov* 2017

91 / Por quem a lua brilha?

Que lua tem a noite de hoje? Não olhei para o céu quando vim, tensa e apressada, do trabalho. Ninguém mais olha o céu porque o brilho das telas nos ofusca e captura. Chegaram mensagens, ouvi os sons, por isso fui verificar o que houve, mas e a lua que brilhava no céu, que fase tinha?

O tempo está assim, invertido. Já não se sabem verdades, e os carinhos foram deixados para ocasiões mais propícias. Estamos sem tempo. Talvez eu tenha esquecido o mais importante na longa conversa em sânscrito que tive com um entrevistado ilustre. Eu me desentendi nos números e me confundi nas explicações técnicas. Por isso vim embora, preocupada, tentando me lembrar de dados que posso ter deixado escapar na hora de escrever. E nisso perdi o brilho da lua.

Numa noite da minha juventude caminhava entre meu pai e minha mãe e olhei para o céu. "Lua nova", disse minha mãe, emocionada, porque ao fim daquela caminhada haveria um hospital e nele nasceria o seu neto. Olhamos os três para o céu. Alguém poderia dizer que naquele momento, de expectativa de um nascimento, não havia tempo de investigar a lua. Mas daquela caminhada me lembro, tanto tempo depois, da lua nova e do carinho dos meus pais.

Confesso que hoje não olhei para o céu e esqueci a lua. Não sei se está encoberta pela frente fria que se anunciou no jornal, se iluminava meus passos distraídos, se era crescente, minguante, nova ou cheia. Não sei se fugiu para Marte e nos deixou com a nossa indiferença, iluminados apenas pelas telas dos celulares. Nada sei da lua. Mal sei de mim nesta noite vazia.

Conheci um casal de 80 anos, dia desses. Os dois viajavam a meu lado, lindos, e de mãos dadas. Comentaram que andam escandalizados com os tempos atuais. Acham que o mundo está perdido. Quis saber o motivo do desencanto. "Estamos muito preocupados com esta onda conservadora. No nosso tempo não era assim", disse a mulher, enquanto o marido contava das rebeldias dos 20 anos. Um dia depois conheci um jovem, de 20 anos, que se definiu como "de direita, conservadora", como se uma palavra não estivesse naturalmente ligada à outra e fosse necessário enfatizar a escolha dupla pelo regresso. Sinto que preciso perguntar para a lua, que fica lá de cima, prateada e silenciosa, vendo tudo, que tempo é este no qual estamos nos perdendo.

A lua talvez me orientasse, mas não tive tempo, nem lembrança, de conferir sua luz no dia de hoje, nem nos dias anteriores. Não fui a única. Outros não a viram. Os que passaram por mim, também alheios a tudo e imersos em seus aparelhos e dúvidas, não miraram o céu. Mesmo o poeta sozinho nesta cidade do Rio, que tinha à época 2 milhões de habitantes, mesmo ele, tão sensível e lírico, não viu a lua numa certa noite de solidão. Seus olhos ficaram apenas na bruxa que rodava, hipnotizada, em torno da lâmpada do quarto.

As luzes excessivas das cidades apagaram o céu. Sei disso porque outro dia, na escuridão rural, olhei para cima e vi a lua e milhões de estrelas espalhadas. Naquela noite, e nas que passo em frente à mata, a lua é mais iluminada e as estrelas muito mais numerosas. No final do dia, o verde das árvores escurece e as luzes se acendem exuberantes sobre nós. É isso, as cidades andam fazendo mais uma. Apagam as estrelas, escondem a lua, negam o céu. E nos deixam aqui confusos como se letreiros de lojas, prédios acesos, postes das ruas e telas de eletrônicos fossem suficientes para substituir as luzes que conduziram a humanidade, em sua longa caminhada, até fazer da Terra um planeta urbano.

Culpo as cidades, os letreiros, os eletrônicos e até os postes das ruas para assim me perdoar. Ignorei o trabalho da lua. Ela sempre estará lá, digo a mim mesma como argumento final. Mas o brilho de cada dia é único. E o de hoje perdi, distraída por alguma coisa da qual já não me lembro e que, naquele momento em que atravessava o caminho até a minha casa, ocupava meus sentimentos e sentidos. A lua brilhou por mim e eu estava ocupada demais para notar tanta gentileza.

/18 *nov* 2017

92/Uma praça na lembrança

A memória carrega esboços e imagens enevoadas. Para que servem as lembranças que nos aparecem entre sombras e brumas? Estáticas e solitárias. Não se pode saber em que dia, nem o que houve antes e depois. Apenas um momento fica, como uma fotografia imprecisa. Foi aquele o ponto mais importante do dia? A memória conserva registros, como nos velhos quadros de cortiça no qual dependurávamos anotações que perdiam a cor.

No futuro estaremos cercados de fotos. Elas são feitas apressadamente, nos celulares, como se todos os instantes tivessem de ser inesquecíveis. Teremos ainda menos lembrança de tudo. Talvez as fotos se percam com as mudanças tecnológicas ou as constantes e compulsórias trocas de aparelho. Talvez as fotos que fazemos em profusão nos dias de hoje naveguem eternamente nas nuvens onde estão sendo depositadas. A memória, sempre socorrida pelas fotos abundantes, registrará tudo ou descartará a maioria dos instantes vividos, escolhendo, por sua única vontade, o que realmente guardar?

Lembro-me de uma praça em Maputo. Foi há muito tempo e nunca mais voltei ao país. Mas, no entrecortado das recordações, vejo sempre a mesma praça. Não sei como cheguei lá, nem onde ela fica na cidade. Não tenho qualquer registro de sua localização. Porém, se alguém fala em Maputo lembro-me daquela praça. Pequena, colorida, com sombras frescas e um banco no qual me sentei. Tinha decorações de azulejos, visíveis rastros dos portugueses que, poucos anos antes, haviam perdido o controle do país. Era a infância de Moçambique aquele momento da minha visita.

A sensação que guardo é de que cheguei sozinha à praça e fiquei lá sentada naquele banco me sentindo em casa. Era uma viagem de trabalho, mas tudo havia sido bom em Moçambique. A tensão seria concreta em Luanda, em guerra civil. Já de Maputo o que recordo é o tempo parado e calmo em uma praça com azulejos, um banco, sombras e vento.

Recebi outro dia uma carta. No envelope havia textos meus sobre sentimentos que tive em determinados momentos, pessoais e sobre o país. Havia bilhetes trocados em redações naquelas velhas laudas com o logotipo da empresa, que desapareceram quando chegaram os computadores. Havia o pedaço de um poema que estava perdido e do qual tentava me lembrar. A amiga que me enviou, e que não vejo há muito tempo, anexou um cartão com o seu novo celular. Vagas lembranças reavivadas. Escreviam-se cartas e bilhetes. Nas inúmeras mudanças, um dia perdi a caixa com muitos dos meus guardados. Essa amiga, no entanto, manteve textos meus por décadas. Eu sou empurrada por todos a limpar minha caixa de e-mails com milhares de mensagens. Preciso apagar antes que uma nova atualização do sistema operacional pare as minhas máquinas pelo excesso de conteúdo. Outro dia passei por isso. Estive diante do dilema de comprar mais espaço na nuvem ou apagar tudo sem critério.

A memória não acumula, escolhe. Ela é caprichosa. Retém o que quer, sem aviso e registro. Sem explicação. Outro dia navegava pelo Face e lá estava uma foto minha em Maputo. Não era na praça. Atrás de mim e de uma amiga, havia o mar. Não me lembrava de ter tirado aquela foto. Certamente não tirei nenhuma foto da praça. Queria ter tirado. Assim, eu a guardaria com contornos mais precisos. Se voltasse hoje, 37 anos depois, não a encontraria, não poderia nem começar a perguntar por ela. As transformações urbanas, a dureza da guerra, os tantos anos que se passaram tornariam a busca impossível. O sentimento, tenho. Naquela praça de Maputo descansei e fui feliz por alguns minutos. Isso a fez permanente.

/25 *nov* 2017

93 / A névoa da vida

Voltar. Que estranho é voltar. Ao lugar de onde se veio, ao sentimento que poderia ter sido e nunca foi, ao momento que passou há muito e que parece recente. O tempo é fino como névoa, uma abstração. A volta encontra intactos o lugar, o sentimento, a lembrança. E subitamente é tarde.

Há lembranças perdidas que são recuperadas e parecem vivas demais para serem apenas o que são. É inquietante lembrar o que foi esquecido por vontade ou circunstâncias. São tantas as circunstâncias da vida. E algumas ficam entre nós se recusando a ir embora. Outras se perdem e depois nos assombram, como fantasmas rondando a vida perdida. Inúteis lembranças.

Os amores que quase foram vividos reaparecem como as possibilidades que já não existem. Por não terem cumprido seu destino, o reencontro desata uma sucessão de dúvidas sobre o que teria sido se tivesse sido, que desdobramentos haveria se naquele dia fosse outro o caminho tomado, ou aquele olhar tivesse sido seguido das palavras certas.

Que estranho é voltar aos lugares, aos sentimentos. Ronda-se o passado como no bazar dos sonhos extraviados de Chico, na biblioteca dos livros perdidos de Zafón, na busca do tempo perdido de Proust. Foram reais em algum momento ou são apenas sonhos perdidos, vida não vivida, livros não lidos, amores mortos. Volta-se, nesses casos, para o nada.

É inquietante não reconhecer mais o lugar de onde se veio, porque as mudanças interferiram na imagem que se guardou na memória. Há traços, há trechos, há trilhas, porém o todo mudou.

Olha-se em volta, tentando com a mente apagar os elementos que invadiram a lembrança que se quer reavivar. Andar por velhas ruas atravessadas há muito tempo é ter a sensação de que será possível cruzar com as mesmas pessoas e andar sobre os mesmos passos. O olho busca, o coração espera, e nada encontra.

O que é o tempo que passou quando ele finge não ter passado e traz um velho acontecimento de volta com a força do presente? Foi agora e há muitos anos. Desfazer os passos e o tempo não é possível, mas o sentimento recuperado fica lá intacto, incomodando, vivo fora de seu tempo, vivo e impossível.

Ficarei aqui neste castelo mal-assombrado à procura do dia em que perdi o caminho que me levaria ao sonho que tive, refarei os passos, lembrarei o sentimento com carinho, redesenharei um rosto no vazio, visitarei o passado que não foi. Não andarei mais à procura da vida, e sim do entendimento. Não vivi esse ponto da vida, por isso preciso voltar e organizar os retalhos do passado e construir um enredo que possa compreender. Só então ficarei em paz com velhas lembranças de um amor perdido antes de existir. Um amor extraviado e esquecido. Um quase amor. Andarei pelas cidades que não conheço e lembrarei as conversas que não tive, andarei pelos caminhos do extravio atrás do ponto de acertar o passo e entender a vida.

/9 *dez* 2017

94/Saudade da dissonância

Não há retas em Belo Horizonte, apenas ruas e avenidas sinuosas. Em suas curvas, o risco pode vir de todos os lados e por isso a atenção tem de ser total ao atravessar. Não basta ver um sinal fechado, todos precisam estar verdes. Como não são simultâneos, caminha-se por etapas, um trecho a cada sinal. Nessa cidade de riscos múltiplos, ando atenta, mas a cada momento um verso de Chico, do novo CD, se insinua na minha lembrança.

Silentemente. A palavra inesperada não surpreende, apenas confirma o talento do poeta que começou a vida na Banda citando um "faroleiro". Que reabilitou, quando jovem, a palavra "ancho". "Silentemente" é colocada no meio de uma música romântica.

"Quando te der saudade de mim." Sempre terei. Saudade de esperar o disco novo do Chico e rever em cada palavra, em cada esquina, na sinuosidade do instante, a mensagem abafada dos tempos sem palavras.

> Se o teu vigia se alvoroçar
> E, estrada afora, te conduzir
> Basta soprar meu nome
> Com teu perfume
> Pra me atrair.

Saudade de um tempo de admirar a escultura das palavras de Chico nas canções de amor e nas construções da resposta às dores públicas.

> Se um desalmado te faz chorar
> Deixa cair um lenço
> Que eu te alcanço
> Em qualquer lugar.

Soprar um nome com perfume, deixar cair um lenço, o suficiente para atrair o amante. Isso é Chico. O de sempre, o que nos encantou em "Carolina" ou em "As vitrines".

> Passas sem ver teu vigia
> Catando a poesia
> Que entornas no chão.

Cato a poesia do chão e sigo andando pelas ruas curvilíneas da cidade que transbordou o contorno e na qual tudo fica depois de alguns cruzamentos de estados com tribos indígenas e certos inconfidentes.

Tenho saudade. De um tempo sem divisões radicais e ódios, em que "nós" e "eles" era realmente "nós" juntos e "eles" distantes, com seus arbítrios e desmandos. Saudades de um tempo em que não se xingava uma pessoa na rua apenas por discordâncias, em que o objetivo era o mundo de todos os tons, de todas as cores, de todos os pensamentos e possibilidades. A divergência era o pressuposto na democracia pela qual se cantava.

Zuenir, esta semana, escreveu um artigo sobre Luiz Carlos Maciel. Era o primeiro dia de pequenas férias de uma semana que eu havia tirado para estar com uma irmã em uma travessia difícil e cheia de cruzamentos perigosos. Comecei a ler o jornal pela parte que queria e por isso fui ler Zuenir. "A falta que o humor faz", escreveu ele. E começou: "Vivo dizendo que não sou nostálgico." Quem conhece mestre Zu sabe que ele é do tempo presente. No texto ele fala do deboche como arma contra "a hipocrisia e o cinismo do poder dominante". Brincava-se em paródias como as do *Pasquim*. Tive saudades do humor.

O riso sempre foi arma contra tempos sombrios. Em *O nome da rosa*, Umberto Eco mostra o riso como o ato mais temido pela ordem autoritária e medieval em um mosteiro beneditino. Já não se ri neste azedo tempo de hoje. O escracho é a nova ordem sem graça e sem limites, na vida real e na virtual. Não como arma de defesa contra um poder tirânico, mas como tirania contra a diversidade. De um lado e de outro a intolerância tem sido o tom único. Só se pode pensar o que o grupo pensa. O divergente é o inimigo merecedor de todas as pedras. A Geni é o outro. Não se pode divergir de alguém e gostar de sua arte. O ódio não tem meios-tons.

Súbito me encantou
A moça em contraluz.

Começa assim "A moça do sonho", uma das duas canções do novo CD do Chico que não são novas. Foi composta em 2001 em parceria com Edu Lobo. É cheia de imagens fortes. "E o rosto se desfez em pó." E de beleza literária:

Há de haver algum lugar
Um confuso casarão
Onde os sonhos serão reais
E a vida não.

É de extrema delicadeza a imagem da moça do sonho. Se tocada se desfaz e seu vestido se parte. Meio mulher de areia, meio boneca de porcelana.

Um lugar deve existir
Uma espécie de bazar
Onde os sonhos extraviados
Vão parar.

Penso em escadas que fogem dos pés e relógios que rodam para trás e me rendo de novo ao poeta.
Ando em Belo Horizonte me desviando dos carros nas avenidas sem retas, cheias de entroncamentos e transversais, atenta aos ris-

cos. O perigo pode vir de qualquer ponto. Ando e canto comigo os versos do compositor. Meu irmão que toca violão abriu a partitura de uma música do Chico e explicou com quantas dissonâncias, meios-tons e múltiplos acordes se faz a sonoridade presente em sua obra. A música de Chico, sua arte, não cabe em contextos binários como o nosso. Penso nisso e canto baixinho:

E quando o nosso tempo passar
Quando eu não estiver mais aqui...

/16 *dez* 2017

95/Nikita, a rainha branca do meu quintal

Alva, alva como neve no calor do Rio. E saltitante. Assim que chegou, presente de uma amiga, com aquela brancura e aquele temperamento, foi colocada em seu primeiro cercadinho. A ordem da veterinária era que a filhote de akita não deveria circular pelo quintal, porque ainda não tomara as primeiras vacinas. Começaria a vida presa, mas seria temporário, porque estava destinada a reinar soberana e linda por toda a propriedade. Não se conformou com a prisão, mesmo que breve. Pulou o cercado e desapareceu no quintal.

Foi uma trabalheira encontrá-la em um canto, fuçando o chão e já tingida de cor de terra. O jeito foi fazer um cercado mais alto. Ela novamente fugiu. Outro mais alto. Nova fuga. Foram dois meses tentando o que depois descobriríamos ser impossível. Por toda a sua vida ela foi livre.

Com espírito assim tão indomável, encontramos um nome que pareceu perfeito: Nikita. *La femme Nikita*. Tínhamos acabado de ver o filme original da jovem magra e irredenta, criada para o combate. Assim era.

Nikita me escolheu entre todos os humanos como a sua favorita. Nos momentos de tensão era a mim que procurava com olhos de quem pergunta. Foi assim quando os filhotes cresciam dentro dela. Ela costumava deitar com a barriga para cima e me mostrar que algo estranho e inesperado estava acontecendo em seu corpo. Após o nascimento, só uma pessoa podia entrar em seu cercado e pegar os filhotes. Nem a veterinária vencia sua braveza. Ninguém. Sendo única, a mim coube curar sete umbigos e fazer a limpeza diária.

Assim, ficamos ainda mais amigas. É preciso contar que, antes disso, ela provocou a cizânia eterna entre Akira e Shiru, os dois machos do quintal. A prenhez fora um descuido do caseiro, que os deixara juntos, os três. Brigaram por ela e se tornaram inimigos de morte. Nunca mais Akira, akita branco e caramelo, e Shiru, akita tigrado escuro, preto, rajado de marrom, puderam dividir o mesmo espaço. Construímos duas acomodações com grades e um ficava solto enquanto o outro permanecia preso. Depois, o revezamento. Qualquer descuido e a briga recomeçava. Nada os apaziguou, nem a velhice de Akira, o primeiro que nos deixou, há alguns anos.

Os akitas são silenciosos e objetivos. Se há algum perigo eles avisam, mas não participam dos loucos e vulgares diálogos caninos que às vezes ecoam na vizinhança. Prestam atenção aos sons e não integram o coro irritante que se instala às vezes entre as casas da Gávea. Costumam olhar para a lua e uivar. Nesses momentos de lua cheia, lembram, talvez, que um dia foram lobos em alguma ancestralidade perdida. São, então, ainda mais belos.

Nikita entendeu que por missão deveria me proteger. Assim, assumiu como sua a tarefa, mais que os outros. Eu saio cedo para o trabalho. E sempre estava lá a Nikita, em pose de guarda, me esperando descer o morro, sair pelo portão e lhe dar um breve aceno. Depois, ao voltar, ela vinha me ver e me acompanhar até a porta de casa. Se alguém aparecia para me visitar, ela andava ao meu lado, atenta. Um dia, eu a segurei no pulo porque ela achou que uma interlocutora, que elevara a voz, estava me ameaçando. Passei a prendê-la, por precaução, em novos encontros dos quais ela poderia não gostar.

Foi amada por todos aqui em casa. Era irresistível em seu carisma. Como os outros, cada um com sua personalidade. Akira Kurosawa, o sereno sábio. La Femme Nikita, ágil e alerta. Shiru, simplesmente Shiru, grande e mimado. Foram 15 os anos de sua vida. E eu a perdi dia desses. Ainda ando às vezes pelo quintal à procura da minha branca. Eu e o tigrado Shiru circulamos, em vão, tentando vê-la em algum ponto no qual se escondia, quando escolhia o isolamento ou queria tingir seu pelo com as cores da terra. Ao sair para o trabalho, ainda olho para trás, para o aceno que não dou mais. No meu desconsolo penso que talvez ela esteja escondida em algum lugar longe dos meus olhos.

No carinho final, eu lhe disse que ela havia sido boa para mim e competente em tudo. Diligente, leal e divertida. Pareceu entender a despedida e fez um último esforço para me acompanhar mais uma vez. Nem vi sua vida passar. Foi outro dia mesmo que chegou, parecendo uma bolinha branca e saltitante. Irredenta e linda. Livre.

/ *27 jan* 2018

96 / A queda

No primeiro passo, perdi o pé e vi que a queda era inevitável. Olhei os 17 degraus que me engoliriam segundos depois e pensei que teria que, de alguma forma, proteger o essencial. Lembro-me sempre desse instante, da consciência da queda. Ele é breve e longo. Você já sabe seu destino e não há mais recuo possível. Foi há muito tempo, talvez 15 anos, mas nunca esqueci aquele segundo em que pendi no ar, indefesa e solta.

Eu vestia um terno amarelo, calçava sapatos de salto fino e era cedo demais. Ainda estava escuro, porém não acendi a luz. Os sapatos poderiam ter sido calçados ao chegar embaixo. Havia dormido tarde e estava com muito sono. Estes foram os erros que entendi ter cometido. Tudo pensei naquele instante em que o corpo tombou desajeitado e fora do meu controle.

No primeiro passo na escada, pisei em algum ponto com grande parte do pé fora do degrau. Foi quando o sapato e o chão se desencontraram de forma irreversível e comecei a cair. Minha mão procurou o corrimão e não o alcançou. Havia colocado aquele corrimão de madeira, na largura exata para dar firmeza às mãos, logo que compramos a casa. Pensava em dar segurança aos velhos da família que às vezes iam nos visitar. Naquele dia, ficou inalcançável e inútil.

Quanto tempo leva o corpo para encontrar o chão nessas circunstâncias? Fiapos de um instante. A mais incontornável das leis é impiedosa. O tempo fica então elástico. Um segundo se amplia para caber o medo, vários pensamentos e a formulação de uma estratégia que possa reduzir o dano. Pensei na coluna. Não a que eu escrevo, mas a que sustenta meu corpo. Precisava evitar a queda de costas. Por isso me joguei de lado.

O culote é aquela parte do alto da coxa que no corpo feminino produz o efeito arredondado. Algumas mulheres acham que ele poderia ser menor. Estou nesse grupo. Mesmo quando era bem magra, o que fui durante toda a minha juventude, lá estavam eles arredondando o final dos quadris. Por um triz de segundo, lembrei que tinha culotes e que eles poderiam, enfim, mostrar seu valor.

Fui forçando o corpo que rolava para usar os culotes e poupar a coluna. A obsessão naquela dolorosa descida pela escada em posição horizontal era evitar bater as costas. Fiz movimentos radicais para sempre bater de lado.

Rolei por todos os degraus. Descobri que 17 é muito. Parei apenas ao encontrar a pedra de cantaria que forra o chão da sala de jantar. Na compra da casa, aqueles grandes blocos de pedra haviam me encantado porque davam um ar de construção antiga e sólida à residência. Fomos recebidos pela antiga dona com um ar alegre.

— Gostam de casa mineira?

Olhei meu marido, mineiro como eu, e nos entendemos pelo olhar que haviam terminado as buscas pela casa que compraríamos. Ainda não entendi até hoje a alegria da dona, que perderia o local construído por ela e o marido quando os cinco filhos eram pequenos, nos anos 1950. A casa ficara espaçosa demais para os dois sozinhos, ele padecendo de longa enfermidade. Venderiam o lugar onde haviam vivido para comprar um pequeno apartamento. Mas ela mostrava a casa com orgulho. E foi assim que nos exibiu as pedras de cantaria do chão, que mandara talhar especialmente para aquela ampla sala de jantar.

Gosto de andar por aqueles blocos de granito de pés descalços nos dias de calor, porque eles refrescam e me fazem sentir o gosto da infância nas casas em que morei em Minas. Encontrá-los daquela forma abrupta, contudo, não foi agradável.

Ali onde eu chorei qualquer um chorava. Mas foi inútil. Era cedo demais, ninguém na casa ouviu o barulhão que fiz ao rolar pela escada. E me vi deitada no chão gemendo sem socorro. Fui me segurando aqui e ali, consegui ficar de pé e dar a volta por cima. Lembrei que estava atrasada para o trabalho. Olhei a roupa. O terno amarelo estava intacto. O chão estava limpo e ele nem se sujara. Senti o corpo. Nada parecia ter se quebrado. Calcei os sapatos e fui para a TV. Logo depois estava ao vivo comentando a notícia do dia. "Você é dura na queda", disse Renato Machado no camarim ao saber do desastre. Não era, vi depois.

Aquele seria um dia cheio. Tinha um café da manhã de trabalho, uma reunião com diretores do jornal, almoço com um ministro, o trabalho de escrever a coluna e viagem até Petrópolis para fazer uma palestra. Foi no palco que senti o golpe. Ao me encostar em alguma coisa senti uma forte dor na altura do culote. Na volta, ao me sentar no carro, não encontrava uma posição confortável. Ao chegar em casa e tirar a roupa, vi que o corpo estava com manchas enormes. E os culotes eram duas berinjelas. No dia seguinte, ao tentar levantar, senti dor do pescoço aos pés. Os exames médicos confirmaram não haver fratura, mas por dois meses fiquei com o corpo de duas cores.

Cada vez que vou descer uma escada, desde então, eu me lembro do medo que senti naquele curto instante entre o erro e o inevitável.

/10 *fev* 2018

97 / Guerreiros da vida

As famílias e os amigos os chamam "guerreiros". E é o que eles são. A doença os obriga a uma longa exposição à dor e ao desconforto, e eles a atravessam tentando presentear as pessoas que os acompanham na jornada com momentos de prazer e alívio.

— Vou te atacar como quem vai te matar, mas antes de você morrer eu tiro o remédio, porque eu não quero matar você, e sim o que está em você.

A crueza com que o médico explicava a estratégia de luta contra o câncer do meu irmão não alterava seu semblante. Aos 50 anos, meu irmão viu sua vida mudar radicalmente, de uma hora para outra. Hoje, pouco mais de um ano depois, ele está bem, e eu ainda carrego o espanto de ver a bravura com que lutou.

A doença tem visitado as famílias mais do que antes. Não tenho estatísticas, mas a sensação é de que os casos aumentaram. O médico disse a meu irmão que câncer não é mais uma sentença de morte, e não foi. A travessia, porém, foi demorada, os dias imensos, a dor implacável, as noites pesadas como chumbo. Hoje, com o diagnóstico de que ele venceu, ainda me lembro dos momentos agradáveis que vivemos juntos. Fomos tomar sorvete um dia, após uma das várias idas ao dentista para o tratamento das feridas na boca. Ele sentia dor, por isso sorvia devagar, contando histórias passadas. Lembro-me do dia em que ele saiu da cama e foi cozinhar para mim. Abriu o vinho que não beberia. Arrumou a mesa com elegância. E serviu o peixe. Comeu devagar em meio a muita dor. E eu, ao lado dele, decidi saborear o prato o mais lentamente que podia para não apressá-lo em sua luta. O simples ato de comer era uma demonstração de bravura e vontade de viver.

Acompanhei uma amiga, certa vez, que não venceu a batalha final. E que permanecia leve como se viver não fosse o martírio diário do estômago embrulhado, das feridas na boca, da fraqueza muscular. Ela resistia lindamente. Exibia um rosto sorridente, de olhos claros ainda maiores, e a cabeça raspada. Houve um amigo que fui visitar e ele deitou a cabeça em meu ombro, me deu um longo abraço e chorou falando baixinho do valor que dava à nossa amizade. Esse carinho até hoje me conforta, anos depois de tê-lo perdido. Com outro amigo, a quem serei eternamente grata por ajuda em momentos difíceis na juventude, tive uma conversa de um dia inteiro. Filosofamos sobre a vida, conversa profunda e instigante. Tive tempo de agradecer. E ele me disse, definitivo:

— Você sabe que eu vou morrer, não é?

Falou como quem dá uma notícia. Sem choro. Apenas o comunicado do inevitável. Um mês depois, ao enterrá-lo, eu ainda não havia entendido de onde ele tirara forças para ser o mesmo de sempre até a hora final.

Agora encontro mais um desses guerreiros. Ao saber que a doença pegara outro irmão, tomei um avião e fui dizer que o amava. Ele respondeu com humor:

— Se foi só por isso não precisava ter vindo, porque isso eu já sei.

Ontem, ele gravou um poema e mandou como mensagem para a família. A voz forte, como se não estivesse sentindo a dor que se espalha pelo corpo, após a segunda quimioterapia. Fui vê-lo depois da primeira. Esperava encontrá-lo na cama, prostrado e infeliz. Ele me preparou uma surpresa. Decidiu cozinhar meu prato favorito, a trabalhosa torta capixaba.

Outro dia telefonei para saber como ele estava e ele me contou, com voz serena, a sucessão de dores e obstáculos que vinha superando. Ao tentar confortá-lo, ele abreviou a conversa:

— Vamos ver, vamos ver.

Penso nele nesta manhã de sábado. Releio suas mensagens no WhatsApp em que ele conta com humor e graça certos suplícios. E, de novo, eu me espanto.

As famílias e os amigos os chamam guerreiros. E é o que eles são. Eles estão neste momento lutando. É longa e impiedosa a batalha. Alguns vencerão. Todos mostrarão essa força incompreensível de espalhar vida na hora em que há o risco de perdê-la. Penso neles com ternura, nos que conheço e nos que nunca vi. Em algum lugar, em alguma cama, em algum hospital, padecem e esperam. Resistem. São fortes, mesmo quando pensam que estão fraquejando. Eles enfrentam o câncer com coragem, por amor. Eles, os guerreiros da vida.

/24 *fev* 2018

98 / Os fatos da véspera

Abri o vinho que nem pude tomar. Quis apenas sentir o cheiro, experimentar o sabor. Em seguida o malbec foi fechado e guardado na geladeira para melhores temperos em molhos futuros. Bom ele estava. Eu é que não estou nada bem. Cercada de medicamentos para me tirar de uma tosse que permanece, persistente e inexplicável, depois de vários exames que nada constatam. Dizem que é virose. Tudo do qual nada se sabe cabe nessa definição elástica.

É sexta de noite e vou dormir. Tentarei. Cansaço tenho, foi uma longa semana. O dia começou no Recife e terminou no Rio. No voo, vim escrevendo para não perder tempo e transformei até o rapaz a meu lado, que quis conversar, numa fonte de informação. Era um jovem empresário da economia real, tinha o que contar. O voo e o trabalho me deixaram cansada neste fim de sexta, mas talvez eu não durma.

O rapaz do ar-condicionado não veio. Eles são assim, os rapazes do ar-condicionado no Rio. Marcam para sexta-feira às cinco da tarde. Depois ficam com o telefone fora de área. Quando, enfim, atendem, dizem que acabaram o serviço do outro lado da cidade e que só virão no primeiro horário da segunda-feira. Diante de mim está a perspectiva de uma noite no calor. Por isso, melhor ficar aqui, sorver o último gole do pouco vinho do qual me servi e escrever mais.

Amanhã pegarei a estrada e o caminho é longo até a cidade em que nasci. Deve ser bom ter nascido perto. Nasci longe. Hoje a distância se mede pela logística. Não há forma fácil de chegar à cidade em que nasci. Irei pelo caminho recortado de lembranças.

Suportarei os sulcos da estrada e olharei as árvores na esperança de que me reconheçam. Sou eu de volta, direi, e talvez o vento balance as folhas levemente para que eu tenha a ilusão da resposta.

Passarei o fim de semana ao lado de um irmão com quem tenho muito a conversar. Falaremos da vida, das comidas que ele sabe preparar tão bem, entregarei a ele um bolo de rolo que trouxe do Recife especialmente para ele. Hoje as companhias aéreas proíbem mais que dois volumes na mão. Eu tinha, ao embarcar de volta para o Rio, a mala, a mochila e uma bolsa com um bolo de rolo. Ignorei o convite da empresa aérea, gritado insistentemente, a quem quisesse entregar no portão as malas e embarcar só com bolsas de mão. Temi que alguém me perguntasse por que eu tinha três volumes e preparei uma resposta. Diria à tripulação:

— O que vocês querem? Que eu deixe para trás, ao sair do Recife, um bolo de rolo que darei para o meu irmão? Para que ele adoce sua boca, afaste amarguras, e a gente possa se divertir como quando éramos crianças?

Preparei o discurso que não precisei fazer. Voo atrasado e cheio, muita confusão, deslizei para dentro disfarçando o meu terceiro volume e o guardei rapidamente ao lado da mala, no bagageiro. Em seguida, mergulhei na leitura enquanto os outros passageiros se acomodavam.

Amanhã bem cedo, antes do nascer do sol, porei tudo no carro e irei pela estrada longa que leva ao lugar em que nasci. Talvez no meio do caminho entenda algo que não sei agora. Quem sabe conecte os fatos esparsos de dias difíceis.

Ouvi tiros. Eles vieram da Rocinha. Continuo escrevendo. Hoje em dia é assim. A gente continua. Os tiros ressoam sobre a Zona Sul do Rio de Janeiro. E todo mundo continua fazendo o que estava fazendo antes. É a vida. Parece natural.

/3 *mar* 2018

99/Livros, histórias, sensações

Hoje consigo ler no escuro. Não exatamente no escuro. Na verdade, gosto de ler na pouca luz. O que permite isso é o livro digital, pela claridade da tela. Infelizmente, não posso mais fazer o mesmo com os livros físicos, porque não enxergaria. O ambiente de sombras me dá a sensação de volta à infância e de estar bem guardada entre livros.

Acordava mais cedo para ler por mais tempo. A casa ainda dormia e eu, com os claros olhos de criança, conseguia ler mesmo sem acender a luz. Não havia abajur no grande quarto de quatro camas que dividia com minhas irmãs mais velhas. A luminosidade do dia apenas se insinuava pelas vidraças das janelas sem cortina da casa e eu já estava de volta às aventuras dos livros que capturavam minha mente. Meu pai costumava dar uma incerta.

— De novo lendo no escuro. Levante, tome café e vá para um lugar iluminado. Você vai estragar a vista — dizia ele.

Forçada, saía da cama, do escurinho e do livro, e ia fingir interesse pela comida posta sobre a mesa. Apenas pelo tempo suficiente para voltar correndo para o livro. Nunca estraguei a vista. Só o tempo impôs os óculos para leitura. O que ficou foi a sensação que liga leitura a aconchego.

Foi esse encantamento com o livro que me inspirou na volta à literatura infantil como escritora. A magia que sentia na penumbra das manhãs mal começadas, nas quais eu retomava a leitura interrompida no sono da noite e me deixava levar.

De vez em quando ouço que uma criança gostou de um livro meu e isso me deixa em deslumbramento. Outro dia uma amiga escreveu dizendo que o filho aprendera a ler, mas pede que ela leia antes de ele dormir. E ultimamente tem pedido sempre um livro meu com o qual está encantado.

O que torna uma criança leitora nos dias de hoje eu não sei. Sei que quero fazer parte da contracorrente, da contracultura, da contratendência e passar para os pequenos que vivem em volta de mim e para os que me leem essa magia do livro. Não é exatamente uma briga contra os devices eletrônicos, que são inevitáveis e úteis plataformas, mas o livro alma, uma trama que fica, uma ligação que não se desfaz. É isso que busco.

O motorista que me conduziu na semana passada à minha cidade, em Minas, falou que quando era pequeno a sua mãe contava sempre a mesma história. Não sabia outras. Apenas aquela que ele nunca esqueceu. Não há nada de diferente nas crianças atualmente. As mudanças tecnológicas não alteraram sua natureza. Elas gostam de história. Hoje alguns livros não têm exatamente trama. Querem tanto agradar a seus leitores que montam brincadeiras, porém não constroem enredo, não tentam envolvê-las numa sucessão de eventos. Fui com meu neto Daniel a uma livraria e ele, depois de muito procurar, reclamou que só tinha encontrado "livro-atividade". Ele queria um com história, que acabamos encontrando.

Outro dia fui visitar uma irmã e a neta dela de 3 anos ficou brincando perto enquanto a gente conversava. De repente, ela se levantou, pôs as mãos na cintura e me disse:

— Você está aqui há muito tempo e até agora não me contou uma história.

Minha neta mais nova estava chorando sentida. Chorava por bons motivos, e se eu estivesse no lugar dela faria a mesma coisa. Eu a coloquei no colo e inventei um caso bobo, meio real, de um jacu que atacava a horta da Chiquinha. E a mulher plantava outra horta em outro lugar e lá ia o jacu e comia tudo. E criei uma negociação entre Chiquinha e a ave e fui por aí em invencionices. O choro parou, ela enxugou as lágrimas e pediu que eu contasse de novo. História é acalanto.

Recentemente meu marido inventou uma para os netos maiores com um enredo tão cheio de desdobramentos inesperados que ele mesmo esqueceu. No novo encontro, os mais velhos disseram aos mais novos que o vovô sabia uma história incrível. Só que Sérgio tentava recuperar a ordem dos fatos e se atrapalhava. Os netos então reproduziram a narrativa inteira e pediram que ele a escrevesse para não esquecer mais.

Pais hoje preferem muitas vezes entregar um cala-boca eletrônico a contar uma história. Não quero parar a roda da tecnologia, mas continuarei convencida de que os livros, os relatos da infância dos pais e avós, as criações mágicas, a partir de retalhos da realidade, são mais do que um passatempo. Fertilizam as mentes, constroem sensações, atam relações para a vida inteira.

/10 *mar* 2018

100 / As voltas que darei

Lerei jornal de papel, virando página por página, sem pressa e com vontade de procurar, em algum canto, uma notícia espantosa e breve. Talvez uma ardente e pública declaração de amor a um falecido que seja uma revelação surpreendente da parte oculta da vida vivida.

Escolherei na biblioteca um livro impresso e recostarei no sofá da sala disposta a dedicar a ele um tempo largo. O escolhido será um romance, porque quero saber do inventado que insinue acontecidos irreais. Talvez escolha Agualusa, porque ele faz, em seus livros, a pergunta central: "Com quantas verdades se faz uma mentira?"

Andarei pela cidade, sem medo, e farei exercícios longe de aparelhos, academia e *personal*. Serei apenas eu, a cidade, o mar e o movimento do meu corpo, num momento inicial do dia.

Encontrarei uma amiga, que não vejo há várias décadas, reconhecendo no rosto dela o meu próprio tempo passado. Falaremos dos amores velhos e de outros tropeços. Depois olharemos o futuro que ainda temos, com esperança madura, e descobriremos concordâncias velhas e novas.

Ouvirei com paciência meu irmão falar de sua dor, sonhando que isso possa reduzir um pouco a longa travessia que os doentes precisam fazer.

Esquecerei os desenganos e os prazos, as metas de desempenho e os compromissos, os medos e as certezas. Pensarei em miudezas significantes diante das quais fiquei desatenta no tempo dado, mas que guardam lições delicadas.

Voltarei devagar a um lugar que sempre foi meu e do qual não sinto saudade alguma, porque de certa forma o carrego comigo. Assim são os pertencimentos profundos.

Nada perguntarei ao destino, porque ele tem o direito de ser o que é, essa linha traçada no tempo, com sobressaltos e mistérios.

Comerei uma fruta no pé no fundo do meu quintal sem perguntar qual é seu índice glicêmico, nem com quantos carboidratos ela me ameaça. Sentirei apenas seu gosto natural, porque para isso nasceram as frutas dos quintais.

Pegarei o primeiro sol da manhã sem medo, porque o sol me abraçará como quando era criança e eu preciso desse aconchego.

Farei uma viagem para um lugar tão distante que me esquecerei de mim, mas reconhecerei uma ponta de praia, um banco de praça, o subterrâneo de um palácio onde nunca estive, e que subitamente me parecerá familiar.

Pisarei no solo da África à procura de algum atavismo que sempre busquei. Dessa vez não irei só, e sim com o meu amor, e vamos ao parque que ele percorreu sem mim. Se dermos sorte, o rinoceronte irá revê-lo. De novo arrastará no chão a pata e levantará o chifre, para depois mostrar que quer apenas atravessar a estrada em paz com sua família e continuar errante pela savana.

Andarei pela Amazônia uma vez mais e sentirei a mesma mistura confusa de sentimentos da primeira vez, quando estiver entre árvores e águas. Depois transformarei tudo em palavras imperfeitas e incompletas porque a floresta é maior que o mundo, é mais do que posso entender.

Farei a sesta em alguma rede e então sonharei que, no alto de uma colina, uma mulher sentada de frente para um despenhadeiro verdejante me contará uma história que nunca ouvi.

Farei uma roda com as crianças, para que elas me avisem que existe um tempo novo que ainda não entendi e para o qual elas poderão me conduzir, como no tempo em que era criança e brincava de cabra-cega.

Farei tudo isso em um tempo vacante que planejo para breve, quando tudo isso passar e eu puder ouvir o silêncio.

/17 *mar* 2018

101/Que tempo é este

Este é um tempo de carinhos privados e indiferença pública. Amigos que a vida uniu separam-se ou fingem a separação que de fato não há. Camuflam sentimentos por exigência dos grupos aos quais passaram a pertencer. Este é um tempo em que o elogio ao amigo só pode ser feito pelo inbox do Face, por mensagem direta do Twitter ou por um texto rabiscado às pressas no bilhete que se perderá. Carinhos sussurrados e furtivos. Clandestinos. Publicamente as relações precisam ser negadas ou sonegadas.

Não há mais terra do meio, como se o mundo fosse formado apenas de pontas. Muitas pontas, pontiagudas. Pior para quem gosta do território interno, onde se sabe que há muitas verdades espalhadas ao redor e que o mundo é mistura de luz e sombra, dias e noites, verso e reverso. E o melhor são os versos.

Eles, os versos, contam de outros tempos sem mãos dadas. Hoje há punhos cerrados. Eles ferem sem ver os que o afeto deveria preservar, porque toda esta dor passará, toda esta angústia cessará, e cada um terá que reunir, ao fim das batalhas, os tesouros perdidos. E então será tarde demais.

Hoje é um tempo em que o brinde pela vida pode ser visto como ofensa, em que o amigo avisa que, por estar triste, não pode desejar alegrias a ninguém, mesmo que seja justo o motivo da celebração. Como se o mundo fosse música de uma única nota repetida e não a sequência harmoniosa de sons. Como se a vida fosse ponto fixo e não a sucessão de inebriantes fractais.

Chegaram flores e eu queria palavras, recebi uma mensagem vaga e esperava um abraço, enviaram o silêncio e eu preferia música.

Desencontros. Tem sido assim este tempo. Vi o olhar desviante e lembrei-me dos olhos nos olhos de uma época mais calma e com fronteiras mais nítidas. Soube de rancores que não entendi. Aquela turma já não se encontra para rir do nada, como sempre fazia, desde o início. Hoje, crispados, os amigos escolheram a distância.

Ouvi os elogios públicos feitos por uma amiga aos seus novos amigos e entendi, nas omissões, que ela escolhera o gueto em que se sente protegida de contraditas. Naveguei pelos mares virtuais e vi que as pessoas estão se afastando, como barcos à deriva, e acreditam que o real é o imediato e não a imensidão toda do tempo. Assim, com desentendidos, vamos construindo muros que talvez não sejamos capazes de derrubar.

/14 *abr* 2018

102 / Onde mora o coração

Foi há muito tempo que li a frase de Julio Cortázar e ela me acompanha desde então. Falava do sentimento profundo da própria identidade e era a mais exata resposta para a pergunta original: "Quem sou eu?" Li, reli e fiquei alguns minutos admirando a beleza da afirmação do escritor.

Carreguei a frase comigo, junto com as bagagens, os afetos e as lembranças que se levam pela vida afora. Na dúvida sobre mim, eu sabia que a resposta estava escrita. E a repeti algumas vezes, sempre citando. Vários anos se passaram, porém, desde aquela leitura, por isso comecei a temer qualquer traição da memória e me preocupei com o risco de estar citando indevidamente o autor. Lembrava-me do contexto vagamente. Havia uma polêmica sobre a nacionalidade dele.

Recentemente precisei muito desse texto e quis conferi-lo. Necessidade urgente, inadiável. Mas onde ele estava? As buscas pela internet não me ajudaram, o folhear de livros também não. Pedi socorro ao Sérgio, meu marido, ágil em achar perdidos literários. O Banco Central, na ciência econômica, é definido como "o emprestador de última instância". O Sérgio é uma espécie de encontrador de última instância de livros, dados e ideias. Se ele receber uma pista, pequena que seja, a perseguirá com tenacidade. Será inútil desistir no meio da busca, porque ele não recuará. Essa habilidade me salvou várias vezes. Eu tinha lembranças vagas e entreguei a ele essas poucas pistas. Lera o texto num artigo de revista no começo dos anos 1980. Guardo na mente como uma fotografia a imagem da página, mas outras exatidões — onde, quando, por quê — não sabia dizer. Era uma agulha e um enorme palheiro. O Sérgio seguiu, destemido. Dias depois estava vitorioso.

Julio Cortázar nasceu em Bruxelas, mas na embaixada argentina. Em determinado momento da vida teve de se exilar em Paris em meio aos muitos sofrimentos políticos de seu país. Na virada dos anos 1970 para 80, a intolerância da ditadura militar argentina com os dissidentes aumentou e ele perdeu o direito até a seu passaporte. Ficou assim, com a identidade sem lastro, em terra estrangeira. A França lhe deu o documento do qual precisava. Foi quando o regime atirou mais uma vez contra ele. O general Viola, um dos generais que ordenavam mortes e torturas e que acabou sendo preso por seus crimes, era o presidente. Numa entrevista falou de argentinos exilados considerados, pelo governo, inimigos do país. Quando lhe perguntaram a razão de não citar Cortázar, ele, ironicamente, disse que o escritor, pelo que sabia, não era argentino e sim francês. Cassou-lhe a cidadania. Em resposta, Cortázar escreveu o artigo que li. Ele fazia autoentrevistas, formulava perguntas a si mesmo e as respondia; também escrevia respostas a entrevistas de jornais e revistas. Esse e outros textos estão na coletânea póstuma *Papeles inesperados*. Sérgio a comprou em espanhol. No Brasil, *Papéis inesperados* saiu pela Civilização Brasileira.

Lá estava a frase, linda e tal qual eu me lembrava dela. O título do texto era "A *Veja* le interesa saber...". Mas por que eu precisava tanto e tão urgentemente do que Cortázar dissera há 36 anos, diante da dúvida dos outros sobre quem ele de fato era? Bom, a editora Intrínseca decidiu publicar em livro uma seleção das crônicas que posto aos sábados neste blog. Nelas costumo escrever sobre quem sou e o que sinto. Por isso a epígrafe só poderia ser "Eu sei onde tenho o meu coração e por quem ele bate", do argentino Júlio Cortázar.

/12 *mai* 2018

MÍRIAM LEITÃO é de Caratinga (MG). É jornalista de TV, rádio, jornal e mídia digital. Em quarenta anos de profissão, recebeu diversos prêmios, entre eles o Maria Moors Cabot, da Universidade Columbia de Nova York. Ganhou o Jabuti de Livro do Ano de Não Ficção em 2012 por *Saga Brasileira* e foi finalista do Prêmio São Paulo de Literatura 2015 por *Tempos extremos*. Nesse mesmo ano, lançou *História do futuro: o horizonte do Brasil no século XXI*. Também pela Intrínseca, publicou *A verdade é teimosa* (2017). É casada com Sérgio Abranches, tem dois filhos, Vladimir e Matheus, e um enteado, Rodrigo. É avó de Mariana, Daniel, Manuela e Isabel.

1ª edição	JULHO DE 2018
impressão	RR DONNELLEY
papel de miolo	PÓLEN SOFT 80g/m²
papel de capa	CARTÃO SUPREMO 250g/m²
tipografias	GT SUPER & GT AMERICA